땀 흘리는 소설

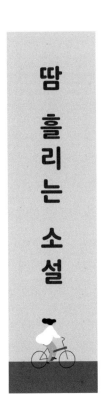

땀 흘리는 소설

김혜진 김세희 김애란 서유미
구병모 김재영 윤고은 장강명

창비

학교에서 학생들을 가르치다 보면 간혹 물음표가 생기는 일들을 만납니다. "이걸 가르치면 이 학생들은 무엇을 배우게 되지?" 같은 근본적인 질문부터, "이걸 배우면 이런 문제는 해결할 수 있지 않을까?"와 같은 기능과 관련된 질문이라든지, "이걸 배웠는데도 이렇게밖에 못해?"처럼 놀라운 의문까지, 물음표가 생기는 일이 많습니다. 대부분 이런 질문은 '무엇을' 배워서 '어떻게' 할 수 있는가에 초점을 둔 질문들입니다. 그러나 가끔 이런 생각도 합니다. "왜 이걸 안 가르치지?" 더 정확하게 말하자면, "왜 이걸 안 가르치도록 했지?"입니다.

　사실 우리가 학교에서 배우는 대부분의 내용은 '국가'가 지정해 놓은 교육 과정이라는 것을 따릅니다. 이 교육 과정은 교사가 자의적으로 뺄 수가 없습니다. 우리나라의 구성원으로 살아가기 위해 최소한 이만큼은 필요하다고 사회가 합의한 내용들이기 때문입니다. '최소한'이라고 표현하긴 했습니다만 이 '최소한'의 내용이 만만치가 않아서 그걸 가르치는 것만으로도 1년이 부족합니다. 학창 시절에 '왜 선생님들은 저렇게 수업을 좋아하지?'라는 의문을 한 번쯤 품어 보았을 텐데, 선생님들이 정말 수업을 좋아하기도 하지

4

만, 근본적으로는 국가가 가르치라고 한 것들은 반드시 가르쳐야 하기 때문이라고 말하는 것이 그 의문에 대한 더 정확한 답변인 것 같습니다.

아까 말씀드렸다시피, 최소한의 교육 내용은 사회적인 합의를 통해서 선정됩니다. 사회가 복잡해지고 다원화될수록 학교에 요구하는 교육 내용이 많아질 수밖에 없습니다. 그러나 이런 요구를 모두 받아서 가르치기에 학교는 좁습니다. 시간도 없습니다. 그러니 적절하게 조정해야 하겠죠. 당연히 이 조정 역시 사회의 합의에 따릅니다. 그러다 보면 간혹 눈물을 머금고 빼야 하는 것들이 있습니다. 그래서 학교에서 가르치는 일을 하다 보면 아쉬운 일들이 생기기 마련입니다. 더 자세히 가르쳐 주고 싶은데 학생들의 수준에 맞는 적절한 자료를 찾기 어렵다거나, 시간이 부족하여 더 이야기할 수 없다거나, 함께 이야기를 나눌 만한 자료를 만들기 여의치 않다거나……

가끔 걱정되기도 합니다. 졸업한 제자들이 사회의 지식들을 잘 습득하고 있을까 하는. 더 정확하게 말하면, 학교에서 가르치려고 했던 것처럼 민주적인 시민으로 잘 자라고 있을까 하는 걱정입니다. 우리나라 학교 교육의 목표는 바로 민주 시민 양성이기 때문입니다. 그 목표 아래에서 배우고 자란 학생들이 사회에 나갈 준비를 하면서 고통받고 있지 않을까. 문학을 가르치는 교사로서 청춘들의 고통받는 삶을 다루는 작품을 읽을 때마다 마음 한구석이 덜컥거리는 기분을 느낍니다.

문학은 많은 이야기를 나눌 수 있는 텍스트입니다. 역사가 말해 주지 않는 개인의 삶과 당시 사람들의 욕망을 내밀하게 들여다볼 수 있게 해 주는 지도가 바로 문학입니다. 문학을 삶의 안내서라고 말할 수 있다면 그것은 문학이 가진 본질적인 기능 때문일 것입니다. 이 책을 엮은 사람들은 모두 문학을 가르치는 교사입니다. 우리는 전어가 통통하게 살을 찌우던 어느 가을밤, 늦은 시간에 만났습니다. 전어는 통통 소리를 내며 살을 찌우고 있었고, 우리는 꼬챙이에 꿰인 퉁퉁 불은 어묵을 먹으며, 통통거리는 젊은 삶들에 대해 이야기했습니다. 그리고 세상에 대해 이야기했습니다. 아직 촛불이 켜지지 않았던 밤이었고, 짧은 탄식 중에 우리는 서로 물었습니다. 이 시대의 사람들은 노동을 공부하고 있을까. 물론 그럴 것입니다. 그러니 질문은 좀 더 좁혀졌습니다. 그렇다면 문학 수업을 통해 노동을 공부할 방법은 없을까. 그러니까 처음의 질문으로 다시 돌아간 것입니다. "우리는 왜 이것을 가르치지 않았을까." 그러니까 이 작업은 통통 살쪄 오르던 전어에게서 시작된 일입니다. 어쩌면 앙상했던 노동에 대한 우리의 이해가 이 작업을 통해 전어만큼은 통통해질 것이라고 기대하면서 말입니다.

취업 문제는 연일 뉴스의 톱으로 다뤄지고 있습니다. 노동 조건은 갈수록 열악해진다고 합니다. 누구나 일을 하기 때문에 노동은 우리 모두가 겪어야 하는 문제입니다. 그런데 우리는 세상을 얼마나 이해하고 있는 것일까요? 어쩌면 우리는 조금 덜 가르쳤는지도 모르겠습니다. 문학의 내밀한 속살을 보여 주고 그것이 이 세계와 어떤 고리로 얽혀 있는지 조금 더 설명해야 했습니다. 그것이 이 책을 기획하고 엮은 이유입니다. 과거와 현재와 미래의 제자들과 함께 '일'을 화두로 진정한 보충 수업을 해 보고 싶었습니다.

무엇을 텍스트로 삼고, 어떤 내용을 가르쳐야 할지. 이렇게 엮은 책이 세상에 나왔을 때 졸업한 우리의 제자들은 이 책을 어떻게 읽어 줄지, 수많은 고민이 있었고 토론이 오고 갔습니다. 글을 썼다

지우고, 집었던 작품을 부들부들 떨면서 다시 내려놓는 일을 반복해야 했습니다.

고르고 골라 8편의 작품을 선정했습니다. 나름대로의 선정 기준도 정했습니다. 이 책에 수록된 작품을 읽으면서 일하는 사람들의 다양한 양상을 만나 볼 수 있지 않을까 기대합니다. 이 책을 통해 노동이란 무엇인가에 관해 이야기해 볼 수 있었으면 좋겠습니다. 어떤 일을 선택해야 할까? 그 일은 사회적으로, 개인적으로 어떤 가치가 있을까? 그렇게 흘린 땀방울은 어떤 보상을 받아야 할까? 질문은 많았습니다. 그리고 이 질문의 답을 찾기 위해 다양한 소설들을 한 자리에 불러 모았습니다. 이 소설들이 피부 깊숙이 스며들기를 바랍니다. 우리 삶의 한 면으로 이해되기를 깊이 소망합니다.

한편으로, 이 책은 문학을 업으로 삼은 평론가들과 출판 관계자들에 대한 섭섭함에서 출발했습니다. 젊은 세대와 함께 읽을 만한 제대로 된 노동 문학 선집이 마땅히 없었기 때문입니다. 그렇다고 오래된 서고를 뒤져 깊은 잠에 빠진 70~80년대의 노동 문학을 끄집어내는 것은 주저되는 일이었습니다. 시간이 많이 흘렀고, 세상은 청춘에게 더 가혹해졌기 때문입니다. 그래서 21세기에 새롭게 일과 직업에 관해 생각해 볼 수 있는 소설 선집을 기획하게 된 것입니다. 우리의 제안을 귀담아들어 주시고, 선뜻 출판을 결정해 준 창비교육 관계자분들께 감사드립니다. 이 책의 대부분은 이 출판사의 노고와 책임감으로 만들어졌다고 생각합니다. 또 이 작업은 (사)경기교육연구소의 도움이 아니었다면 시작할 수도 없었을 것입니다. 무엇보다 이 책에 자신들의 분신과도 같은 소설을 기꺼이 내어 주신 작가님들께 깊이 감사드립니다. 다른 옷을 입은 소설들이 세상에 다시 목소리를 내고 질문을 던질 수 있기를 희망합니다.

별 것 아닐 것 같은 작업이 1년을 훌쩍 넘겼습니다. 서로 격려하고 즐거운 마음으로 작업했습니다. 기쁘게도, 엮은이들은 이것이 삶의 자양분이라고 믿습니다.

2019년 봄을 앞두고
엮은이들의 목소리를 모아

머리말 4

김혜진(1983~) 작가는 2012년 동아일보 신춘문예에 「치킨 런」이 당선되면서 작품 활동을 시작했습니다. 2013년 장편 소설 『중앙역』으로 제5회 중앙장편문학상을, 2018년 장편 소설 『딸에 대하여』로 신동엽문학상을 수상했습니다. 작품으로는 소설집 『어비』, 장편 소설 『중앙역』, 『딸에 대하여』 등이 있습니다.

어
비

김
혜
진

나는 아침 조회 시간에 어비를 처음 봤다.

열 개 조가 구획별로 정렬하면 팀장이 오늘 작업량과 주의 사항 같은 것들을 알려 주었다. 나는 계속 운동화를 내려다보는 데에 정신이 팔려 있었다. 산 지 얼마 되지 않은 것 같은데 때가 타고 여기저기 실밥이 터지려고 했다.

아닌데요.

어비였다.

아니, 지난주만 해도 클레임이 이렇게 많지 않았다니까.

팀장이 목소리를 높였다. 네가 오기 전에는 문제가 없었는데 네가 오고부터 문제가 생겼으니 네 탓이 아니냐. 그런 뜻인 것 같았다. 처음이니까. 누구든 처음엔 엉뚱한 상자에 책을 넣거나 사은품을 빼먹거나 라벨 바코드를 바꿔 붙이거나 그런 실수를 많이 했다. 누가 뭐라고 하면 죄송하다거나 미안하다거나 조심하겠다고 하면 됐다. 어차피 하다 보면 조금씩 느는 게 일이었다.

아닌데요.

그러나 어비는 사과할 마음이 없어 보였다. 100여 명의 직원이 지켜보는 가운데 팀장과 똑바로 눈을 맞추며 서 있었다.

김혜진

그럼 여기 다 베테랑인데 도대체 누가 실수를 했다는 거야?

팀장이 목소리를 높였다.

전 아니라고요.

어비는 낮고 차분한 어조로 아니라는 말만 했다. 아니다. 정말 아니다. 내가 아니다. 8시 20분에 시작한 조회가 30분을 넘어섰다. 결국 팀장이 한발 물러섰다. 실수가 없도록 하자는 말이 끝나고 모두 박수를 쳤다. 조회가 끝나면 매일 다 같이 하는 거였다. 박수를 치지 않는 사람은 어비와 나, 둘뿐이었다.

창고 앞마당에서 나는 어비와 몇 마디를 나눴다. 점심을 먹고 나와 어슬렁거리는데 개집 앞에 쪼그리고 앉은 어비가 보였다. 환한 햇살 탓에 바가지를 덮어 놓은 듯한 어비의 머리칼이 반짝거렸다. 나는 이런 말을 했다.

걔 이름이 어비예요.

어비가 돌아봤다. 나는 개집 앞으로 다가가 손을 흔들어 봤다. 개는 오지 않았다. 할 수 없이 앞발을 쥐고 내 쪽으로 끌어당겨야 했다.

얘 이름이 어비라고요.

어비는 잠자코 개를 쓰다듬기만 했다. 내 쪽으로는 눈길 한번 주지 않았다. 어쩔 수 없이 자꾸 말을 걸게 됐다. 일은 할 만해요? 날씨 좋죠? 집에서 안 멀어요? 몇 시에 일어나요? 피곤하죠? 질문을 던지면 예, 아니오, 하는 대답만 돌아왔다. 한마디 건너가면 한마디 돌아오고. 대화라고 할 만한 게 시작되어야 하는데 어비는 번번이

내 말을 그대로 삼켜 버렸다.

매번 그런 식인 것 같았다. 그래서 늘 어떤 오해와 선입견 같은 것들이 어비를 따라다녔다.

애가 좀 이상한 것 같지 않아?

집으로 돌아가는 셔틀버스 안에서 누군가 어비 이야기를 꺼내면 예의가 없다거나 제멋대로라거나 건방지다는 대답이 따라 나왔다. 물류 창고는 도심을 벗어나서도 비포장 길을 오래 달려야 하는 변두리에 있었다. 오가는 데 긴 시간이 걸렸고 사람들에겐 지루함을 물리칠 뭔가가 필요했다. 주로 새로 온 사람이거나 관리자거나 가끔씩은 뉴스나 텔레비전 방송으로 화제가 옮겨 다녔는데 언젠가부터 어비에게 계속 고정되어 있었다.

그냥 성격이 무뚝뚝해서 그래요.

서너 번쯤 어비를 두둔하려 해 보았지만 별 소용이 없었다.

사실 어비는 그리 호감 가는 인상이 아니었다. 체구가 큰 편이었는데 살집이 붙어 어딘가 둔할 거라는 편견을 갖게 했다. 표정이라 할 만한 게 없어서 늘 화가 난 사람처럼 보이기도 했다. 그러나 문제는 그런 외모 때문이 아니었다. 어비는 자신을 따라다니는 편견과 선입견에 대해 어떤 식으로든 변명하거나 해명하려는 노력을 단 한 번도 기울인 적이 없었다.

우리는 매일 카트를 끌며 100평이 넘는 창고 안을 돌아다녔다.

주문서에 적힌 책들을 카트에 싣고 돌아와 상자에 넣어 포장하고 라벨을 붙여 컨베이어 벨트에 올리는 게 주된 일이었다. 한 번

김혜진

에 2, 300권이 넘는 책을 신속하고 정확하게 찾아내야 했다. 철제 책장에 매달리다시피 해서 책을 뽑고 허리를 굽혀 바닥에 놓인 책들을 뒤지다 보면 두세 시간이 금방 갔다. 제멋대로 다리가 후들거리고 몸은 금세 녹초가 됐다. 물을 마시고 또 마셔도 입안은 계속 마르고 코안은 금세 먼지로 뒤덮였다. 책이 높이 쌓여 시야를 가리면 카트를 앞에서 잡아끌어야 할 때도 많았다.

다리 아프죠?

언젠가 화장실에서 어비와 마주친 적이 있었다. 다리가 아파 변기에 오래 앉아 있다가 나왔는데 어비가 손을 씻고 있었다. 새하얀 세면기 여기저기 붉은 자국이 보였다.

다쳤어요?

다가갔더니 손가락에서 피가 흐르고 있었다. 손톱 끝이 반쯤 잘려 나가고 없었다. 커터 칼에 베인 게 분명했다. 책들은 순서대로 바닥에 진열되어 있었다. 진열된 책이 다 소진되면 누군가는 새로운 상자를 뜯어야 했다. 나도 몇 번이고 손을 벤 적이 있었다. 바깥쪽을 향해 칼을 쓰라는 충고를 듣기 전이었다. 뭔가 도움이 될 만한 이야기를 해 주려는데 어비가 한 걸음 물러섰다.

괜찮아요.

돌아온 건 퉁명스러운 대답이었다.

휴게실에 약통 있어요. 그거 밴드 붙여야 해요.

다시 한 걸음 다가갔는데 어비는 또 물러섰다.

별거 아닌데요.

나는 잠자코 휴지를 말아 건넸다. 어비는 그것마저 거절해 버렸다.

괜찮아요. 진짜로요.

그런 후에는 서둘러 밖으로 나가 버렸다.

그러니까 사람들이 어비를 못마땅해하는 데에는 이유가 있었다. 뭐랄까. 어비에겐 늘 사람들을 밀어내는 기운 같은 게 있었다. 여기까지라고 금을 그어 놓고 내내 그 경계를 지키는 데 필사적인 사람 같았다. 그게 뭐든 일단 가까이 오려고 하면 고개부터 저었다. 그런 반응이 사람들을 물러서게 하고 위축시키고 괜한 짓을 했다고 자책하게 만든다는 걸 생각지도 못하는 것 같았다.

어비는 내내 철제 책장을 올려다보거나 바닥을 보며 걸었다. 항상 이어폰을 꽂고 있었는데 사람들이 건넨 인사와 질문을 그냥 지나친 게 여러 번이었다. 식사 시간엔 빠르게 밥을 먹고 나가 버리거나 사람들이 다 빠져나간 다음 뒤늦게 들어와 밥을 먹었다. 사람들과 눈을 맞추고 수다를 떠는 모습은 거의 본 적이 없었다.

어비는 있었나 싶으면 어느새 가고 없는 사람이었다.

어디 갔지 하고 찾으면 늘 작업장으로 되돌아가 있었다. 거대한 철제 책장 사이를 빠른 걸음으로 오가거나 작업대 주변에서 몸을 움직였다. 모두가 쉬는 그 시간에 크기별로 상자를 정리하고 카트에서 책을 꺼내 포장했다. 작업대 아래 먼지를 쓸고 사람들이 함부로 던져둔 노끈 뭉치와 포장지를 한데 모아 조용히 갖다 버릴 때도 있었다. 언젠가 화장실 세면대에서 무언가를 꼼꼼하게 씻고 있었는데 그게 개집 앞에 놓인 물그릇이라는 건 나중에 알았다. 뭐 저런 것까지 신경 쓰나 싶었지만 어쨌든 아무도 모르는 사이 어비의 성실함과 부지런함은 누구도 신경 쓰지 않는 작은 개집에까지 닿아 있었다.

집이 어디야?

한번은 사람들이 작정한 듯 어비를 둘러싸고 질문한 적이 있다. 오후 4시부터 20분간 주어지는 간식 시간이었다. 먼저 말을 꺼낸 건 어비가 속한 조의 조장이었다.

이것 좀 빼고. 사람들이랑 이야기도 하고 그래야지.

다가가 어비의 귀에서 이어폰을 뺀 사람은 우리 조의 조장이었다. 조장들은 대체로 나이가 많은 여자였다. 3년씩. 5년씩. 10년 넘게 일한 사람도 많았다. 자판기 옆에서 소보로빵을 조금씩 떼어 먹던 어비가 고개를 들었다. 당황한 표정이었다.

몇 살이야?

어비는 잠자코 먹던 빵을 포장지 안으로 집어넣기 시작했다. 바스락거리며 비닐 구겨지는 소리가 요란했다. 나는 빨대 끝을 힘껏 깨물고 우유를 조금씩 빨아 먹는 중이었다. 그러면서 계속 어비를 힐끔거렸다. 어비는 빵을 넣고 포장지를 단단히 봉했다. 그러는 동안 학생이야? 졸업했어? 혼자 살아? 부모님은? 형제는? 맏이야? 고향은? 학교는? 하는 질문들이 따라 나왔다.

사람들이랑 같이 이야기도 하고 해야지. 단기로 들어왔어? 그래서 그래?

누군가 또 한마디 거들었다.

아무리 그래도 일할 동안은 다 같이 친하게 지내고 그래야지.

언뜻 보면 어비에게 살가운 충고와 조언을 아끼지 않는 것 같았는데 어비의 표정이 좋지 않았다. 웃으려고 하는데 그게 맘대로 안 되는 것 같았다. 그러거나 말거나 사람들은 하나둘 더 가세했다. 나중엔 어비를 빙 둘러싸고 짓궂은 농담을 하며 자기네끼리 깔깔거리는 것처럼 보였다. 지나치다는 생각이 들었는데 그렇다고 어비를 편들고 싶지는 않았다. 저렇게 침묵을 지키는 게 사람들을 계속 자극하는 게 아니고 뭔가, 하는 생각 때문이었다. 어비는 그냥 우유팩 모서리만 만지작거렸다. 그게 다였다.

이후에도 그런 비슷한 일이 몇 차례 더 있었다.

관심과 호기심 정도에 머물던 사람들의 말투는 비난이나 질책처럼 느껴질 때가 많았다. 모르는 사람이 보면 어비가 무슨 대단한 잘못이라도 한 것처럼 오해할 정도였다.

사람들이 좀 그렇죠?

그러나 나도 별다를 건 없었다. 어떤 상황이 종료되면 이쪽도 저쪽도 아닌 쪽에 서서 애매한 말을 건네는 게 전부였다. 퇴근 후 셔틀버스를 기다릴 때였다. 사람들은 다정하게 붙어 서서 대화를 나누고 담배도 같이 피웠다. 어비는 뒤늦게 창고에서 나와 내내 목장갑을 접었다 펼치다 하며 우두커니 서 있었다. 주차된 셔틀버스들이 일제히 전조등을 켜고 시동을 걸었다. 엔진 소리 탓에 나도 모르게 자꾸 목소리를 높이게 됐다.

힘들죠?

버스에 오르는 사람들의 뒷모습이 보였다.

뭐가요?

호주머니에서 이어폰을 꺼내며 어비가 되물었다. 다가갔는데 어
비는 또 정확히 그만큼 물러났다. 나는 이렇게 바꿔 물었다.

말하기 싫어요?

어비를 다그치거나 탓할 의도는 없었다. 그래도 번번이 이런 식
으로 호의와 친절과 배려와 관심 같은 걸 아무것도 아니게 만들어
버리는 어비의 태도가 답답했다. 아주 사소한 호기심과 궁금증을
부풀리고 키워서 나중엔 자신도 상대도 모두 어쩔 줄 모르는 상황
에 빠뜨리는 것도 마음에 안 들었다.

할 말이 없어요.

한참 만에 어비가 중얼거렸다.

말할 게 없다고요.

그러면서 어비는 분명한 목소리를 냈다. 그 순간엔 정말이지 멀
쩡한 사람 같았다. 말 못 할 사연을 가졌거나 심각한 상처를 입었
거나. 무료할 때마다 사람들이 주고받는 그런 추측과 억측과는 아
무 상관이 없는 것 같았다.

그냥 별로 말할 게 없어요. 진짜요.

그리고 어비는 정말 아무 말 없이 일을 그만둬 버렸다.

새 학기가 시작될 무렵이었다. 매일 교과서와 참고서, 문제집 주
문이 쏟아졌다. 연일 야간작업이 이어졌다. 8시 반까지 출근, 조회

가 끝나면 일이 시작되고, 30분 만에 점심을 먹고 다시 일, 간식을 먹고 다시 일, 30분 만에 저녁을 먹고 또 일, 10시에 퇴근해서 11시 정도에 잠들면 어느새 일해야 하는 날이 밝아 있었다.

그만둬야겠다는 생각이 저절로 들었다. 처음부터 오래 다닐 생각도 없었다. 몇 달만 할 계획이었고 이미 3개월이 지난 후였다. 오늘 말하자, 내일은 말하자, 금요일에는, 다음 주에는 하는 식으로 미루고 미루다 겨우 팀장을 찾아갔는데 거기 누군가 있었다. 그 뒷모습에 가려 팀장의 얼굴은 보이지 않았다. 그래도 어딘가 몹시 언짢은 기색은 분명했다. 어쩔 수 없이 나는 두 사람의 이야기가 끝날 때까지 계속 문밖에 서 있게 됐다.

서로 조금씩 조심하자는 거지. 실수가 많잖아, 요즘.

팀장의 목소리가 들렸다.

저는 안 그랬는데요.

높낮이가 없는 목소리가 따라 나왔다.

어린 사람이 왜 이렇게 고집이야. 누가 잘못을 했다는 게 아니라 서로 좋게 이야기해서 해결하자는 거잖아.

고집이 아니고요. 잘못한 게 없어요.

잠시 말이 끊어지는가 싶었는데 가만히 타이르는 팀장의 말소리가 새어 나왔다. 달래는 것처럼 낮고 부드러운 목소리가 이어졌는데 차츰 언성이 높아지고 날이 섰다. 상대는 아무 반응이 없었다. 침묵이 시작됐고 길어졌고 마침내 문을 열고 나온 사람은 어비였다. 어쩐지 몰래 엿들은 모양새여서 상황을 설명하려 했는데 어비는 눈도 마주치지 않고 그대로 나가 버렸다.

왜 너도 그만두려고?

팀장은 나를 보자마자 그렇게 물었다. 어비 때문이었다. 어비가 이른 아침에 전화를 걸어 그만두겠다는 말을 했다고 했다. 일단 출근은 하라고 했더니 출근하자마자 사무실로 와서 그만두겠다는 말을 똑같이 반복했다는 거였다.

왜요?

팀장이 고개를 들고 눈을 맞췄다. 너도 다 알고 있지 않느냐 하는 눈빛이었다. 주문이 많으면 실수가 늘기 마련이었다. 보내지 말아야 할 곳에 책을 보내거나 한두 권씩 책이 빠진 채로 배송이 되는 일이 반복됐다. 더 받은 사람은 말이 없고 덜 받은 사람은 성화여서 손해가 컸다. 다섯 명이 한 조여서 누가 어떤 실수를 했는지 정확히 가려내기도 어려웠다. 그런데도 사람들 모두가 어비 탓을 한 모양이었다.

아닐걸요. 걔 일은 잘했잖아요.

그렇게 중얼거렸는데 팀장이 짜증을 냈다.

일만 하면 그게 잘하는 거야? 도대체가.

이해하지 못하는 표정을 짓자 팀장이 한마디 더 했다.

종일 일만 하면 그게 잘하는 거야? 일만 하면 되나? 일만 하면 돼?

어쩔 수 없이 나는 한 주만 더 일하기로 했다. 딱 한 주만. 그러나 바빴던 시기가 지나고 하루 이틀 지나다 보니 한 달이 지나 있었

다. 팀장은 끈질기게 나를 잡았다. 1년을 채우면 조장이 되고 더 일
하면 팀장도 되고 나중엔 더 높은 직급이 되는데 왜 그만두느냐는
거였다. 여긴 너처럼 젊은 사람이 필요하고 이 일은 네가 생각하는
것보다 훨씬 보수도 괜찮고 그런 말을 들었던 기억이 난다. 그 말
처럼 직급이 오르고 보수가 나아지고 그러다 보면 조장이나 팀장
처럼 이곳에서 다 늙어 버릴 게 분명했다. 햇볕 한 줌 들지 않는 이
커다란 창고를 빙빙 돌면서 인생을 낭비하고 싶은 마음은 조금도
없었다. 어쨌든 더 나은 일을 구해야 했다.

저도 이제 좀 제대로 취업을 해야죠.

결국 그렇게 쐐기를 박고 나와 버렸다. 어비는 까맣게 잊어버렸
다. 연락처를 주고받은 적도, 따로 만나야겠다고 생각한 적도 없었
다. 다시는 만날 일이 없겠지 여겼는데 몇 주 뒤 거짓말처럼 또 마
주치긴 했다. 일주일 단위로 사람을 쓰는 생활용품 창고에서였다.

어비는 정지된 지게차 다리 위에 걸터앉아 종이로 감싼 유리컵
들을 살펴보고 있었다. 불량품을 골라내는 거였다. 바로 옆에서 커
다란 지게차 두 대가 쉬지 않고 오갔다. 상자가 쌓인 플라스틱 팔
레트를 필요한 곳에 정확하게 옮기는 작업이었다. 삑삑거리는 신
호음이 멀어졌다가 가까워지길 반복했다.

어?

내가 알은체를 하자 어비가 고개를 들었다. 그뿐이었다. 다시금
내가 다가가 목소리를 높이게 됐다. 지게차의 엔진 소리 때문이었
다. 오랜만이네? 언제 왔어요? 그때 왜 나갔어요? 그런 질문에는

한마디 대답도 않던 어비가 중얼거렸다.

거기서 오래 일할 줄 알았는데요.

나는 아예 카트를 한쪽에 세워 두고 어비 곁에 쪼그리고 앉았다. 어차피 딱 일주일만 하는 일이었다. 일주일이 지나면 모두 안 볼 사람들이었다. 누가 뭐라고 하면 얼른 자리로 돌아가 열심히 일하는 척하면 됐다. 나는 이런 이야기를 했다. 이런 일은 돈이 없어서 하는 거고. 어디까지나 잠시만 하는 거고. 이런 건 내가 진짜 하려는 일이 아니고. 나는 취업 준비를 하는 중이고. 어비는 내 말을 듣는 둥 마는 둥 했다. 어쩐지 웃고 있는 것 같아서 돌아봤는데 금이 간 유리컵을 요리조리 돌려 보면서 알 듯 모를 듯한 얼굴을 하고 있었다.

퇴근 후에 나는 집으로 가는 어비를 뒤쫓아 갔다. 어쩌다 보니 그런 모양새가 됐다. 어디든 셔틀버스는 장기 직원만 이용 가능했다. 단기로 일하는 사람들은 각자 알아서 집으로 가야 했다. 창고를 나와 걷다 보니 이어폰을 끼고 걸어가는 어비의 뒷모습이 보였다.

버스 타고 가요? 집이 어딘데요? 얼마나 걸려요?

한참 만에 어비는 자신의 집이 이곳에서 멀지 않다고 말했다.

그 대답을 들으려고 같은 질문을 몇 번이나 반복한 후였다. 우리는 목재, 펄프, 비닐, 제지, 재생 같은 글자가 적힌 건물들을 차례로 지나쳤다. 멀리 산 아래 버려진 컨테이너 위로 노을이 지고 있었다. 그것들은 장난감처럼 조그마해 보였다. 마음만 먹으면 한꺼번에 몇 개씩 집어 멀리 던져 버릴 수도 있을 것 같았다. 화물차 여러 대가 줄지어 들어가고 노랗게 먼지가 일고 그때마다 도로 끝으로 비켜서는 짓을 얼마나 반복했는지 모르겠다. 마침내 2차선 국도가 나타났고 사람들이 도로변 좁은 버스 정류장을 빼곡하게 채웠다. 어색하고 서먹하고 맥 빠진 기운이 가득한 그 안으로 어쩐지 들어갈 엄두가 나질 않았다.

말없이 정류장을 지나쳐 걸어가는 어비를 따라가다가 문득 밥이나 같이 먹자는 말을 해 버렸다. 가도 가도 밥집은 나오지 않고 마침내 우리가 마주 앉은 곳은 화물차 기사와 정비소, 공업소 직원들이 드나드는 작은 식당이었다. 동그란 철제 테이블 하나를 차지하고 앉자 주방 안쪽에서 주인이 나와 불판을 올리고 고기를 가져다주었다.

여기서 조금만 더 가면 나로호 발사 지역인데요. 그게 발사될 때요. 한밤중인데 대낮처럼 환해요. 땅이 막 흔들리고요. 벽이 막 떨려요. 창문도 뜨겁고요. 몇 시간이나요. 거기 가면 아직 우주 센터라는 게 남아 있는데요.

나는 고기를 씹고 맥주를 마시며 어비의 이야기를 들었다. 한 번도 들어 본 적 없는 이야기여서 나는 자꾸만 진짜? 정말? 그래서요? 질문하게 됐다. 그러면 어비는 또 한참 뜸을 들이다가 내가 들어 본 적 없는 이야기를 하고 또 했다. 나중엔 어비도 나도 무슨 이야기를 하고 무슨 이야기를 듣는지 알 수 없었다. 어느 틈엔가 둘다 취해 버린 게 분명했다.

다음 날 일어나 보니 가방 속에서 구겨진 택시 영수증이 나왔다.

김혜진

휴지 뭉치와 껌 한 통, 뭘 적었는지 알 수 없는 메모지와 칫솔, 삼단 우산까지 다 꺼냈는데도 지갑은 보이지 않았다. 가방을 거꾸로 들고 흔들고 몇 번이고 샅샅이 훑어봐도 지갑만 사라지고 없었다. 서둘러 카드 분실 신고를 하고 사용 내역을 조회하고 새로 신분증을 만들고 하다 보니 출근 시간이 한참이나 지나 있었다. 버스를 타고 가는 내내 지갑을 택시에 두고 내렸거나 어딘가에 두고 왔거나 어쩌면 어비가 챙겨 두었을지도 모른다는 생각을 하고 또 하고 계속했다. 괜한 의심과 불신이 살아나지 않도록 내내 다른 가정을 하고 거기에 주의를 기울여야 했다. 창고 앞에 도착했을 땐 점심 무렵이었다.

어비는 보이지 않았다.

나는 서둘러 G 구역 안으로 들어왔다. 점심시간이 끝나고 오후 작업이 시작됐는데도 어비는 나타나지 않았다. 나는 카트를 밀며 내내 어비만 찾아다녔다. 어쩔 수 없이 그렇게 됐다. 한자리에 멍청하게 서 있다가 지게차에 부딪힐 뻔하고, 뜯지 말아야 할 상자를 뜯고, 엉뚱한 물건을 집어 오고, 아무 이유도 없이 3층과 4층을 수시로 오갔다. 용무도 없이 화장실 앞에 우두커니 서서 안을 기웃거리기도 했다. 그런 다음 퇴근하자마자 곧장 사무실로 갔다. 어비의 연락처를 물어보기 위해서였다.

여기서 일하는 사람이 얼마나 되는지 알아요?

문을 열고 나타난 인사 담당자는 뜬금없이 그런 질문을 했다. 못마땅한 기색이었다. 지갑을 잃어버렸고 어쩌면 어비가 가져갔을지도 모르고. 그런 사정을 더듬더듬 말하려고 했는데 담당자는 또 이렇게 물었다. 여기 하루 주문량이 어느 정도 되는지 알아요? 여기 물품 종류가 몇 개나 되는지 알아요? 하루 매출이 어느 정도인지 알아요? 알아요? 알아요? 온통 아느냐는 질문이었다. 내가 대답을 하지 않자 그는 내일부터는 나오지 않아도 된다는 말을 했다. 뭔가 더 말하고 싶은 듯 입술을 달싹이며 오래도록 날 내려다보았는데 문을 닫고 그대로 사무실 안으로 들어가 버렸다.

그게 끝이었다.

이후 나는 매일 여러 개의 취업 사이트를 띄워 놓고 정작 이상한 동영상을 보고 쓸데없는 기사를 읽으며 밤을 보냈다. 하루는 길고 일주일은 금방 지났다. 멍하니 있으면 순식간에 마흔이 되고 쉰이 되고 아무 곳에서도 써 주지 않을 만큼 늙어 버릴 것 같았다. 정말이지 이젠 좀 제대로 된 일이 필요했다.

직장을 구해야 했다.

그러나 나는 될 대로 되라는 심정으로 마우스를 움직이고 차례로 열리는 인터넷 창을 따라 아주 멀리까지 갔다. 문득 정신을 차려 보면 정말 엉뚱한 곳에 멍청히 서 있는 꼴이었다. 그래도 그런 식으로 어비가 있는 곳까지 가게 될 거라고 예상한 적은 없었다. 거기. 수많은 사람들이 개인 방송을 하는 사이트였다. 언제 어디서나 마음만 먹으면 방송을 하고 누구나 시청할 수 있는 곳이었다.

처음 본 건 거구의 남자였다. 그는 도마 위에 산처럼 쌓인 뭔가를 숟가락으로 떠먹는 중이었다. 빵이거나 삶은 고기인가 하고 봤

김혜진

는데 번데기였다. 번데기를 씹고 삼키는 소리가 적나라했다. 더럽고 혐오스러웠는데 어쩐지 계속 보게 됐다. 뭐지, 하는 생각으로 있다 보니 거짓말처럼 몇 시간이 금방 지났다.

뭐 해요? 뭐 하는 사람이에요?

악의에 찬 사람들이 시비를 걸면 그는

번데기 먹는 사람.

입을 벌려 씹다 만 번데기를 보여 주었다. 그곳엔 그런 사람들이 넘쳐 났다. 특히 주말 밤에는 수백, 수천 개의 방송들이 사람들을 끌려고 밤새도록 반짝거렸다. 말이 방송이지 대부분 방송이라 말하기도 민망한 수준이었다. 좁고 작은 방을 배경으로 얼굴을 내밀고 앉아 아무 이유도 목적도 없는 일에 몰두하며 시간을 보내는 사람들이 대부분이었다.

그런 걸로도 돈을 벌 수 있다는 게 놀라웠다.

신기했고 재미있었는데 뭐랄까, 불쾌해졌다. 별풍선 하나는 100원. 열 개는 1000원. 열 명이 열 개씩이면 만 원. 100명이 100개씩이면 100만 원이 되는 거였다. 그걸로 집도 사고 차도 사고 가게도 내고 사업도 하면 안 되는 거 아닌가. 그러려고 하면 안 되는 거 아닌가. 일을 해야 하는 게 아닌가. 그런 생각이 들면 다른 사람들처럼 아무 말이나 하게 됐다. 아무 방송에나 들어가서 아무 말이나 지껄이고 쫓겨나고 또 쫓겨나고 계속 쫓겨나는 게 그즈음 내가 밤마다 하는 일이었다.

그러다 문득 어비라는 이름을 발견한 거였다. 어비는 물류 창고 앞마당에 묶여 있던 개 이름이었다. 어비야, 어비야. 종종 개집 앞에 쪼그리고 앉아 어비를 불렀던 기억이 난다. 왜 그런 이름을 닉네임으로 정했을까 하고 봤더니 어비였다. 개 어비가 아니라 사람 어비. 아무 말 없이 사라져 버린 그 어비였다.

오죽하면 모르는 사람들 앞에 얼굴을 내놓고 방송을 할 생각을 했을까.

그래도 다른 사람들처럼 별풍선을 선물할 생각은 안 했다. 이런 건 일이 아니고 이런 식으로 돈을 버는 건 반칙이고. 그보다 내가 아는 어비는 이런 걸로 뭘 해 보려는 사람이 아니었다. 그러니까 어비는 열심히 일할 줄 알고 열심히 일해야 한다는 걸 잘 아는 사람이 아닌가.

화면 앞에 앉은 어비는 말이 없었다. 사람들이 인사를 건네고, 질문을 하면 겨우 더듬더듬 몇 마디를 했는데 말을 이어 나가고 사람들을 계속 붙잡아 두는 재능 같은 건 도무지 생겨나지 않았다. 하루도 거르지 않고 방송을 했는데 사람을 끌어들일 만한 외모도, 몸매도 하다못해 재치와 유머 같은 것도 없어서 드물게 찾아온 사람도 다 놓쳐 버리기 일쑤였다.

이 사람 뭐죠? 이거 무슨 방송이죠?

사람들은 그렇게 몇 번 묻다가 나가 버렸다. 그보다 더 인내심이 있는 사람들은 뭔가 하겠지, 다른 게 나오겠지 기다리다가 인신공격을 하고 어비를 자극하는 데 골몰했다. 나는 어비 말고 어비 너머 보이는 배경들을 오래 살폈다. 방의 한쪽 면을 차지한 책장과

티셔츠 몇 장이 걸린 옷걸이, 네모난 거울과 통기타 같은 것들을 찬찬히 훑는 거였다. 방은 아담해 보였다. 문고리나 벽지는 낡아 보였는데 대체로 잘 정돈된 분위기가 느껴졌다. 그러나 그런 것들을 다 보고 나면 다른 사람들처럼 곧 지루해졌다.

뭐든 좀 하지.

그런 말을 했던 기억이 난다.

실은 그건 내가 들은 말이었다. 면접을 보면서 몇 달을 흘려보낸 뒤 나는 아는 선배의 소개로 작은 무역 회사에 들어갔다. 말이 회사지 낡은 건물에 세 든 열 평짜리 사무실이었다. 예전 여행사 간판을 그대로 달고 있어서 미로 같은 건물 내부를 오래 헤매야 발견할 수 있는 그런 곳이었다. 어쨌든 선배는 자신이 없는 동안만이라고 단서를 달았다.

그래도 모르지. 네가 일을 잘하면.

그런 여지를 남기긴 했는데 막상 가 보니 무슨 일을 해야 하는지 말해 주는 사람이 아무도 없었다. 나를 계속 서로에게 미루고 떠넘기려는 분위기가 역력했다. 때문에 나는 종일 파티션 아래 웅크리고 다른 사람들처럼 열심히 일하는 척 흉내를 냈다. 일하는 것보다 그러는 척하는 게 몇 배나 더 힘들었다.

그런데요. 저는 무슨 일을 해야 하죠?

결국 며칠 만에 옆자리에 앉은 사람에게 도움을 청했는데 그 사람은 뜨악한 표정을 지었다.

여기 일하러 오셨잖아요. 뭐든 하셔야죠.

선심 쓰듯 한마디 한 뒤 고개를 돌려 버렸다. 알아서 하라는 뜻이었다. 물론 할 일이 전혀 없는 건 아니었다. 그러나 우표를 붙이고 우편물을 발송하고 주소록을 정리하고 비품을 사 오는 일은 길어도 한두 시간이면 끝났다. 몇 개 되지도 않는 화분에 물을 주고 쓰레기통을 비우는 일은 더 빨리 끝났다. 그런 일들은 아무리 시간을 끈다 해도 종일 할 수 있는 일이 아니었다. 나는 의기소침해지고 주눅이 들고 불쾌해지고 수시로 화가 치밀었다.

작정하고 사람을 우습게 만들려는 게 아니면 이게 뭔가.

그런 생각이 들면 당장이라도 그만두고 싶었다. 그곳에서 내가 종일 한 일은 그런 충동과 분노를 가만히 잠재우는 것이었다. 그런 것들은 언제나 시도 때도 없이 살아났고 어쨌든 나는 모른 척하는 방법을 배워야 했다. 결국엔 멀찌감치 떨어져서 우스워지는 나 자신을 남의 일처럼 구경하는 수밖에는 없었다.

퇴근 후에는 습관적으로 어비를 찾게 됐다.

어느 날 보니 어비는 웃통을 벗고 선글라스를 낀 채 화면 앞에서 있었다. 책장이 있었던 자리는 텅 비어 있었다. 벽지에 알 수 없는 해괴한 낙서가 가득했다. 고추장인지 빨간 물감인지 모를 어떤 것들로 크게 어비의 이름을 적어 놓은 것 외엔 도무지 알아볼 수가 없었다.

여러분, 여러분들이, 여러분께서.

어비의 입에서 그런 말들이 아무렇지 않게 나왔다. 접속자 수가 빠르게 늘었다. 어비는 두 팔을 크게 움직여 젓가락을 뜯은 다음

바닥에 놓인 음식들을 소개했다. 짜장면, 짬뽕, 볶음밥, 우동, 탕수육으로 이어지는 싸구려 중국 음식들이었다. 어비는 화면 상단에 타이머를 띄운 다음 그것들을 빠르게 먹어 치우기 시작했다. 일부러 마이크 가까이 입을 갖다 대고 요란하게 음식 씹는 소리까지 냈다. 뭐랄까. 그럴 때 어비는 뭔가를 먹는 사람이 아니고 먹는 일을 하는 사람 같았다. 입안을 가득 채운 음식이 자꾸만 입술을 비집고 튀어나왔다. 하나둘 사람들이 모여들었고 채팅창이 넘실거렸다. 말들이 빠른 속도로 솟구치기 시작했다.

네 그릇을 깨끗하게 비워 갈 때쯤 별풍선이 터졌다. 처음엔 한두 개 터지더니 열 개를 넘어서고 100개, 200개, 300개를 넘어섰다. 어비는 음식을 씹다가 말고 바닥에 엎드려 고맙습니다, 감사합니다, 큰 소리를 냈다. 입안에서 씹다 만 음식이 튀어나오는 게 다 보일 정도였다.

그리고 나는 어느 순간 방송을 꺼 버렸다.

한심하다는 생각이 들었는데 방송이 꺼지고 고요해진 방에 우두커니 앉아 있는 동안 점점 더 설명하기 힘든 기분이 됐다. 뭐 저런 식인가. 저런 걸로 어떻게 돈 벌 생각을 하나. 벌어도 되나. 벌 수 있나. 얼마나. 얼마만큼. 그럴 필요가 없다고 생각하면서도 나는 자꾸만 따져 보게 됐다. 가만히 방 안에 앉아 배달 음식을 시켜 놓고 그걸 먹는 대가로 단 몇 시간 만에 어비가 벌어들인 돈과 앞으로 벌어들일 돈을 카운트해 보는 거였다.

한번은 상무의 아이를 데리러 초등학교에 간 적이 있다. 외근을 나왔는데 아이가 아프다는 연락을 받았다는 거였다. 어쨌든 집까지만 좀 데려다 달라는 부탁이었다. 몹시 무더운 날이었다. 좁고 가파른 골목을 한참 걸어 올라가야 했다. 운동장에 깔린 모래들이 허공으로 떠오르고 연기처럼 어른거리는 착각이 들 정도였다. 곧장 교무실로 가서 아이의 이름과 학년을 말하고 상황을 설명했는데 아무도 아는 사람이 없었다. 상무와는 연락이 닿지 않고 한참 만에 통화가 됐는데 그는 오히려 화를 냈다. 거기가 아니라는 거였다. 분명 제대로 알려 줬는데 왜 일을 이렇게 만드느냐며 이럴 거면 처음부터 하지를 말지 어쩌고저쩌고하는 비난이 이어졌다.

그런 비슷한 일은 반복됐다.

다들 말로는 부탁이라고 하고 아주 당연하게 사람을 부렸다. 나는 몇 정거장 떨어진 도서관에 가서 대출 기한을 넘긴 책들을 반납했다. 주문서와 영수증을 들고 백화점 여러 군데를 돌며 주문한 물건을 찾고 사이즈가 맞지 않는 옷과 신발을 교환했다. 견인된 차를 찾으러 한 시간 넘게 지하철을 타고 차량 보관소까지 간 적도 있었다. 너무하는 게 아닌가 싶었지만 그러려니 했다. 어쨌든 이렇게 사람들의 부탁을 들어주다 보면 가까워질 테고 그러면 제대로 된 업무를 할 수 있겠지. 일다운 일을 할 수 있겠지. 그렇게 생각했던 것 같다.

어느 일요일 저녁 방송을 켰을 때였다.

어비는 길 위에 있었다. 휴대폰으로 방송을 켜고 어디론가 걸어가는 중이었다. 사람들이 어디 가냐, 뭐 하러 가냐, 묻는데도 어비는 그냥 앞으로, 앞으로만 가는 데 정신이 팔려 있었다. 어비는 좁은 골목길을 빠져나와 불을 켜고 작업 중인 공사 현장을 지났다. 한참 만에 멈춰 선 곳은 작은 버스 정류장이었다.

그 순간 나는 전화 한 통을 받았다. 사장이었다.

잠시 나올 수 있나? 여기 문제가 좀 있는데.

전화를 받자마자 사장은 큰 소리를 냈다. 당장 나오라는 뜻이었다. 사무실로 가야 하느냐고 물었더니 다른 장소를 말해 줬다. 어쨌든 빨리 와 달라는 부탁이었다. 서둘러 옷을 챙겨 입고 집을 나섰다. 조급한 마음에 택시를 탔고 계속 기사를 재촉하게 됐다. 도착한 곳은 높은 빌딩들이 즐비한 번화가였다. 어디나 사람이 많았다. 똑바로 걸어갈 수가 없을 정도였다. 사장이 알려 준 대로 큰 건물을 찾고 뒤편으로 돌아갔더니 술집이 다닥다닥 붙은 골목이 나타났다. 수많은 간판들로 사방은 대낮처럼 환하고 바닥은 울긋불긋한 광고 전단지로 어지러웠다.

사장은 한참 만에 나타났다. 비슷한 연배로 보이는 남자 서넛과 함께였다. 누군가와 어깨동무를 하고 뒤뚱거리며 다가온 사장은 나를 제대로 알아보지도 못했다. 눈을 가늘게 뜨고 한참 내 얼굴을 노려보기만 했다. 나는 잠자코 기다렸다. 술기운에 만만한 직원 하나를 불러내 주거니 받거니 술을 마시며 시간을 보내고 싶을 수 있지. 이해하려고 안간힘을 쓰는 중이었다. 분위기가 좋으면 내 업무에 대해 한 번쯤 따져 물을 기회가 생길지도 몰랐다. 그러면 사무실에서 보이던 냉담한 반응 말고 어떤 구체적인 답변이나 친절한 해명이 돌아올 수도 있었다. 잘만 하면 내일부터는 비로소 업무라고 할 만한 게 주어질지도 몰랐다. 그러니까 그런 기대를 전혀 하지 않은 건 아니었다. 나는 횡설수설하는 사장의 이야기를 알아들으려고 기를 썼다. 그러나 사장은 나머지 사람들을 나에게 떠넘기다시피 하고 택시를 타고 가 버렸다. 어쨌든 집까지 잘 모셔다드리라는 요구가 그날 내가 알아들은 유일한 말이었다.

나는 어비가 어두운 건물 근처를 서성이는 모습을 휴대폰으로 봤다. 두 사람을 차례로 집 앞에 내려 주고 남은 한 사람을 택시로 데려다주는 길이었다. 도로는 꽉 막혀 있었다. 터널로 진입하자 끝도 없이 늘어선 붉은 미등이 나타났다. 나는 계속 휴대폰을 만지작거렸다. 화면 속에서 환한 불빛과 기다란 그림자와 바닥에 끌리는 발소리와 더운 숨소리 같은 것들이 제멋대로 뒤섞이고 있었다. 멀미가 일었다. 결국 뒷좌석에 있던 사람이 먹은 것을 다 게워 냈다. 가도 가도 끝은 안 보이고 나는 열린 창으로 쏟아져 들어오는 뜨거운 매연을 마시며 기사의 원망을 들었다.

터널을 빠져나오자마자 차부터 세웠다. 잠든 사람을 뒷좌석에서 끌어내고 호주머니를 뒤져 지갑을 꺼냈다. 열어 보니 현금이 꽤 많았다. 밤 장사를 망쳤고 시트를 갈아야 하는데 냄새는 잘 안 빠지고 어쩌고저쩌고 떠들던 기사는 지갑에서 돈을 꺼내 주자마자 군말 없이 떠났다.

택시가 간 다음 나는 곧장 뒤돌아섰고 앞만 보고 걸었다. 한 손에 지갑을 든 채였다. 편의점을 발견하곤 캔 맥주 두 개를 단숨에

김혜진

비웠다. 그러는 동안 뭔가 뜨겁고 단단한 것이 계속 나를 충동질하고 지나가는 걸 분명히 느낄 수 있었다. 그런 충동은 내 안의 뭔가를 다 깨고 부수고 망가뜨리고 박살 낼 때까지 절대 그치지 않을 것 같았다. 그런 예감이, 확신이 점점 더 선명해졌다. 그리고 그런 순간에 당장 무엇이라도 저지를 수 있는 기분이 됐다. 그게 뭐든 아무 상관이 없었다.

어비가 도착한 곳은 물류 창고 앞이었다. 불 꺼진 창고를 향해 어비는 아무 말이나 지껄여 댔다. 바로 여기가 우주 센터이고, 인공위성이 발사됐고, 전 세계에서 기자들이 몰려왔고 밤이 대낮처럼 환했고, 땅이 흔들렸고 창이 뜨거웠고, 미친놈, 개새끼. 나는 손가락을 움직여 험한 말과 욕설을 쓰고 또 썼다. 별풍선이 터지고, 터지고 계속 터졌다. 내 말은 자꾸 빠르게 위로 밀려났고 보이지 않게 되어 버렸다. 어비의 얼굴은 점점 더 환해지고, 나는 실은 네가 내 지갑을 훔쳐 갔고 네가 하는 건 죄다 거짓말이고 겨우 그런 식으로 돈을 버는 인간이고 그런 말을 하고 또 하고 계속했다.

결국 할 수 없는 건 아무것도 없다는 생각이 들었다.

그 밤 내가 마지막으로 본 것은 주홍색 가로등 불빛이 쏟아지는 철제 대문 앞에 쪼그리고 앉아 있던 어비였다. 아니, 도로변에 앉아 내내 환한 화면을 들여다보던 나였는지도 모른다. 어쨌든 그곳으로 달려가 어비의 멱살을 잡고 내 지갑의 행방을 묻고 그따위로 살지 말라고 비난을 하고 욕설을 퍼붓고 싶었지만 그럴 수 없었다. 지갑을 어쨌냐고 물으면 정말 아무것도 모르는 순진한 얼굴로 저는 모르는 일이라고 시치미를 뗄 게 분명했다. 그게 아니면 길이 막히고 하필이면 그때 그 사람이 갑자기 구토를 하고 어쩌고저쩌 고하면서 다른 사람 핑계를 댈 거였다. 말도 안 되는 변명을 늘어 놓으면서 사정할지도 몰랐다. 그것도 아니면 모든 게 제 탓이고 제 잘못이고 정말 죄송하다는 마음에도 없는 말을 하면서 굽실거리게 되겠지. 굽실거려야 하겠지. 어쨌든 이건 아니고, 정말 아니고, 진 짜 아니지 않느냐고 따져 묻는 어비는 이제 없었다.

나는 도로변을 따라 걷다가 육교를 건너고 커다란 다리 위로 접 어들었다. 난간에 붙어 서서 넘실거리는 강을 내다보는 사람들이 보였다. 내내 길 위를 서성이던 어비는 보이지 않았다. 깨진 담벼 락과 캄캄한 지붕과 노란 불빛들이 뒤엉키는가 싶었는데 어느 틈 에 방송이 꺼져 버렸다. 아무리 기다려도 방송은 다시 켜지지 않았 다. 나는 난간에 몸을 기대고 시커먼 강을 오래도록 노려보았다. 이 모든 게 어비 때문이고 어비 탓이고 그런 생각이 들면 당장 달려가 실컷 화풀이라도 하고 싶었지만 그럴 수 없었다. 서늘하고 축축한 바람이 불어왔다. 나는 또 계속 주변을 두리번거리며 서 있기만 했 다. 계속 앞으로 가는 것도, 되돌아 나가는 것도 아득해 보이긴 마 찬가지였다. 어느 방향으로 가야 좀 덜 걸을 수 있을까. 금방 다리 를 벗어날 수 있을까. 어차피 그런 건 없었다. 그런 생각이 들었다. 나는 걷기 시작했다.

김혜진, 「어비」

눈떠 보면 달라져 있는 세상입니다. 잘나가던 직업이 어느새 사라져 버리기도 하고, 듣지도 보지도 못한 새로운 직업이 생겨나기도 하지요. 2018년에 통계청에서 발표한 '한국 표준 직업 분류'를 살펴보면 수많은 직업이 새로 등장했는데요. 그 가운데 단연 눈길을 끄는 직업이 있었습니다. 바로 '미디어 콘텐츠 창작자'입니다. 인터넷 사이트에서 개인의 영상 콘텐츠를 제작하여 올리고 이를 통해 수익을 창출하는 사람들을 일컫는 말입니다. 이른바 'BJ, 유튜버, 크리에이터' 등으로 부르던 사람을 이제는 정식 직업인으로 인정하였다는 의미입니다. 물론 이 직업을 두고 '일 같지도 않은 일'이라고 폄하하기도 합니다. 「어비」의 '나'처럼 말이지요.

'나'는 화면 속에서 우연히 다시 만난 '어비'를 못마땅해합니다. 인터넷 개인 방송은 '일다운 일'이 아니고, 그런 식으로 돈을 버는 것은 반칙이라고 생각하기 때문입니다. 아무리 생각해도 이런 일은 '나'에게 가치가 없어 보입니다. '내'가 보기에 '어비'는 직장에서 누구보다 열심히 일하는 사람이었습니다. 쉬는 시간에도 일을 할 정도로 성실했던 '어비'가 방에 틀어박혀 음식을 먹는 일로 돈을 버는 모습을 보며 '나'는 마음이 상합니다.

'나'는 쭉 '일다운 일'을 찾아 헤매는 중이었습니다. 처음 '어비'와 함께 다녔던 직장에서부터 언젠가는 제대로 취업을 해 '일다운 일'을 하겠다고 생각하지요. 새로 들어간 무역 회사에서도 마찬가지였습니다. 잡일이나 잔심부름을 하면서 언젠가는 '일다운 일'을 하게 되지 않을까 기대하지요. '나'는 과연 '일다운 일'을 찾을 수 있을까요? 그나저나 정말 '일다운 일'이란 어떤 것일까요? 공장에서 땀 흘리며 일하는 것은 가치 있고, 인터넷 방송에서 음식을 먹어 대는 일은 가치 있는 일이 아닐까요?

김세희(1987~) 작가는 2015년 「얕은 잠」이 세계의문학 신인상에 당선되어 등단하였습니다. 2018년 「가만한 나날」로 젊은작가상을 수상하였습니다. 작품으로는 단편 소설 「드림팀」, 「그건 정말로 슬픈 일일 거야」 등이 있습니다.

가
만
한 나
날

김
세
희

1

첫 출근을 앞둔 일요일, 나는 대학로에서 우연히 재화 언니를 만났다. 구름 끼고 쌀쌀한 바람이 불던 오후였다. 그때 스물여섯이던 나는 출근을 앞두고 마음의 준비를 한답시고 종일 원룸에 혼자 있다가, 괜히 잡생각만 가득해지고 점점 압박감이 들어서 집 밖으로 나갔다. 마로니에 공원 쪽으로 좀 걷다가 아이쇼핑을 할까 싶었다. 밤에는 엄마와 통화하고 일찍 잠자리에 들어야지.

지하철역 출구의 계단을 꽉 메운 사람들이 규칙적으로 밀려오는 파도처럼 일렁이며 끊임없이 지상으로 올라오고 있었다. 나는 그 앞을 지나다가, 누군가를 기다리는 듯 출구 한쪽에 서 있는 재화 언니를 보았다. 영어 학원에 다닐 때 친하게 지낸 언니로, 그때 언니는 이미 회사원이었다. 길에 서서 서로 근황을 전하다가, 나는 내 일부터 작은 마케팅 회사에 출근한다고 말했다. 언니는 활짝 웃으면서 축하해 주었다. 그러더니 내가 몹시 긴장한 상태라는 걸 알아채고 깔깔 웃으며 놀려 댔다.

"맞다! 너 인생 첫 출근이지! 완전 떨리겠네?"

김세희

나는 갑자기 매달리고 싶은 심정이 되어서, 언니의 팔을 붙잡고 사회생활 선배로서 조언해 줄 게 없느냐고 물었다. 그러자 언니는 놀려 대기를 멈추고 진지하게 고민하더니 말했다.

"음, 이렇게 생각하면 어떨까? 너 자신을 프로라고 생각하는 거야. 나도 어디서 들은 얘기인데, 난 도움이 됐거든. 신입이어도 난 아무것도 몰라, 난 초짜야, 라고 생각하는 것보다 나는 프로야, 나는 프로페셔널해, 마음가짐을 그렇게 갖는 거지. 난 이 일을 프로답게 해낸다, 그런 자세로다가."

언니가 계속해서 말했다.

"난 일할 땐 좀 까칠한 편이거든. 약간 완벽주의자 기질이 있어서. 그렇게 안 보일지 모르지만 내가 좀 그렇단다? 그래서 공과 사를 더 구분하려고 하는 편이야. 그런데 일할 때 말고 회식하거나 할 때는 일부러 좀 풀어. 바보 같은 소리도 하고. 그럼 사람들도 오히려 좋아해."

그때 언니가 무슨 말을 했어도 나는 황금처럼, 귀인의 귀띔처럼 받아들였을 것이다. 다음 날 아침 출근하는 만원 지하철 안에서, 그리고 낯선 사무실 문을 열고 들어가는 순간까지도 나는 주문을 외듯 나는 프로다, 나는 프로다, 중얼거리고 있었다.

신입은 나를 포함해 세 명이었다. 회의 준비로 어수선한 사무실에서 우리는 서로 어색한 목례만 나눈 채 앉아 있다가 9시 정각에 복도 맞은편 회의실로 이동했다. 앳된 얼굴의 직원이 빠른 걸음으로 테이블을 빙 돌며 자료를 나누어 주었다. 프린트 열기가 채 식지 않은 따끈따끈한 종이를 집어 드는데, 어쩐지 쑥스러워서 입가가 실룩거렸다. 진짜 회사원이 되었구나, 실감이 났다. 나는 입가의 실룩거림을 억제하며 이런 회의라면 오십 번쯤은 참석해 봤다는 얼굴로 종이를 팔락팔락 넘겼다.

자료는 영업팀, 홍보팀으로 나뉘어 있었고, 팀별로 지난주 주요 업무 내용과 이번 주에 진행할 업무가 칸 안에 정리되어 있었다. 블로그 후기 마케팅이 주력인 광고 대행사로, 신생이지만 규모가 아주 작은 건 아니었다. 영업팀장이 의자를 당겨 앉으며 업무 보고를 시작했다. 지난주 계약을 따낸 곳 중에 더진코리아가 있었다. 오랫동안 공을 들인 끝에, 이번에 런칭한 실내 포차 브랜드의 광고를 맡았다. 네이스에 '실내 포차'를 키워드로 검색했을 때 블로그 검색 결과 1페이지 안에 더진포차 맛집 후기가 노출되는 것이 계약 조건이었다.

"신입도 세 명이나 뽑았으니, 걱정 없겠죠?"

영업팀장이 넌지시 어깨를 들먹이며, 배턴을 넘긴다는 듯 말했다. 홍보팀장 ― 사십 대 초반 남성 ― 이 머쓱한 웃음을 지으며 말을 받았다.

"그렇게 만들어야죠."

그가 바로 나의 상사가 될 사람이었다. 신입들은 모두 홍보팀에 속했다. 블로그를 관리하고 의뢰받은 후기를 작성하는 일을 전부 홍보팀에서 했다. 다른 두 사람은 어떨지 몰라도, 마케팅 쪽으로 경력을 시작하는 점이 내게는 중대한 의미가 있었다. 국문과 출신이지만 3학년 때 이미 전공을 살리지 않고 일반 기업에 취직하는 쪽으로 진로를 잡았다. 시간이 좀 걸리더라도 첫발을 제대로 디디는 게 중요하다는 얘기를 귀에 못이 박이도록 들었고, 맞는 말이라는 생각이 들었다. 그런데 정작 회사에 입사할 때는 전공 덕을 보았다. 인문학 전공자를, 그것도 글솜씨가 있는 지원자를 우대한다고 적혀 있었던 것이다. 꽤 시간이 걸렸지만, 그래도 결국 원하는 분야로 취업했다는 사실에 나는 오랜만에 성취감을 맛보았다.

2

그렇게 사회생활의 긴 이력이 시작되었다. 회의의 감흥은 곧 사라졌다. 매주 회의의 연속이었다. 특히 월요일은 '본격적으로' 회의에 들어가다가 점심시간이 되곤 했다. 그중 가장 중요한 건 콘셉트 회의였다. 새로운 블로그 계정을 열 때마다 콘셉트 회의를 했는데, 처음엔 그게 뭔지 몰랐다. 테이블 앞에 팀원들이 둘러앉았고, 팀장이 선배들을 빙 둘러보며 말했다.

"자, 이번엔 어떤 인물을 만들어 볼까?"

한 선배가 자료를 한 장씩 나눠 주었다.

— 익스트림 스포츠를 즐기는 30대 후반의 돌싱남.

큰 테마 아래 그가 구상한 인물의 라이프스타일과 관심사가 정리되어 있었다. 친한 형을 모델로 만들어 본 인물이라고 했다. 그는 평일 출근 전에 한강 변을 따라 자전거를 타고, 주말엔 암벽 등반을 다니며, 여름엔 서핑을 한다. 그는 형제가 몇 명일까? 즐겨 방문하는 커뮤니티는, 챙겨 보는 예능 프로그램은 무엇일까?

팀장은 상상력을 강조했다. 그는 말하곤 했다. 사람들은 바보가 아니다. 블로그를 광고 글로 도배하는 방식으로는 살아남을 수 없다. 딱 보면 광고 느낌이 오는 리뷰는 더 이상 통하지 않는다. 기계적인 문구 말고, 상상력을 발휘해서 진짜 살아 있는 사람의 목소리를 내야 한다. 네이스는 블로그마다 등급을 매겼고, 일정한 점수에 도달해 '최적화 블로그'가 되면 그때부터 게시 글이 검색 결과의 상위에 올라갔다. 그러면 광고에 투입할 수 있었다. 상당한 시간과 노력이 필요한 일이었다.

팀장은 우리 신입들에게도 각자 '1호기'를 준비하라고 했다.

"첫 블로그는 평생 기억에 남는 법이지. 잘 생각해서 준비해 봐."

그날부터 고민이 시작되었다. 웬만한 이력을 가진 웬만한 캐릭터는 선배들이 만든 것 중에 이미 다 있었다. 내가 들어 본 적도 없는 온갖 트렌디한 관심사를 가진 인물들. 나는 나의 이력, 관심거리 중에 차별화될 만한 것이 뭐가 있을까 고민하다가 가장 좋아하는 고전 소설의 주인공을 떠올렸다.

일주일 뒤, 우리 세 사람은 회의실 테이블 앞에 둘러앉았다. 마지막으로 팀장이 들어왔다. 홍성식 ― 나보다 다섯 살이 많았다 ―의 인물은 홍대와 합정에 이어 당시 새로이 핫플레이스로 떠오르기 시작한 망원동에 거주하는 30대 초반 힙스터 남자였다. 예린 씨

김세희

― 나와 동갑이었다 ― 는 뮤지컬을 비롯해 고급 문화생활을 향유하고 배우의 '출근길', '퇴근길'까지 챙기는 등 단순한 소비자가 아니라 스스로를 문화 산업의 일원으로 여기는 30대 중반 전문직 여성을 내세웠다.

그리고 내 차례였다. 홍성식은 내 자료에 첫 눈길을 준 순간, 피식, 또는 그와 거의 흡사하게 들리는 짧은 소리를 뱉었다. 그가 나를 세상 물정 모르는 문과 출신 애송이라고 여기고 있다는 게 느껴졌고, 얼굴이 확 달아올랐다. 그는 나를 거의 딱하다는 듯 바라보았다.

그러나 팀장은 의외의 반응을 보였다. 돌이켜 보면 막 시작된 내 사회생활 이력에서 중대한 기점이 된 장면이었다.

"아, 채털리 부인이라는 말 오랜만에 듣네. 명작 중의 명작이지. 대학 때 이 소설을 원서로 읽었는데 말이야.

그는 내 1호기 구상이 담긴 종이를 한 손에 들고 훑어보았다. 원서를 끼고 캠퍼스를 거닐던 때를 회상하는 듯 입가에는 수줍은 미소를 띠고 있었다. 알고 보니 그는 지방 국립 대학의 영문과 출신이었다. 그는 무척 작은 체구에, 오른쪽 광대뼈 위로는 찰흙 반죽을 납작하게 붙여 놓은 것 같은 흉터가 있었다. 선천적인 것인지 후천적으로 생긴 것인지 짐작하기 어려운, 표면이 매끈매끈한 붉은 흉터였다. 그러나 아주 흉하지는 않았고, 얼굴에 난 큰 점처럼 가장 먼저 눈에 띄고 어쩌다 저런 흉터가 생겼을까 궁금해지는 정도였다.

그를 보면서, 처음에 난 조금 의아함을 느꼈다. 그는 내성적이고 유약해 보였으며 조용한 음성으로 차분하게 말을 했다. 팀장으로서 회의를 이끌어 가면서도 사람들이 자신을 주목하는 상황에 여전히 조금은 부끄러워하는 것 같았다. 이런 회사, 이런 자리에 어울리는 사람처럼 보이지 않았다. 광고 회사, 마케터라고 하면 유행에 맞게 꾸민 개성적인 외모에 적극적이면서도 쿨한 인물이 떠올랐다. 왠지 모르지만 그런 사람이 이런 일에 어울릴 거라고 생각했고, 나 역시 스스로를 거기 맞추려 했었다.

그날 그는 내 1호기 채털리 부인에 대해 말하기를, 남편과 멀리 떨어져 살며 홀로 아이와 개를 키우는 싱글맘 콘셉트도 좋고, 하루하루 능동적으로 행복을 추구하는 외유내강형의 성격도 좋지만, 세부적인 내용은 더 구체적으로 만들어 보라고 조언했다. 이후 몇 차례 더 피드백을 거친 뒤 우리는 각자 계정을 하나씩 받았다. 작은 화분을 품에 안은 느낌이었다. 그날 오후, 나는 블로그를 시작하는 일반인들이 올릴 법한 짤막하지만 정성을 담은 자기소개 글을 작성하며 채털리 부인을 블로그계에 데뷔시켰다.

우리는 리뷰 업무에도 투입되었다. 음식점의 비중이 높았다. 가게에서 매장 사진과 메뉴판, 맛깔스럽게 찍은 음식 사진을 보내 주면 그걸 조합하고 배치해서 직접 가 본 것처럼 후기를 작성했다. 광고주가 삽입해 달라고 요청한 특정 문구를 강조하는 요령도 생겼다.

내가 보기에 리뷰에서 가장 중요한 건 디테일이었다. 나는 그 사

김세희

실을 곧 깨달았다. 구체성이 리뷰의 생생함을 좌우했다. 직접 먹어 본 것처럼, 직접 사용해 본 것처럼. 업체에서 보내 준 정보가 만족스럽지 않으면 이메일을 보내 추가로 요청했다. 그렇게까지 하는 사람은 없는 것 같았지만 상관없었다. 나는 더 잘 해내고 싶었다. 왜냐하면 나는 스스로 프로라고 여겼으니까.

— 이 메뉴랑 이 메뉴의 차이가 뭔가요? 봉골레는 사진 다른 걸로 하나만 더 보내 주세요.

이렇게 해도 괜찮나? 싶을 때도 있었다. 병원이 제시한 문구를 넣어 사각턱을 절제했다고 후기를 작성할 때였다. 치아 교정 후기, 라식 수술 체험 후기를 쓸 때도 그랬다. 이래도 되는 건가? 그러나 곧 그 감각도 사라졌다.

게다가 내가 지금껏 뭔가를 사고 찾을 때마다 검색해 참고했던 블로그 후기들도 죄다 업체를 통해 작성된 것이라는 사실을 알게 되었다. 포털의 로직을 알면 알수록, 일반인이 운영하는 블로그 글이 상위에 노출되기란 거의 불가능했다. 맛집이나 병원처럼 사람들이 자주 검색하는 키워드일수록 그랬다. 많은 사람들이 자주 검색하고 참조하기 때문에 시장이 되는 것인데, 시장이 되면 사람들이 원하는 진짜 정보는 닿지 않는 곳으로 밀려난다.

이것이 경제구나.

나는 세상의 이치를 목도한 사람처럼 약간의 경이로움과 체념을 느끼며 고개를 끄덕였다.

3

나의 1호기 채털리 부인이 초고속으로 최적화에 성공한 뒤, 팀장은 내게 중요한 건들을 맡겼다. 채털리 부인은 '신생아부터 6세까지 사용 가능한' 3단계로 변형되는 프리미엄 토들러 침대에 아기를 재우고, 토요일 밤에는 일본에서 수입한 '개 샴푸계의 샤넬' 제품으로 개를 목욕시켰다.

돌이켜 보면 이십 대 중에서도 가장 열정적이던 시기였다. 내가 채털리 부인에게 얼마나 정성을 쏟았던가. 그보다 더 열심히 일할 수는 없었다. 그것도 완전히 자발적으로. 이십 대 중반까지는 돈을 지불하고 뭔가를 학습하고 받아들이기만 했다. 그런데 이젠 돈을 내는 것이 아니라 받았고, 내 머리와 손끝을 써서 뭔가를 생산해 냈다. 그 느낌이 너무 좋았다. 쓸모 있는 존재라는 느낌. 조금만 더 시간을 할애해 정성을 기울이면 결과물이 더 좋아지는 게 눈에 보였다.

리뷰 업무를 하느라 하루를 다 보낸 날에는 저녁을 먹고 사무실에 남아 일상 포스팅을 작성했다. 직원들은 개인 블로그로 보이기 위해 일상적인 내용을 담은 글을 올려야 했고, 가족과 친척들, 그 반려동물들 사진까지 활용했다. 이웃 수를 유지하려면 이웃을 맺은 블로그를 방문해 댓글도 남겨야 했다. 업체들 간에도 쉽게 알아보지 못했다. 유령들끼리 서로 이웃을 맺고, 훈훈한 댓글을 달고, 안부 인사를 주고받았다.

김세희

이용자들을 의식해서만은 아니었다. 벌점을 피하기 위해서였다. 사람들이야 이거 광고 아냐? 하고 넘기는 게 끝이지만, 네이스는 아예 블로그를 죽일 수 있었다. 네이스는 자기 포털에 양질의 콘텐츠를 보유하고 싶어 했다. 애초에 그것이 블로그 서비스를 시작한 목적이었다. 블로그 모니터링 팀이 과도하게 선정적인 글, 방문자 수를 늘리기 위해 실시간 검색어를 넣어 짜깁기한 낚시글, 광고성 쓰레기 글에 벌점을 매겼다. 그러나 실제로 벌점 제도가 어떻게 운영되는지는 아무도 몰랐다. 네이스의 로직은 공개된 바가 없었기에, 업계에는 진위를 알 수 없는 추측과 속설만 무성했다.

내 경우엔 아기와 대형견을 함께 키우는 사촌 언니가 채털리 부인의 실감을 높이는 데 도움이 되었다. 언니는 사진을 자주 보내주었다. 나는 아기의 옆모습이나 뒷모습, 그리고 개 사진을 가져다 썼다. 언니가 사진을 보내며 한 말까지 그대로 베끼기도 했다. 언니는 자신이 채털리 부인의 삶에 재료를 제공하고 있다는 사실을 꿈에도 몰랐을 것이고, 나는 이후로도 말하지 않았다. 그러나 내가 포스팅을 할 때 언니를 떠올렸던 건 아니었다. 언니의 삶은 그야말로 재료가 되었을 뿐, 채털리 부인은 어디까지나 내게 속한 인물이었으니까.

몸은 고되지만 의욕만은 최고로 가득한 나날이었다. 팀 안에서, 그리고 사무실 안에서, 내가 능력 있는 직원으로 여겨지고 있다는 걸 느꼈다. 고백하자면, 나는 적성에 맞는 일을 찾았다고 생각했다. 운이 좋게도 한방에 말이다. 나는 전공 수업을 즐겁게 들었고, 1학년 때는 소모임에 가입해 초보적인 수준이지만 시와 소설, 소논문 형식의 글도 몇 편 썼다. 글을 완성하는 일은 재미있었다. 그러나 문학의 세계에 푹 잠기는 일은 내게 일어나지 않았다. 시의 아름다움을 감상할 수는 있었다. 어디가 어떻게 아름다운지도 설명할 수 있었다. 그러나 거기까지였다. 아마도 한편으로 실용적인 기질을 타고난 모양이었다. 한층 더 깊은 문학의 세계로 들어가려 할 때마다 번번이 그 실용적인 목소리가 나를 막아섰다. 그렇게까지 분석할 필요가 있어? 그게 그렇게 중요한 문제야?

어쩌면 그랬는지도 몰라. 나는 생각했다. 내 안의 실용적인 목소리가 무의식중에 예술적 욕망을 억눌렀던 건 아닐까? 이곳이야말로 돈을 벌면서 창작의 욕망까지 만족시킬 수 있는, 내게 '최적화'된 직장 아닐까? 나는 ― 순진하게도 ― 그런 생각을 했다.

한편 동기들은 일을 잘 못했다. 팀장은 홍성식의 의견을 높이 평가하지 않았다. 그래서 그는 팀장과 점점 사이가 벌어졌다. 자신을 인정해 주어야 할 상사가 그러지 않자, 그는 상사의 자질을 의심했다. 팀장이 옛날 사람 같다고 했다. 퀄리티 높은 콘텐츠를 요구하는 것도 불만이었다.

"그렇게 해서 어느 세월에 일을 다 하냐고요. 오히려 길이도 짧고 대충대충 막 써야 더 진짜 같지. 대체 누가 그렇게 열심히 후기를 작성하겠어? 그거야말로 돈 받고 한다고 광고하는 거 아냐? 아니, 말해 봐요. 솔직히 내 말이 맞지 않아요?"

그가 나와 예린 씨에게 말했다. 팀장이 일하는 방식도 답답하고 성격도 답답하다고 했다.

"학교 다닐 때 많이 맞았을 것 같아요. 얼굴 한쪽을 반복적으로 처맞았나 봐."

그가 주먹으로 가격하는 시늉을 하며 말했다.

그는 내게도 불만이 많았다. 그렇게까지 일할 게 뭐 있느냐고, 그러지 좀 말라고 못마땅해했다. 경진 씨가 아직 어려서 모르는데, 그렇게 뼈를 갈아 넣어 봤자 미련한 짓이라며 비아냥거렸다.

그리고 예린 씨는, 사무실에서 노골적으로 찬밥 취급을 받았다. 나는 그녀를 보면서 일을 잘 못한다고 평가되는 것, 그것도 첫 직장에서 일을 잘 못한다고 낙인찍히는 것이 한 사람의 인생에 얼마나 큰 영향을 미치는지 알게 되었다. 몇 가지 상황이 겹쳐 일단 상사가 그런 견해를 갖게 되자, 스스로에 대해 홍성식만큼 자신감이 없는 예린 씨는 점점 더, 진짜로 일을 못하게 되었다. 반년 사이에 그녀의 얼굴은 놀랄 만큼 달라졌다. 내성적이지만 때로 굉장히 발랄하게 웃는 해맑은 사람이었는데, 자꾸 눈치만 살폈다. 회의에서도 의견 개진을 못했다. 팀장이 진행 상황을 물어보면 당황하며 대답조차 우물쭈물했다. 그녀는 업무뿐 아니라 모든 일에 대해 자신의 생각을 솔직하게 말할 자신감을 잃었다. 아주 작은 일이라도 견해를 말하지 못했다.

팀장은 홍성식에게는 감히 그러지 못하면서, 그녀에겐 짜증을 냈다.

"잘 모르겠으면 경진 씨한테 좀 물어보고 배우라고."

잔인하게 느껴질 만큼 싸늘한 얼굴로, 팀장이 그녀에게 말했다.

나는 저러지 않아서, 그러니까 일을 잘해서 다행이다 싶었다. 처음부터 동기들과 거리를 두길 잘했다는 생각도 들었다. 나는 대학로 인파 속에서 재화 언니가 해 주었던 말을 되새겼다. 굳이 회사 사람들과 사적인 친분을 맺을 필요는 없었다. 나는 내 일만 잘하면 된다.

예린 씨는 결국 일 년을 채우지 못하고 퇴사했다. 홍성식은 영업팀장의 제안을 받아 영업팀으로 자리를 옮겼다. 고개를 들 때마다 낮은 파티션 너머로 보이던 그의 무테안경 긴 윗얼굴이 사라지자 속이 후련했다. 그는 밖으로 돌며 업주들과 미팅을 했다. 나를 볼 때마다 이 업계에는 미래가 없다고 아는 척하며 열심히 일하는 내 기운을 빼놓으면서도, 어찌 된 일인지 정작 자신은 그만두지 않고 계속 회사를 다녔다.

4

채털리 부인이 무엇 때문인지 '저품질'을 먹었을 때는 충격이 컸다. 처음엔 믿을 수 없었고, 여파가 오래갔다. 블로거들은 저품질을 '무기징역', '안드로메다행'이라고 불렀다. 업계에서는 '총 맞았다'고 표현했다. 그러면 그냥 죽을 수밖에 없었다.

한 번 불량 블로그로 분류되면 벗어나기 어려웠다. 아예 불가능

김세희

한 건 아니었지만, 새 계정을 시작하는 편이 빠르다는 건 분명했다. 어떤 글을 올려도 검색이 되지 않았다. 선고 이유를 알려 주지 않았기 때문에, 뾰족한 해결책도 없었다. 추측은 가능했다. 그 주에 광고 글을 두 번 올렸는데, 그 두 건의 조회 수가 무척 높게 나왔다. 불법 프로그램을 쓴 어뷰징으로 간주됐을 가능성이 있었다. 나는 다른 업체를 의심했다. 일부 업체에서 검색 결과 상단에 있는 글을 끌어내리고 자리를 만들기 위해 매크로 공격을 하곤 했다. 끌어내리고 싶은 글의 조회 수를 일부러 폭발적으로 올려 주어, 포털 감시팀의 시야에 포착되길 노리는 수법이었다.

결국에는 채털리 부인의 죽음을 받아들여야만 했다. 그래도 계정은 삭제하지 않았다. 그러기엔 그동안 쌓은 포스팅이 너무 아까웠다. 그것들이 전부 사라져 버린다고 생각하자 상실감이 밀려왔다. 부인이 의식 없이 누워 있을지라도, 그래도 가끔 방문해서 그녀를 볼 수 있는 가능성을 남겨 두고 싶었다. 예전에는 어떻게 썼었지? 싶을 때마다 그녀를 방문해 기록을 훑어보았다. 그러면 그때의 열정이 되살아나는 듯했고, 거의 순수하게 느껴지는 밀도 높은 에너지가 다시 나를 데워 주었다.

그러던 11월의 어느 날 밤이었다. 그날 나는 늦게까지 야근을 하고 있었다. 유독 힘든 날이었던 것을 기억하고 있다. 수십 개의 블로그에서 수십 명이 되어 리뷰를 썼다. 30명이 넘어갈 즈음엔 의식이 몽롱했다. 그야말로 타자 치는 기계인데, 차라리 진짜 기계라면 편할 것 같았다. 재깍재깍 다음 사람이 될 수 있을 테니까. 나는 스스로 기계라고, 다이얼을 한 칸 돌리면 다른 채널로 바뀌는 머신이라고 중얼거렸다.

남아 있던 직원들이 하나둘 퇴근하고, 나도 슬슬 가야겠다고 생각했다. 하던 일을 정리하고 프로그램을 종료하기 전 오랜만에 채털리 부인을 방문했다. 그녀는 거기 그대로 있었다. 모든 기록을 간직한 채. 마지막 포스팅 날짜까지 그대로였다. 그녀의 삶은 얼음 속에 보존되어 멈춰 있었다.

별생각 없이 쪽지함을 열었다. 예전에 이웃들과 주고받은 쪽지들 맨 위로, 아직 읽지 않은 새로운 쪽지가 와 있었다. 최근에 받은 것이었다.

메시지를 클릭했다. 글씨가 빼곡했다. 광고인가, 싶었는데 광고는 아니었다. 블로그 이웃이라는 여자였는데, 그 여자는 자신을 B 기업의 뿌리는 살균제 피해자라고 소개했다. 두 아이 중 갓난아기를 잃었고, 다섯 살 아이는 폐가 손상돼 평생 산소 호스를 끼고 살아야 하는 진단을 받았다고 했다. 이것이 B 기업의 뿌리는 살균제 '뽀송이' 때문이라는, 그 안에 포함된 독성 물질 때문이었다는 사실을 알게 되기까지 긴 시간이 걸렸다고 했다.

― 채털리 부인님이 올린 후기를 보고 구매해서 쓰기 시작했거든요. 날마다 사용한다고 했는데 괜찮으신지…… 아무 일 없으시길 바라지만 혹시나 무슨 일이 있었다면 이쪽으로 연락 주세요.

이게 무슨 소리지.

링크를 클릭하자, 새 창이 뜨면서 신문 기사로 연결되었다. 큼직

김세희

한 사진이 먼저 눈에 들어왔다. 로켓 모양의 산소통을 껴안고 휠체어에 앉아 있는 어린 남자아이의 사진이었다. 그리고 그 아래에는, 내게는 한층 더 충격적으로 보였는데, 턱 아래에 세탁기 물 호스 같은 굵은 인공호흡 장치를 연결한 한 중년 여성의 사진이 있었다. 싸한 전율이 배 속에서부터 퍼져 나가면서 양손이 싸늘하게 식었다. 인간의 몸이 호스 달린 기계와 결합된 이미지는 언젠가 SF 애니메이션에서 봤던 가상 미래 속 캐릭터를 연상시켰다. 그러나 물론 전혀 그런 게 아니었다.

몸을 돌려 뒤를 둘러보았다. 빈 의자들만 정적 속에 놓여 있었다. 나는 채털리 부인의 블로그 내 검색창에 '뽀송이'를 입력했다. 천 건이 넘는 포스팅 중에서 즉시 하나의 포스팅이 검색되었다.

전혀 기억에 없지만, 내가 쓴 글이 맞았다. 침구며 패브릭 소파, 아기용품에 날마다 뿌리고 있다고, 간편한데다 마음까지 뽀송뽀송해지는 기분이라고 쓰여 있었다.

— 특히 아기 있는 집이라면 무조건 추천이에요~~^^

심장이 세게 뛰고 있었다. B 기업 살균제에 대해서는 들어 본 적이 있었다. 뉴스에서 봤고, 사람들이 얘기하는 것도 들었다. 하지만 내가 사용 후기를 올린 적이 있다고는 생각지 못했다.

내가 언제 이런 글을 썼지?

포스팅 날짜를 보니 벌써 2년이 다 되어 가는 일이었다. 여전히 어안이 벙벙했다. 내가 2년 전에 쓴 뽀송이 리뷰, 그리고 지금 여자가 내게 보낸 메시지 사이에 무슨 상관이 있다는 것인지, 둘 사이가 연결되지 않았다. 이 사람은 왜 내게 메시지를 보낸 것인가.

나는 아이디를 클릭해 여자의 블로그에 들어갔다. 개설한 지 5년째인 블로그였다. 메뉴별로 차곡차곡 포스팅이 쌓여 있었고, 총 방문 누적 수며 이웃 수를 보니 한때 활발하게 활동한 흔적이 보였다. 포스팅은 끊겼다가 최근에 다시 시작되었는데, 최근 글은 거의 B 기업 뽀송이와 관련된 기사를 갈무리한 것이었다.

과거의 포스팅을 훑어보았다. 잔디밭을 배경으로 돗자리에 앉아 있는 아이들의 사진이 있었다. 아이들과 함께 찍은, 그 여자의 얼굴이 절반을 차지한 셀카도 있었다. 한때 활발하게 활동한 이웃이라면 내가 이 사진들을 보았을 수도 있었다. 그러나 기억은 나지 않았다. 나는 모든 블로그 이웃들에 대해, 진짜 이 사람이 아닐 수 있다는 전제를 깔아 놓고 있었다. 이 여자에 대해서도 그렇게 생각했을 터였다.

화살표를 계속 눌러 과거로 거슬러 올라갔다. 내가 뽀송이 후기를 올린 시점으로. 끝이 없는 집안일의 고달픔을 토로한 글, 로봇 청소기와 가스 건조기 정보를 갈무리한 포스팅이 눈에 띄었다. 몇 건의 글에서 그녀는 가사 노동의 수고를 덜 방법을 찾고 있었다. 뽀송이 후기의 문구가 떠올랐다. 옷이며 패브릭 제품에 뿌리기만 하면 되니까 간편하다는.

이 사람이 나를 찾아오면 어떻게 하지? 갑자기 그런 생각이 들었다. 어느 순간, 나는 그녀와의 대면 상황을 상상하고 있었다. 나를 찾아와 물어보면 뭐라고 말하지? 나 때문에 뽀송이를 쓰게 됐다

김세희

고 말해서 경찰이나 누가 찾아오기라도 하면. 한 번 쓰고 그 뒤로는 쓴 적이 없다고 발뺌할까. 그런데 내가 주부가 아니라는 걸 알게 될 텐데. 아이도 개도 없고, 실은 뽀송이를 사용한 적도 없다는 게 밝혀지면, 문제가 될까? 그게 처벌감이 되나? 나 때문에 회사에 말썽이 일어나면 어떻게 하지.

시계를 보니 10시가 넘어가고 있었다. 본체의 소음만 윙윙거리는 정적 속에서 나는 다시 쪽지함을 열어 그녀가 보낸 메시지를 처음부터 읽어 내려갔다. 한 줄 한 줄 읽으면서, 나는 상황을 완전히 오해하고 있다는 걸 깨달았다. 그녀는 혹시 나와 나의 가족도 피해를 입지 않았는지, 살균제 때문인데 모르고 있지는 않은지 묻고 있었다. 피해자들의 집단 소송에 대해 알려 주었다. 나를 탓하는 게 아니었다. 그녀는 나를 자기와 같은 피해자라고 여기고 있었다.

점차 심장 박동이 안정되었다. 왜인지 모르지만, 반사적으로 그녀가 내게 화를 내고 있다고, 따져 물으려고 메시지를 보냈다고 생각했던 것이다. 다시 한번 메시지를 훑어보았다. 그녀가 내게 찾아올 가능성은 없어 보였다. 그런 일은 일어나지 않을 것이다.

그제야 나는 한숨을 내쉬었다. 정수기로 가서 물을 마시고, 다시 자리로 돌아왔다. 천을 꺼내 안경알을 닦았다. 그러면서도 마음 한 켠에서 나는 가상의 답변을 계속하고 있었다. 아무도 찾아오지 않을 거라는 사실을 이해하면서도, 그러자 더 좋은 답변들이 떠올랐다. 그녀기 채털리 부인의 후기를 읽고 뽀송이를 샀다는 걸 어떻게 알아. 그게 증명이 가능한가. 그녀와 나는 블로그 이웃일 뿐 개인

적으로 아는 사이도 아니었다. 다른 곳에서 먼저 정보를 접해 놓고 잊었을 수도 있는 일이었다.

집으로 돌아오는 길에, 캄캄한 창밖으로 눈발이 흩날렸다. 그해의 첫눈이었다. 바람을 따라 잠깐 흩날리다 흩어져 버리는 가루 같은 눈이었지만, 첫눈이라고 버스 안 여기저기서 작게 탄성이 터졌다. 사람들은 창문을 열고 사진을 찍어 친구에게, 연인에게 전송했다. 버스 안으로 차가운 눈이 섞인 밤공기가 밀려들었다.

집에 들어가니 씻고 잠자리에 들어야 할 시각이었다. 불을 끄고 이불을 덮고 누웠다. 정말 끔찍한 일이야. 나는 생각했다. 그래도 뒤늦게나마 이유가 밝혀져 다행이었다. 소송이 진행되고 있으니 합당한 보상을 받겠지. 진심으로 그러길 빌었다. 기사에 실려 있던 사진들이 떠올랐다. 그 사람들은 살아 있고 숨을 쉬는 한, 평생 산소통과 거기 연결된 호스, 호흡기에서 분리될 수 없었다.

나는 돌아누우며 생각했다.

그 사람들에게 합당한 보상이라는 게 뭘까. 그런 게 있을까.

5

다음날 나는 일찌감치 출근했다. 사무실은 어젯밤 불을 끄기 전 보았던 풍경 그대로, 지난밤 가두어진 정적 그대로였다. 나는 책상 뒤를 돌아다니며 창문을 열었다. 그리고 자리에 앉아 컴퓨터 전원을 켜고 채털리 부인의 계정에 접속했다. 곧장 설정으로 들어간 다음 '계정 삭제' 버튼을 눌렀다. 그렇게 채털리 부인은 데이터베이스의 심해 속으로, 다시는 불러올 길 없는 장소 어딘가로 사라졌다. 이로써 메시지를 보내온 여자가 내게 닿을 방법도 없어졌다.

그날도 해치워야 할 긴 리스트가 기다리고 있었다. 고만고만한 식당들, 고양이용품 쇼핑몰, 식품 브랜드에서 런칭한 즉석 국 5종, 안구 세척제, 탈모 샴푸 등등등. 몇몇 후기를 작성할 때 전에 하지 않던 생각들이 스쳐 갔다. 그러나 그때로 돌아간다 해도 나는 뽀송이를 정성껏 리뷰했을 것이었다. 불법 대부업 광고도 아니고, 그냥 가정용 살균제였다. 대기업에서 만들었고, 전국의 마트에서 팔린 제품. 거기에 치명적인 독성 물질이 들어 있다는 걸 알 방법이 없었다. 그건 해롭지 않은, 해로울 리가 없는 제품이었다. 그래야 마땅했다.

몇 주에 한 번씩 뽀송이를 검색해 새로운 뉴스가 있는지 살펴보았다. 사건의 전모를 보며, 나는 좀 충격을 받았다. 문제를 파악한 B 기업이 선수를 쳐 국내 최고 권위의 연구소에 비용을 얹어 주며 안전성 테스트를 의뢰했고, 자신들에게 불리한 결과를 최종 보고서에서 누락시킨 정황이 드러났다. 그들 뒤에는 법무 법인이 있었다. 이 나라 최고의 사법 엘리트들이 일하는 법무 법인이 이 과정에서 조언을 제공했다. 결국 그 보고서로 인해 뽀송이와 폐 손상 사이의 연관성을 입증하는 데 몇 년이 더 걸렸다. 그래도 기업은 사과조차 하지 않고 있었다. 사람들은 산소통을 매단 환자를 휠체어에, 의료용 침대에 싣고 나왔고, 기자 회견장에서 바닥을 구르며 울었다.

나는 한숨을 쉬며 뉴스 창을 닫았다.

얼마 뒤, 이번에는 살균제 치약 사건이 터졌다. 뽀송이에 함유된 독성 물질이 시중에 유통 중인 치약에도 들어갔다는 발표가 나왔다. 그날 퇴근해서 세면대에 꽂힌 치약을 확인해 보았다. 살균제 치약 목록에 올라 있는 제품이었다. 수납장을 열어 보니, 새 튜브가 두 개나 있었다. 마트에서 구입한 치약은 환불해 준다고 했지만, 언제 어디서 샀는지 기억도 나지 않았다. 나는 치약을 전부 쓰레기통에 버렸다.

동네 슈퍼 진열대에는 치약들이 그대로 쌓여 있었다. 이 중에 목록에 없던 게 뭐더라. 스마트폰을 꺼내 검색하는데, 문득 피로가 몰려왔다. 검색된 것은 미백 기능성 치약 후기들이었다. 전부 광고였다.

이놈의 쓰레기 포스팅들 진짜 짜증 나. 그렇게 생각하면서 나는 스스로도 어이가 없어 작게 웃었다.

다음날 점심을 먹고 사무실에 들어가 보니 직원들이 치약 얘기를 하고 있었다.

"우리 집엔 한 다스가 있더라니까."

"저희 집에도요. 추석에 선물 세트 받았던 건데 그것도 환불할 수가 있나?"

"지금까지 잘만 썼는데 뭐. 괜찮아! 안 죽어!"

나는 그들의 잡담을 들으면서 서랍에서 어제 새로 산 치약과 칫솔을 꺼냈다. 그때 우리 팀 팀장이 자기 자리에 앉은 채 고개를 들고 대화에 끼어들었다.

"계속 썼으면 어떻게 됐을지 누가 알아. 잇몸에 염증이 생겨도 치약 때문인지도 몰랐겠지. 뽀송이도 그것 때문인 줄 알기까지 그렇게 오래 걸렸다는 거 아냐."

다른 직원들과 달리 심각하게 받아들이는 목소리였다. 그날 오후 함께 있게 되었을 때, 나는 문득 그에게 말을 꺼냈다.

"팀장님, 그 뽀송이 말이에요. 뿌리는 살균제."

"응, 그거 정말 말도 안 되는 이야기더라."

점심시간에 주고받은 대화의 여운이 되살아나는지 그가 관심을 보였다.

"네. 그런데 생각해 보니까 저희도 홍보한 적이 있더라고요. 제가 리뷰했던 기억이 나요."

잠시 말이 없었다. 나는 그와 나란히 복도를 걷고 있었다.

"그랬어? 그거 진짜 나쁜 놈들이더만. 어떻게 그런 일이 있나."

그는 걸음을 멈추지 않았다.

"그러게 말이에요. 앞으로 뭘 믿고 쓰겠어요."

나는 그를 따라 보조를 맞추며 말을 이어가려 했다. 그러나 그걸로 대화는 끝이었다. 그는 걸음을 빨리했고, 나는 앞장서서 복도를 걷는 그의 작은 뒤통수와 목, 좁은 어깨를 보며 뒤에서 따라 걸었다. 별생각 없이 충동적으로 꺼낸 말이었는데, 막상 그가 그냥 걸어가 버리자 순간 터무니없을 정도로 몹시 서운한 마음이 들었다. 복도에 혼자 버려진 것 같은 기분이었다.

왜 이래? 뭘 원했던 거야?

나는 당혹스러워 스스로 다그쳤다.

그때 나는 그가, 적어도, 대화를 더 이어 주길 바랐던 것 같다. 내 기분을 알은척해 주길 바랐다. 같은 일을 하는 사람과 얘기해 보고 싶었고, 그것만으로도 숨통이 트일 것 같았다. 나보다 더 삶의 경험이 많은 이로부터 내가 미처 생각지 못한 관점의 말을 듣길 기대했다. 아마도 우호적이지만 균형 잡힌, 그런 말을. 내가 아직 나이가 어려 모르는, 그런 게 있을 것 같았다.

하지만 그는 계속해서 걸어 사무실로 들어가 버렸다. 나중에라도 그가 한마디 해 주지 않을까 싶었지만, 그는 그 화제를 다시 입에 올리지 않았다. 아마 너무 바쁘고 압박을 느끼고 있어서, 회사 일 말고 다른 문제에 신경을 쓸 시간과 여유가 없었을 것이다. 까맣게 잊어버렸을 가능성도 있었다. 그 무렵 그는 정말로 옆에서 보면 어떻게 정신을 챙기나 싶을 정도로 궁지에 몰려 있었으니까.

돌이켜 보면, 이미 업계의 상황은 혼란 속으로 빨려 들어가고 있었다. 3월 말 네이스가 예고한 기자 회견을 앞두고 긴장감이 감돌았다. 하지만 그때까지도 나는 상황 파악을 못 하고 있었다. 네이스는 기자 회견에서 신뢰도 있는 콘텐츠 생태계를 위해 검색 알고

김세희

리즘을 대폭 바꾼다고 발표했다. 그러고는 그때까지 속설과 루머로만 전해졌던 알고리즘을 공개, 배포했다. 이후로 최적화 블로그의 포스팅이 검색 결과에 나오지 않았다. 더는 단기간 작업으로 검색 상위에 노출될 방법이 없어졌다. 최적화 블로그가 유일한 수익 모델이던 소규모 회사들은 속수무책이었다. 우리는 월가의 사무실 직원들처럼 종이 상자에 소지품을 챙겼다. 영화 속 인물을 연기하는 것처럼 현실이라는 실감이 없었다. 이후로 업계가 통째로 망해 버리는 걸 보면서, 나는 어안이 벙벙했다.

송별회도 없고, 공식적인 식사 자리도 없었다. 팀장이 내게 다가와 마지막으로 인사하며 말했다. 경진 씨는 앞길이 창창하지. 아직 이십 대잖아. 나이도 어린 데다 워낙에 일머리가 좋으니까. 어디 가서든 잘할 거야.

그러고는 쑥스럽게 웃으며 말했다.

"나중에 내가 회사 차릴 때 연락하면 바로 온다고 약속해."

나는 애매하게 웃었지만 그런 일은 절대 없을 거라는 걸 알고 있었다. 따져 보면 나를 높이 평가해 주는 말인데도, 그때 내겐 그 말이 뻔뻔하게 여겨졌다. 곱씹을수록 불쾌했고, 화가 났다. 바로 온다고 약속해. 마치 그동안 자기가 내게 굉장히 잘해 주었던 것처럼. 내가 굉장히 대우받으며 일했던 것처럼. 심지어 질문형도 아니었다. 물을 필요도 없다는 듯이, 나도 당연히 자신과 일하고 싶을 거라는 듯이 말이다. 나는 그에게 혐오감을 느꼈다.

6

그리고 지난 주말, 나는 예린 씨를 우연히 마주쳤다. 명동 백화점 앞 넓은 길이었다. 오가는 사람도 많았는데, 모른 체할 수 없을 정도로 정면으로 마주쳐 버렸다. 우리 두 사람은 사회의 예절대로, 정말로 반갑다는 듯 인사를 나눴다. 어머, 잘 지내시죠? 이게 얼마만인가요. 우와, 벌써 그렇게 됐나요.

"백화점 가시는 거예요?"

내가 물었다.

"아, 아니에요. 저 이 근처에서 일해서요."

"그렇구나."

예린 씨가 지금은 무슨 일을 하는지 궁금했지만 묻지는 못했다. 나는 예린 씨에게 나도 그 회사를 오래전에 그만두었다고 말했다. 그녀는 고개를 끄덕였고, 별다른 말은 하지 않았다.

"그럼, 안녕히 가세요."

잠깐 동안이지만 나는 그녀에게서 어색함, 어쩐지 주눅 든 것 같은 표정을 볼 수 있었다. 내가 기억하는 표정이었다. 일을 못한다고 낙인찍힌 사람의 얼굴. 완전히 배어 버린 자신감 없는 태도.

예린 씨와 인사를 나누고 돌아서서 몇 발짝 걷는데, 갑자기 그녀가 퇴사할 무렵 나누었던 대화가 떠올랐다. 그러자 얼굴이 확 달아올랐다. 그녀는 기운 없는 모습으로, 자기는 이 일이 적성에 맞지 않는 것 같다고 말했었다. 이 일이 좋아지지가 않아요. 그때 나는 입가에 떠오르는 우월감을 최대한 억제하며, 마음속으로 비아냥거렸다. 그게 아니라 일을 못하는 거겠지. 그래서 쫓겨나는 거잖아.

그러고 나서 그때 나는 그녀에게 말했다.

"정말요? 저는 이 일이 진짜 적성에 잘 맞는 거 같은데."

그녀는 진심으로 동조해 주었다.

"네, 경진 씨는 정말 그런 것 같아요."

그녀가 그 말을 기억하고 있을까? 나는 그녀를 쫓아가 정정하고 싶은 다급한 욕망에 휩싸였다. 그땐 몰랐는데, 저도 그렇게 적성에 맞았던 거 같진 않아요. 그렇게 말해야만 했다.

나는 몸을 돌려 그녀의 뒷모습을 찾았다. 하지만 이미 그녀는 인파 속으로 멀리 사라지고 있었고, 나는 잠시 그 자리에서 대로를 바삐 오가는 사람들, 크로스백을 메고 손에 핫도그를 든 관광객들과, 그들 사이로 여기저기서 푸드덕푸드덕 날아오르는 비둘기들에게 넋을 빼앗긴 사람처럼 멍하니 서 있었다.

나의 첫 직장, 나는 그곳에서 26개월간 일했다. 스물여섯 봄부터 스물여덟 여름 무렵까지다. 사무실 문을 열고 들어갈 때 얼굴에 확 와 닿던 건조한 공기며 흰 책상들이 놓여 있던 모습이 선명하다. 하지만 그곳에서 있었던 일들은 입에 올리지 않게 되었다. 어쩌다 첫 회사가 화제에 오를 때면, 작은 광고 대행사에 다녔다고만 대답한다.

하지 않는 말들은 그것 말고도 또 있다. 별것 아니지만, 이를테

면 이런 것. 그곳을 나온 이후 나는 『채털리 부인의 연인』을 읽을
수 없게 되었다. 책장에 꽂혀 있으나 어쩐지 펼쳐 볼 마음이 일지
않는 책. 나는 어디에서도 『채털리 부인의 연인』을 좋아한다고 말
하지 않는다. 나는 그런 사람이 되었다.

| 이 소설은 『릿터』 3호에 발표한 플래시픽션 「사칭 ─ 크리에이티브」를 모티프로 삼은 것이다.

김세희

엮은이의 말

김세희, 「가만한 나날」

여러분은 어떤 기준으로 직업을 선택하겠습니까? 적성과 흥미에 맞고, 돈을 많이 벌 수 있으며, 정년까지 보장된다면 좋은 직장을 얻었다고 말할 수 있을 것입니다. 취업이 어려운 요즘에 자신의 전공을 살려 직업을 얻는다는 것 자체가 커다란 축복이고 행운입니다. 하지만 그것이 전부일까요? 자신이 좋아하고 잘하는 일이라 하더라도 그 일로 인해 누군가가 불행해질 수 있다면, 과연 그 직업을 잘 선택했다고 말할수 있을까요?

소설 속 '경진'은 가짜 블로그에 광고성 후기를 올려 제품을 홍보하는 마케팅 회사에 다닙니다. '경진'은 그 일이 자신의 적성에 잘 맞는다고 생각하며, 최선을 다해 열정적으로 일합니다. 그런 '경진'에게 충격적인 사건이 발생합니다. '경진'이 블로그에 올린 살균제 '뽀송이'의 사용 후기를 읽고 제품을 구입했다가, 갓난아기가 죽고 다섯 살 아이의 폐가 손상되었다는 여인의 쪽지를 받게 된 것입니다. '경진'은 죄책감

김세희

이 들긴 했지만 몰래 블로그 계정을 삭제하며 사건을 외면합니다. 그 후 적성에 맞는 직장을 구했다고 좋아했던 '경진'에게 마케팅 회사의 경력은 부정하고 싶은 깊은 상처로 남게 됩니다.

우리는 직업을 갖는 이유로 흔히 자아실현과 경제적 독립을 이야기합니다. 일을 하며 자신의 꿈을 이루고 돈을 벌어 생계를 유지한다는 뜻입니다. '경진'은 마케팅 회사에서 창작자라는 소망을 이루고 돈까지 벌 수 있었습니다. 그럼에도 '경진'은 행복하지 않았습니다. 그물처럼 얽혀 있는 사회에서 우리가 하는 일은 누군가의 삶에 직·간접적으로 영향을 줄 수밖에 없습니다. 그렇다면 이제 우리는 직업을 선택할 때 '사회적 책임', '도덕성'과 같은 기준을 추가해야 하지 않을까요?

김애란(1980~) 작가는 2002년 「노크하지 않는 집」으로 대산대학문학상을 받으며 작품 활동을 시작했습니다. 2013년 「침묵의 미래」로 이상문학상을, 2017년 「바깥은 여름」으로 동인문학상을 수상하였습니다. 작품으로는 소설집 『달려라, 아비』, 『비행운』, 『바깥은 여름』 등이 있습니다.

기
도

김애란

신림— 하면 푸른 숲이 떠오른다. 나무가 많은 숲 그리고 젊은 숲. 그 숲의 나무들은 모두 지하철 2호선을 표시하는 연녹색을 띠고 있다. 보통의 나뭇잎은 그보다 짙지만 어쩐지 신림의 나무들만은 꼭 그래야 할 것 같다. 신림, 하고 소리 내면, 먼 곳의 잎사귀들이 우수수 흔들리며 '수풀 림, 수풀 림'하고 울어 대는 것 같다. 신림, 하고 발음할 때 내 혀는 파랗게 물든다. 구파발이라 읊조리면 내 가슴 어딘가에 꽂힌 붉은 깃발이 마구 펄럭이는 것처럼. 그것은 진짜 신림 진짜 구파발과는 아무 상관이 없다.

베개를 안고 한강을 건넌다. 서울대입구역까지는 열차를 두 번 갈아타야 한다. 지하철 의자 한가운데 앉아 발꿈치를 세운다. 베개는 커다란 비닐봉지 안에 들어 있다. 그것은 작은 덜컹임 한 번에도 예민하고 시끄럽게 바스락거린다. 그 소리가 하도 얇아 나는 베개를 더욱 꼭 끌어안는다. 강 너머, 빌딩 숲이 보인다. 그것은 투명한 살갗 위로 온몸에 볕을 받고 있다. 뭉게구름 사이로 언뜻 비치는 서울 한 시의 표정. 서울 한 시의 반짝임. 세계는 창(窓)이 너무 많아 사람들이 어둡다.

김애란

— 어디야?

휴대 전화 진동음이 울린다. 언니의 물음이 도착 시간을 알리는 숫자와 함께 조그맣게 깜빡인다. 나는 '응봉'이라 답하며 덧붙인다.

— 미안해. 조금 늦을 것 같아.

숨을 고른다. 전송 완료를 기다리는 순간에는 이상한 기분이 든다. 제 주소를 찾아가는 활자의 이동이 어떻게 가능한지 감이 오지 않는다. 하루에도 수천만 명이 수천만 개의 문자 메시지를 주고받는데. 어째서 이 사람의 '미안하다'와 저 사람의 '괜찮다'는 부딪치지 않고 온전히 상대방의 단말기로 미끄러져 갈 수 있는 걸까. 일산화탄소와 질소, 배기가스의 부피만큼 많은 메시지들이 공기 속을 부유하고. 우리는 메시지에 둘러싸인 채 메시지를 마시며 살아가고 있는지 모른다. 언니에게는 아직 답신이 없다.

베개는 역 앞 이불 가게에서 샀다. 신림에서 살까 하다 초행길이라 포기했다. 날도 춥고 길을 헤매느니 번거롭더라도 집 근처 할인 매장에서 사는 게 나을 것 같았다. 베개는 곧 언니에게 건네질 것이다. 사실 언니에게는 언니의 베개가 따로 있었다. 몇 번의 짐을 풀고 싼 객지 생활 동안, 다른 건 몰라도 그 베개만은 늘 갖고 다닌 언니였다. 보기엔 그냥 평범한 솜 베개일 뿐이지만 언니는 세상에서 그 베개가 가장 편하다고 했다. 누군가는 음악을 사랑하고, 누군가는 그림을 애호하는 것처럼, 언니는 자신의 베개를 진심으로 좋아했다. 그런데 언니는 오늘 그 베개를 잊고 온 모양이었다. 엄마는 심란해했다. 언니를 도망치듯 떠나게 한 사람이 자신이라 책하는 듯했다. 언니가 늑장을 부렸는데, 성질 급한 엄마는 그 모습이 영 보기 싫었던 모양이다. 삼촌이 너무 일찍 도착한 탓도 있지만. 허둥대는 언니에게 이런저런 잔소리를 하다가 급기야 소리를 질렀다고. 차 앞에서, 토라진 얼굴로 서 있던 언니에게 엄마는 엉거주춤 10만 원을 쥐여 줬고, 두 사람은 어색한 작별을 했단다. 어쩌면 둘 다 어떤 표정을 지어야 할지 몰라, 얼떨결에 성난 얼굴을 보였는지도 모른다. 미안할수록 이게 아닌데 싶을수록 얼굴은 굳어졌을 거다. 뒷좌석에 국가 고시 문제집을 가득 실은 승용차가 부르릉 동네를 벗어나고. 한참 요 위에 앉아 있던 엄마는 언니의 베개를 발견했다고 한다.

그것은 언니의 뒤통수 모양 그대로 가운데가 오목 패어 있었고, 만져 보면 조금쯤 온기가 남아 있을 것도 같았다고. 엄마는 아침부터 통화 내내 언니를 헐뜯다가 시무룩하게 말했다.

"언니, 베개 놓고 갔다. 베개 사 줘라."

휴대 전화 진동음이 들린다. 언니인가 싶어 폴더를 열어 보니 다른 사람이다.

— 서인영 씨, 확인 문자 드립니다. 오늘 저녁 7시 회기동에서 뵙겠습니다.

나는 알겠다는 답신을 보낸다. 여전히 망설여지지만 세 번이나 미뤄 온 약속이라 어쩔 수 없다. 귀찮은 '설문 조사' 따위를 하겠다고 한 건 순전히 '문화상품권' 때문이었다. 며칠 전 한 여자로부터 전화를 받았다. 노동부에서 실시하는 '대졸자 취업 경로 조사'라 했다. 나는 여느 전화 상담원을 대하듯 피곤하고 미심쩍은 말투로 저쪽을 경계했다. 그녀는 친절하게 설문 취지에 대해 설명한 후, 조사원이 댁으로 찾아갈 수도 있으며, 설문에 응해 줄 경우 문화상품권을 준다고 했다. 나는 잠시 고민했다. 설문 한 번에 상품권 세 장이면 어디냐 싶으면서도 선뜻 나가겠다 하면 저쪽에서 나를 '백수'라 짐작하거나 우습게 보지 않을까 걱정됐다. 나는 '돈' 때문에 하는 게 아니라는 듯 교양 있는 말투로 물었다. "언제가 좋을까요?" 저쪽에서 되물었다. "언제가 좋으시겠어요?" 문화상품권으로 즐길 수 있는 '문화'란 게 얄팍하고 보잘것없으리란 걸 알았지만, 실직자가 갖는 하루분의 자책감 정도와는 교환될 수 있지 않을까 싶었다.

열차는 이촌에서 멈춘다. 사람들은 색깔별로 다른 노선을 가리키는 띠를 따라 우르르 이동한다. 마치 밧줄을 잡고 이동하는 중세의 맹인들 같다. 나는 사당행으로 갈아탄다. 열차 문 사이로 더운 공기가 훅 — 밀려온다. 재빨리 빈자리로 달려가 앉으니 몸에서 '바스락' 소리가 난다. 금방 건네주고 돌아올 것임에도 불구하고 베개의 부피와 비닐봉지 소리는 계속 신경 쓰인다. 옆 사람과 살이 닿지 않으려 어깨를 움츠린다. 언니는 벌써 도착해 짐을 옮기고 있다 한다. 진동음이 전해질 때마다 나는 깜짝깜짝 놀란다. 휴대 전화 크기만큼 작아진 언니가 내 호주머니 안에서 자꾸 울어 대는 것 같다. 고시원이 꽤 높은 곳에 있다 들었는데. 혼자 욕보고 있지나 않을지 걱정이다. 처음, 산 밑에 방을 구했다는 소식을 들었을 때 나는 아무렇지 않게 대꾸했었다.

"언니, 산 좋아하잖아."

언니는 멍하니 있다, 으하하 웃으며 내 머리를 쳤다. 아빠가 구치소에 있었을 때도 "아빠, 콩 좋아하잖아."라고 했다가 엄마에게 똑같이 뒤통수를 맞은 적이 있다.

"그러게, 거기 눈 오면 스노보드 타야 된다더라."

언니가 산을 좋아하는 건 사실이었다. 엄마가 끼니때마다 솥 안에 여러 종류의 콩을 넣어 온 것도. 얼굴을 빤히 아는 경찰 아저씨가 음주 단속 때 아빠를 몇 번이나 봐줘 온 것도 전부 사실이었다. 아빠는 한동안 양심수 같은 얼굴로 읍내 구치소 구석에 웅크려 있었다. 이 시시한 전과범이 수감 기간 내 한 일이란, 반성이나 생계 걱정이 아닌 '동네에서 한 번도 면회 오지 않은 인간들'의 명부를 분노에 떨며 적는 거였다. 아빠는 그 후로 술만 마시면 "내가 다 기억한다!"고 소리치곤 했다. 물론 누구와도 싸우지 않으면서 혼자 그랬다. 아빠가 출감하던 날, 우리 가족은 저녁 밥상 앞에서 서로 못 견디게 쑥스러워하며 순두부를 먹었다. 티브이 드라마에서 감방 장면이라도 한 번 나오면, 너나 할 것 없이 '하하하하' 웃으며 채널을 돌렸다. 벌써 몇 년 전의 일이다. 그때도 언니는 책가방을 메고 동네 야산에 있는 도서관에 다니고 있었다. 전국에 갑자기 도서관 붐이 일어, 지어진 지 얼마 안 되는 건물이었다. 워낙 시골인지라 도서관에 오는 사람은 대부분 머리에 젤을 바른 청소년들이었

김애란

다. 쪽지와 음료수가 오가는 칸막이 사이로 시시덕거림과 부산스러움이 끊이지 않았고, 진지하게 공부하는 사람은 언니와 고시생 총각 둘 뿐이었다. 고시생 총각은 열람실 구석에 앉아 온갖 소음을 인내했다. 그러고는 참다못해 "야! 니들 조용히 해!"라고 소리쳤다. 실내는 일순 조용해졌지만, 총각의 굽은 등 뒤론 중학생들의 비난과 무시가 끊이지 않았다. 그가 매일, 유일하게 하는 말은 '조용히 해!'였다. 어느 날 그는 책가방을 메고 야산을 내려가던 언니에게 말을 걸어왔다. 빨간색 티코 창문 너머로 고개를 내민 채였다. "어디까지 가세요?" 언니는 그때 고시생 총각이 웃는 모습을 처음 봤다고 한다. 언니는 그 차를 타지 않았다. 그러고는 곧 읍내에 있는 독서실로 자리를 옮겼다. 비가 오나 눈이 오나 생리통이 오거나 몸살을 앓을 때도 언니는 첫차를 타고 독서실에 가 막차를 타고 돌아왔다. 한번은 심한 기침 감기에 걸렸을 때 익명의 쪽지를 받은 적이 있는데 '아프면 병원에 가거나, 집에서 쉬지 독서실엔 왜 나오느냐'는 말이 적혀 있었단다. 누가 보냈을까 싶어 둘러보니, 주위엔 온통 고개 숙인 수십 개의 머리통뿐이었다고. 언니는 공부하기 좋은 환경을 찾아다녔다. 재작년엔 읍내 독서실에 있었고, 작년에는 노량진 근처의 상도동에, 그리고 올해 마지막으로 신림동이었다. 누구도 '마지막'이란 얘길 꺼내지 않았지만 모두 그렇게 생각했다. 누구보다도 언니 자신이 그러기를 바랐다.

　지방에서 수학과를 나온 언니와 달리 나는 몇 년 전부터 서울에 살고 있었다. 언니가 상경할 마음을 먹을 수 있던 것도 멀리서나마 내가 함께 있다는 사실이 컸다. 언니는 엄마와의 잦은 다툼이나 동네 사람들의 시선으로부터 벗어나고 싶어 했다. 도서관에서 우연히 친구를 만났을 때도 서로 같은 처지라 어색하고 불편했다던데. 그 먼 노량진에서도 동창 몇을 더 봤다고 한다. 언니에겐 꽃 같은 20대를 칸막이 안에서 보내는 것보다, 지인들의 환한 안부보다, 자신이 매일 맞닥뜨려야 하는 소읍의 추상적인 '시선'이 더 곤욕스러운 듯했다. 시골의 무책임하면서도 집요한 시선 말이다. 한 아저씨는 합격자 발표가 날 때마다 우리 집에 들러 꼬박꼬박 결과를 물어 왔다. 이미 소식을 들었으면서도 부러 집까지 찾아와 "어떻게 됐나?" 물었고, 한참 자식 자랑을 한 뒤 사라지곤 했다. 언니의 얼굴은 어른을 대하는 예의와 낭패감, 미소, 수치심이 섞여 형태를 갖추지 못한 반죽처럼 흔들렸다. 명절 때도 친구 결혼식 때도, 비슷한 얼굴을 본 적이 있다.

나는 막내와 작은 원룸에 살고 있었다. 언니가 같이 지내자는 말을 못 하는 이유는 그 때문이었다. 언니는 한 달에 두어 번씩 우리 집에 들렀다. 딱히 약속을 정하고 오는 건 아니었고, 노량진에서 문득문득 찾아왔다. 언니는 한밤중 홀연히 나타나 새까매진 얼굴로 현관문을 두드렸다. 그러고는 적당히 달궈진 온돌 위로 고꾸라져 사정없이 잤다. 마치 우리 집에 온 이유는 딱 하나 '깊은 잠'을 자기 위해서였다는 듯. 그렇게 자니 참 좋다는 듯. 오래, 꼼짝 않고. 언니

김애란

가 오면 이불을 가로로 펴고 잤다. 이불 밖으로 우리의 발목과 머리통이 튀어 나왔다.

　몇 해 전 나는 화장품 회사에서 일했었다. 사보와 팸플릿을 만들고, 언론사에 샘플과 초청장 따위를 보내는 일이었다. 입사 후 나보다 더 기뻐한 사람은 엄마였다. 엄마는 합격 소식을 듣자마자 나를 읍내로 끌고 가 40만 원짜리 정장을 사 줬다. 읍내의 모든 옷 가게를 돌아본 후, 모든 옷 가게에서 '우리 애가 취직을 해서'라고 시작되는 사연을 일일이 풀어놓은 후, 또 그 얘기를 듣지 않는 자에겐 절대 지불할 수 없다는 듯 호쾌하게. 변호사비 몇백을 융통하기 어려워 아빠를 구치소에 뒀을 때니까, 당시 우리에게 큰돈이었다. 나는 커다란 쇼핑백을 들고 서울로 올라와, 다음 날 정장을 입고 출근했다. 다음 날엔 망설이다 같은 옷을 입었고, 다다음 날엔 결국 입지 못했다. 나는 엄마의 '자부'를 걸치는 게 좋았지만 그것이 우스워질까 움츠렸다. 며칠 후, 집으로 녹차 성분이 든 클렌징 샘플 한 박스를 보냈다. 일회용 샴푸처럼 비닐에 포장된 거였다. 엄마는 그걸 온 동네에 자랑하고 다녔다. 그 샘플 더미가 자식의 사회적 지위, 혹은 권력처럼 느껴져 좋았던 모양이다. 회사에서 공짜로 준 거였지만 우리에겐 그런 구체적인 증거와 실감이 절실하던 때였다. 1년 후, 나는 그곳을 그만두었다. 취업을 준비하는 시간이 너무 길어 뭔가 보여 줘야 한다는 사실에 쫓기듯 선택한 직장이었다. '모두가 잘하고 있다.'는 소문은 나를 더 움츠리게 만들었고, 정말로 모두가 잘하고 있을까 봐, 건강한 얼굴로 내 안색에 주의를 기울이고 있을까 봐 불안했다. 그러다 잡지사 기자에게 푸념처럼 말한 정보가 기사화됐고, 나는 자의 반 타의 반으로 사표를 냈다. 소송 얘기까지 오갔을 때는 얼마나 겁이 났는지 모른다. 회사를 관둔지 3년이 넘었는데 엄마는 지금도 내가 갖다준 클렌징을 쓴다. 그리고 밤마다 욕실에서 가위로 샘플을 오릴 때마다 가슴이 아프다고 한다. 내가 "화장품 오래되면 못 쓴다."고 버리라는 얘길 하면, 또 엄마는 "형제들 중 네가 공부를 제일 잘했는데" 하고 말을 흐린다. 대화는 반복적이고 희망 역시 마찬가지다. 우리는 몇 년간 '올해는 잘될 거다'란 얘길 처음 해 보는 소리인 양 한다. 내가 공사에 떨어졌을 때도, 언니가 공무원 시험에 낙방했을 때도 그랬다. 우리는 낙관의 근거를 속속들이 찾아냈다. 올해는 선거철이니까 '티오'를 많이 내지 않을까, 올해는 국가 유공자 가산점이 줄어드니까 유리하지 않을까, 올해는 학원에 다녔으니까 좀 낫지 않을까, 올해든 내년이든 이만큼 했으니까 이젠 좀 돼야 하는 게 아닐까. 직장을 그만두고도 내겐 항상 얼마간의 돈이 있었다. 틈틈이 번역 아르바이트를 하거나 과외로 벌어들인 돈이었다. 한번은 비슷한 처지의 친구들을 만나 '대한민국 사교육 무너지면 우리 다 죽는다'고 농담한 적이 있다.

　지하철 안내 방송이 들린다. 사당에서 2호선으로 갈아탄다. 서울대입구역까지는 두 정거장, 5분 후면 도착할 수 있다. 나는 '신림'하고 중얼거린다. 흔들리는 푸른 잎 사이로 풍경 하나가 보일 듯 말 듯 어른거린다.

김애란

언니와 나는 낯선 동네를 걷고 있었다. 언니가 임용 고시에서 교육 행정직으로 진로를 바꿨던 해의 일이다. 언니는 굳이 서울까지 올라와 헌책방에 들르겠다고 했다. 교재비만 몇만 원인데, 이왕이면 싸게 사는 게 좋지 않겠냐고. 언니는 인터넷을 뒤져 약도까지 뽑아 왔다. 서울역이나 청계천에도 헌책방이 있지만, 고속터미널과 가까운 신림과 사당 쪽을 둘러보기로 했다. 대학교 주위에 있는 책방이니 다른 곳보단 낫지 않을까 하는 마음에서였다. 우리는 찌푸린 눈으로 지도를 살피며 헌책방을 돌았다. 이 책방에서 갸웃거린 뒤 저 가게로 가고, 책이 다 나갔나 싶어 또 다른 곳으로 옮겼다. 하지만 반나절도 지나지 않아 우리는 불현듯, 그리고 부끄럽게 서울대학교 근처 헌책방에서는 9급 공무원 책을 팔지 않는다는 걸 깨달았다. 국가 고시 문제집 중 사법·외무 고시를 비롯해 5급·7급 공무원 책은 많았지만, 9급 관련 교재는 거의 찾아볼 수 없었다. 우리는 우리의 불찰과 빈손을 어찌할지 몰라 서둘러 양손을 호주머니에 넣은 채 그곳을 빠져나왔다. 그러곤 어디로 가야 할지 몰라 잠시 보도에 서 있었다. 땡볕 아래서 비지땀을 흘리며 우물쭈물하는 언니의 얼굴은 몹시 못생겨 보였다. 나보다 세 살이나 많은 언니는 늘 세 배는 더 세련되고 세상 물정에 밝았었는데, 학창 시절 언니가 가진 물건은 언제나 내 것보다 좋아 보였는데. 언니의 초라한 입성이 문득 낯설게 느껴졌다. 언니는 민망한 얼굴로 밥을 먹자 했다. 우리는 뭔가 보상받고 싶은 마음에 이탈리아 음식점에 들어가 스파게티를 시켰다. 한참을 실랑이한 끝에, 언니는 계산대에서 체크카드를 긁었다. 그날 언니는 밥값과 차비를 비롯해, 본래 아끼려던 금액보다 많은 돈을 쓴 뒤 낙향했다.

— 어디야?

나는 다 왔다고 한다. 언니가 일러 준 대로 역 앞 정류장에서 5515번을 탄다. 버스 안에는 사람이 별로 없다. 대부분 젊은 사람들인데, 왠지 모르게 그들 모두가 서울대학교 학생처럼 느껴진다. 존경하면 안 되는데 나도 모르게 자꾸 존경심이 일어난다. 창밖으로 보이는 신림은 생각만큼 푸르지 않다. 2호선 색깔처럼 연한 초록빛을 하고 있을 것 같던 나무들은 모두 앙상하게 헐벗어 있다. 은행 앞에 서서 주위를 둘러본다. 거리는 지방 소도시 몇 개를 기워 놓은 듯하다. 낡고 일관성 없고 잡지처럼 산만하다. 그리고 왠지 시간이 고여 있는 느낌이다. 신림뿐만 아니라 서울 대부분의 거리가 그랬다는 기억이 난다. 이것저것을 오려다 마구 붙여 놓은 느낌. 한 남자가 '섹시바'의 만 원권 할인 쿠폰을 나눠 주고 있다. 거리에는 남자들이 많다. 대부분 20대 후반에서 30대 초중반의 사내들이다. 나는 막연히 그들의 생활, 그들의 가족, 그들의 섹스에 대해 생각한다. 언니에게 주워들은 말도 일조하지만, 어쩐지 이 도시가 하나의 거대한 풍문처럼 느껴진다. 언니가 달려오는 모습이 보인다. 허리둘레에 붙은 군살이 눈에 띈다.

"언니!"

김애란

언니의 표정이 밝다. 나는 늦어서 미안하다고 한다. 언니는 괜찮다고 한다. 사실 뭐가 미안하고 뭐가 괜찮은지 둘 다 모르면서 만나면 자꾸 그런 얘기를 한다. 언니가 나를 보자마자 말한다.

"그 옷 예쁘다."

나는 겨자색 조끼를 만지며 변명한다.

"응. 인터넷에서 싸게 파는 거 샀어. 만 원도 안 해."

그리고 불쑥 꾸러미를 내민다.

"참, 언니 베개 놓고 갔대. 엄마가 베개 사 주래."

언니의 낯빛이 흐려진다.

"그래?"

베개를 두고 온 것과 엄마와 다툰 것 중 무엇이 더 마음을 어지럽히는지 알 수 없다. 우리는 의당 그래야 하는 듯 고깃집에 간다. 둘 다 아는 곳이 없어 눈앞에 보이는 가게에 들어간다. 가게 간판에 '서울대학교 연구팀이 인증한 인진쑥을 먹여 키운 돼지'라는 문구가 크게 씌어 있다. 서울대와 돼지는 아무 상관없어 보이지만 왠지 학구적인 식당에 들어온 기분이다. 나는 언니가 소고기를 좋아한다는 사실을 떠올리며 샤브샤브를 시킨다.

"노량진하고는 분위기가 다르네?"

"그렇지?"

"응. 연령대가 달라서 그런가 차분한 느낌도 나고."

언니가 덧붙인다.

"노량진에 아침마다 교인들한테 밥 주는 교회가 있었거든? 거기로 그냥 밥 먹으러 가는 고시생도 꽤 있었어."

사장으로 보이는 남자가 식탁 위로 찬을 나른다. 나는 둥글게 말려 나온 살코기를 보며 갸웃거린다. 고기 색이 너무 연하다.

"저기, 이거 쇠고기 아니에요?"

사장은 전골 그릇에 채소를 넣어 주며 방긋 웃는다.

"네. 돼지고깁니다. 아주 맛있어요."

나는 돼지고기를 샤브로 먹어 본 적이 없어 당황한다. 돼지는 살짝 익히면 안 되는 거 아닌가? 나는 언니에게 "돼지라서 미안해."라고 한다. 사장이 나를 흘깃거린다. 언니는 상관없다며 물수건으로 손을 닦는다.

"여기서는 술 먹다 말썽 피워도 잘 안 잡아간대. 사람들이 경찰보다 법에 대해 더 잘 알고 있어서 취조할 때 난감한가 보더라."

나는 "정말?" 하고 웃으며 언니에게 고기와 채소를 건져 준다. 그러고 보니, 거리에서 가장 많이 본 글자가 '법(法)'이었던 듯싶다. 학원에서도 고시원에도 피시방과 식당 간판에도 '법' 자가 즐비했다.

"방은 괜찮아?"

언니는 데친 미나리 잎에 돼지고기를 말며 대꾸한다.

"응. 주인아주머니가 아까 김빠진 콜라 한 잔 갖다 주더라. 고시원 구하던 날도 느꼈는데, 안 좋은 집일수록 주인이 친절한 것 같아."

방을 구하던 날이란 보름 전을 말하는 거였다. 그때 언니는 막

김애란

내와 함께 이 일대를 돌았다. 그날도 인터넷에서 뽑은 약도와 자료를 들고서였다. 고시촌은 도로를 기준으로 9동과 12동으로 나뉜다. 9동은 주로 학원과 허름한 고시원이, 12동에는 고급 원룸텔이 많다. 9동 내에도 새로 지어진 원룸텔이 꽤 있어 가격대가 다양하다. 언니는 여학생 전용 고시원을 계약했다. 월 14만 원에 공동욕실과 PC실이 있는 방이었다. 요즘 인터넷을 할 수 없는 고시원은 웬만해서 잘 나가지 않는다 했다.

식사를 마친 후 설탕이 잔뜩 들어간 인스턴트 커피를 마신다. 나는 현관을 나서며 카드 명세서에 재빨리 사인한다. 카드의 안 좋은 점은 현금을 낼 때보다 누군가를 뒤에 오래 세워 둬야 한다는 게 아닐까 하며.

길은 생각보다 험하지 않다. 산이라 해서 정말 산인 줄 알았는데, 그저 고시원과 슈퍼가 많은 평범한 주택가다. 곳곳에선 아직도 원룸을 짓고 있다. 언니가 숨을 헐떡이며 말한다.

"원래, 여기도 죽어 가고 있었는데, 요 몇 년 외환 위기 이후로 다시 활성화되는 분위기래."

그 때문이 아니더라도 언제는 우리 세기가 '공사 중'이 아니었나 싶다.

"저기, 울타리 슈퍼 넘어가면 신림동 다 봤다는 얘기가 있어. 저 지선이라고. 정상이랑 가까워서인데. 내 방도 그 근처야."

"그럼 언니 갈 데까지 간 거야?"

언니가 내 머리통을 친다. 나는 껄렁대며 언니를 따른다. 언니는 내게 자꾸 이야기해 주려 한다. 아마 내가 그런 생소한 이야기에 흥미를 느낀다고 생각해서이리라. 언니는 어릴 때부터 우리에게 뭔가 주는 걸 좋아했다. 필요하다 싶으면 사서 줬고, 살 수 없을 땐 자신이 갖고 있는 매니큐어나 색조 화장품 따위를 줬다. 최근에도 내 방에 찾아와 수만 가지 잔소리를 하며 냉장고 청소도 해 주고, 오랫동안 방치해 둔 싱크대 문짝도 달아 주었다. 그리고 지금은 줄 게 없자 내게 '이야기'를 주려는 것이다.

"여기 사시 1차 발표하는 날, 요 앞에 관광버스 수십 대가 모였다 일제히 떠나는데 그 모습이 꽤 장관이래."

언니는 또 말한다.

"방 보던 날. 어느 고시원 방문을 열었는데, 사람은 없고 방 한가운데 옷걸이만 휑하니 걸려 있는 거야. 삼각팬티 한 장이 널려 있는데, 밴드에 '브레이브 맨'이라고 씌어 있어서 얼마나 민망했나 몰라."

언니는 쉴 새 없이 얘기한다. 나는 묵묵히 언니의 말을 듣다 산 중턱에서 멈추어 선다.

"언니."

언니가 벌게진 얼굴로 나를 돌아본다. 숨이 가빠 보인다. 나는 '그렇게 많이 주지 않아도 돼'라고 말하려다 딴소리를 한다.

"그거 이리 줘."

언니가 나를 빤히 쳐다본다. 눈이 작고 말갛다.

"응?"

나는 베개 봉지를 빼앗는다.

"내가 들게."

봉지가 건네지며 '바스락' 운다. 그 소리가 하도 얇아 봉지를 꼭 감아쥔다.

4층짜리 주택 앞에 다다른다. 딱 봐도 개조한 티가 나는 기형적 건물이다. 신림동의 고시원은 그렇게 가정집을 뜯어내고, 고치고, 붙이고, 증축한 게 대부분이다. 건물 내부는 의당 벽 속에 들어갔어야 할 전선들이 튀어나와 있어, 짐승의 기관처럼 보인다. 고시원은 현관에서부터 적의와 비슷한 정적의 에너지를 강하게 쏘고 있다. 현관문은 건물 나이에 비해 이상하리만치 현대적인 유리문이다. 언니가 비밀번호를 누른다. 나는 언니를 따라 고시원으로 들어간다. 신발장 발판 아래, 충치를 앓는 환자처럼 빨간 리본을 동여맨 삼선 슬리퍼 한 짝이 보인다. 멋을 부렸나 싶어 살펴보니, 밑창이 떨어진 걸 끈으로 고정시켜 놓은 거다. 건물 앞에는 작은 정원이 있다. 언니가 얘기해 주지 않았다면 정원인지도 몰랐을 손바닥만 한 공간이다.

"나, 처음에 저거 보고 반했잖아."

인조 잔디 위로 플라스틱으로 된 조그만 제비꽃이 쫑쫑 솟아 있다. 나는 "정말 여학생을 고려해서 만든 집인가 봐." 하고 맞장구를 친다. 언니가 속삭인다.

"고시촌을 돌다 보면 알겠지만, 저런 공간 하나가 특별하고 소중하게 느껴지게 돼."

1층 복도를 지나 계단을 오르니 게시판에 붙은 포스트잇이 보인다.

— 통행 시 반드시 뒤꿈치를 들고 다닙시다. 주인백.

그리고 또 한 장이 보인다.

— 제 지갑 가져가신 분, 죽어 버리세요.

언니의 방은 3층 복도 끝에 있다. 수십 개의 똑같은 문이 잔혹 동화처럼 펼쳐져 있다. 그러려니 했는데도 막상 그 앞에 서니 숨이 막힌다. 어느 방 문고리에 흰색 보자기를 덧씌워 놓은 게 보였다. 분홍 자수가 놓인 수예품이다. 문득 그 방 학생은 어디에서든 자기 마음에 정원 한 뙈기는 떼어 놓고 살 것 같단 생각이 든다. 언니가 방문을 딴다. 방 구조가 한눈에 들어온다. 두 평 남짓해 보이는 공간 위로 창문과 책걸상이 보인다. 그리고 그게 전부다. 한쪽 구석에는 언니가 가져온 세간이 옹기종기 쌓여 있다. 가장 많은 게 책이고 나머지는 세제, 두루마리 화장지, 이불, 실내화, 우산 등이다. 거처를 자주 옮기는 동안 짐을 최소화하는 법을 터득하기도 했겠지만, 언니가 가진 것 혹은 가질 수 있는 것이 점점 작아져 간 탓이리라. 나는 방 한쪽에 다리를 모으고 쪼그려 앉는다. 언니도 똑같은 자세로 웅크려 앉는다. 바닥이 차다. 외풍을 막으려 문틈 사이로 붙여 놓은 청테이프가 보인다. 벽면 위로 나무로 된 시렁과 빛바랜 인터폰도 보인다. 나는 가격에 비해 방이 깨끗하고 괜찮다고 속삭

김애란

인다. 언니는 자신의 자세만큼 한껏 낮춘 목소리로 대꾸한다. "그치?" 책상 아래로 콘센트 구멍 두 개가 보인다. 벽을 아무렇게나 오려 낸 탓에 비죽 나온 스티로폼이 흉하다. 언니가 속삭인다.

"누가 숨어 몰래 쳐다보는 것 같아."

언니는 살면서 저것과 자주 눈을 맞추게 될 것이다.

"그래도 방이 환해서 다행이다."

창 너머, 방충망 사이로 아파트와 노란 물탱크가 보인다. 언니는 살면서 저것과도 자주 눈을 맞추게 될 것이다. 대화가 끊긴다. 좁은 방에 쪼그려 있자니 딱히 할 일도 없고 겸연쩍다.

"나갈까?"

문을 닫다 우연히 책장 위에 얹어진 상자 하나를 발견한다. 종이 상자 위로 익숙한 글자가 보인다. 예산 사과. 고향 이름이다.

헤어지기 전, 언니와 고시촌 꼭대기에 가 보기로 한다. 커피숍에 가기도 뭣하고 시간이 남아서였다. 산 위로 오를수록 건물들의 키는 점점 작아진다. 그중에는 과연 저게 고시원일까 싶은 양옥 건물도 있다. 어느 집 옥상에 그곳 출신 학생의 출세를 알리는 현수막이 걸려 있다.

"요새 9급도 현수막 올려?"

언니가 "그럼" 하고 대꾸한다. 높이 오를수록 기이한 고요가 몸피를 불리며 우리를 따라온다. 주위엔 인적이 드물다.

"다 왔다."

숨을 몰아쉰다. 저 아래 서울이 있다. 멀리서 보는 서울은 어딘가 더 가난해 보인다. 혹은 가난하기 때문에 멀어 보이는지도 모르겠다. 층층이 내려앉은 고시원과 겨울나무가 보인다. 비디오 정지화면처럼 탁하고 쓸쓸한 풍경이다. 산자락에 아랫도리가 가려진 63빌딩이 보인다. 산책 나온 고시생들이 우리를 흘깃거린다. 문득 이상한 생각이 든다.

'수도(首都)가 이래도 되나?'

수도니까 그런 것도 같다. 잿빛 나무들은 미동도 않는다. 신림동 고시 인구가 2만 명 정도 된다더니. 여기를 지나간 이들 모두가 일제히 숨죽이며 살았겠구나. 2만 명의 침묵, 2만 명의 뒤꿈치, 2만 명의 불면이 잘 그려지지 않는다. 그게 어떤 공간에서 동시에 일어나고 있다는 것이. 그리고 몇십 년간 반복되었다는 것이. 우리가 오른 산이 관악산인지는 모르겠다. 어디서부터가 신림이고, 어디까지가 9동 혹은 12동인지 모르는 것처럼. 막연히 신림에 있는 산이니까 관악산이겠거니 한다. 나는 어느 양옥 고시원의 옥상을 눈여겨본다. 바람에 나풀대는 빨래 몇 장. 거꾸로 세워진 붉은 '다라이'. 녹슨 역기와 물탱크. 그러다 어느 옥상에선가 언뜻 왔다 갔다 하는 물체를 발견한다.

"언니, 저거 뭐야?"

언니도 나를 따라 눈을 찌푸린다. 검은 물체가 지붕 위로 규칙적으로 오르내린다.

"어머, 뜀뛰기 한다, 얘. 저것도 부지런해야 할 수 있는 거야."

자세히 보니 정말 웬 고시생 총각 한 명이 체육복을 입고 쪼그려 뛰기를 하고 있다. 그 모습이 퍽 귀엽고 신산하게 느껴진다. 늦겨울 바람은 차고 건조하다. 옥상 위, 해바라기처럼 노란 베갯잇 몇 장이 햇빛에 바삭 말라가고 있는 모습이 보인다.

산을 내려온다. 올라온 길을 되짚어 슈퍼를 지나고 고시원을 거쳐 수많은 창(窓)과 문, 수많은 고요를 지나 버스 정류장에 도착한다. 나는 언니에게 묻는다. 비타민 먹을래? 사탕 사 줄까? 빵 사 갈래? 쿠션 사 줄게 안고 잘래? 나는 새치기하듯 재빨리 '배려'의 자리로 달려가 풀썩 주저앉는다. 언니는 괜찮다고 한다.

"언니 나 갈게. 더 있고 싶은데 저녁에 약속이 있어."

너무 이른 작별 인사를 한 탓에 어정쩡해져 버린 타인들처럼 우리는 버스가 밀려오고 있는 도로를 향해 목을 길게 내민다. 나는 엉거주춤 언니에게 5만 원을 찔러준다. 언니는 기겁하며 손사래를 치고, 나는 받으라고 우기며 우스갯소리를 한다. 이번이 처음이 아닌데 늘 같은 식이다. 그것은 서로 덜 면구스러워질 수 있는 최소한의 연기, 온전히 속아 주기만을 위해 고안된 격식과 같다. 언니가 사는 곳 앞에 깔린 인조 잔디처럼 어떤 소중한 가짜. 잠시 후, 5515번이 우리 앞에 선다. 나는 버스 위에 오르다 말고 돌아서서 말한다.

"잘 지내."

언니가 손을 흔든다. 창밖으로 작아져 가는 언니의 모습이 보인다. 나보다 키가 작은 언니. 매연 속에 안긴 언니. 멀어져 가는 신림. 그곳의 마른나무, 건물, 간판, 불면, 청춘, 겨울이 내 뒤에 있다. 몰랐지만 늘 그랬을 거다.

다시 지하철을 타고 한강을 건넌다. 추위 탓에 피로가 밀려온다. 종아리 아래로 히터 열기가 전해진다. 까무룩 잠이 든다. 누군가의 어깨에 머리를 기댔다 화들짝 일어나고 다시 기댄다. 휴대 전화가 울린다. 폴더를 열어 잠긴 목소리로 답한다.

"여보세요?"

"오늘 뵙기로 한 노동부 조사원입니다. 회기동 어디쯤 사시나요?"

뜻밖에 중년의 남자다. 나는 피곤함과 불안감에 싸여 '취소할까?' 망설인다.

"어디서 오시나요?"

그는 고대 앞이라 한다. 그에게 집 근처까지 쉽게 올 수 있는 방법을 알려 준 뒤 편의점 앞에서 보자고 한다. 그는 자신이 스포츠머리를 하고 있으며, 쇼핑백을 들고 있을 거라 말한다.

주위엔 어느새 어둠이 내려앉고 지나가는 자동차 불빛은 허기에 차 있다. 버스 정류장에서 한 남자가 쇼핑백을 들고 오는 게 보인다. 검소하고 평범해 보이는 복장이지만 단정하게 구두를 챙겨 신은 것도 눈에 띈다. 그가 손을 들어 반갑게 알은체를 한다. 그가 내 아버지 또래라는 걸 깨닫고 당황한다. 나는 어색하고 공손하게 목례한다. 그가 묻는다.

"서인영 씨 맞으신가요?"

그의 짐은 달랑 쇼핑백 하나다. 노동부에서 나왔다고는 하나 정식 직원은 아닌 듯하다. 50대 특유의 딱딱함을 풍기고 있지만, 왠지 평생 '죄송하다'는 말만 하고 살아왔을 것 같은 인상이다. 그는 빨개진 한쪽 귀를 만지며 묻는다.

"어디로 갈까요?"

잠시 고민한다. '어디로 가야 하나? 집으로 들이는 건 좀 그렇겠지? 커피숍에 들어갈까? 그럼 찻값은 누가 내지? 이 사람 활동비에 그런 게 포함돼 있으려나? 하루에 만나는 사람이 한둘이 아닐 텐데. 어디로 가지?'

"걸어서 10분 정도 거리에 도서관이 있는데, 그리로 갈까요?"

그는 "그래요?" 하고 반문한 뒤, 재빨리 주위를 살핀다.

"아니요. 저리로 가죠."

그가 삼거리 한가운데 있는 큰 교회를 가리킨다. 나는 그게 좋겠다고 말하며 사내를 따라간다. 수년간 지나친 곳인데 한 번도 들어가 볼 생각을 안 했던 곳이다. 교회는 고딕 양식으로 지어져 있다. 어딘가 좀 무겁고 울적한 인상을 주는 건물이다. 나는 검게 코팅된 유리문 앞에 서서 망설인다. 그는 이런 상황에 익숙한 듯 자연스럽게 유리문을 연다. 교인도 아닌데 누가 물어보면 뭐라고 하나 걱정이다. 로비 안은 불안할 정도로 어둑하다. 다행히 평일이라 교회 안엔 사람이 거의 없다.

그는 예배당 입구 앞에 있는 의자 위에 앉는다. 딱딱하고 기다란 나무 의자다. 나는 그와 사이를 둔 채 앉는다. 의자 옆에 작은 크리스마스트리가 세워져 있다. 그가 쇼핑백에서 설문지를 꺼낸다. 나는 설명을 들으려 그에게 조금 가까이 다가간다. 그는 나의 이름과 성별, 거주지, 대학 졸업 연도, 학과명 등 신상 명세를 기록한다. 나는 그가 이 일을 위해 일정 교육을 받았을 거라 짐작한다. 질문은 꽤 세분돼 있다. 전공은 직업 선택에 도움이 됐는가. 구직을 위해 어떤 공부를 했나. 자격증은 있나. 구직을 위해 어학연수를 다녀온 적이 있나. 내가 갖고 있는 건 워드 자격증 정도가 전부다. 오래전, 워드 시험장에서 쩔쩔매며 문제를 푸는 동안, 한 초등학생이 교실 밖을 나가며 크게 외쳤던 기억이 난다.

"야, 좆나 쉽지 않냐?"

그는 내 답변에 따라 번호를 옮겨 가며 설문지를 작성한다.

"여기서 이 경우면 밑에 번호로 가고 아니면 3번으로 갑니다."

나는 갸웃거리며 묻는다.

"저기, 저는 앞으로 어떻게 되는 건가요?"

그는 대상자에 한해 같은 조사가 5년간 이뤄질 거라 한다. 나는 대졸자답게, 그럼 내 사적인 정보가 5년 동안 국가에 의해 관리되는 거냐 묻는다. 그는 가만히 웃으며 꼭 그런 건 아니라고, 싫으면 내년에 담당 부처에 의사를 밝히라고 말한다.

"재학 시절부터 지금까지 했던 일을 다 적어 보시겠어요?"

나는 볼펜을 쥐고 사내에게 가까이 다가간다. 번역 아르바이트, 커피숍 서빙, 화장품 회사 홍보직, 잡지 교열, 논술 첨삭, 영어 과

김애란

외…… 사내는 각 직업의 주간 근무 횟수, 시급, 사대 보험 적용 여부를 묻는다. 우리는 같이 번호를 짚어 가며 설문지를 넘긴다. 대상자에게 맡기는 것보다 함께하는 편이 더 빠르다는 걸 알고 있는 듯하다. 약간의 농담과 서투른 제스처가 오가는 사이 분위기는 한결 부드러워진다.

"그럼 현재 하고 계신 일은 뭔가요?"

나는 좀 부끄러운 듯 말한다.

"과외를 하고 있습니다."

사내가 묻는다.

"보수는 얼마나 됩니까?"

나는 한 달 치 과외비를 시급으로 나눠 계산해 본다.

"세 시간당 십오만 원입니다."

사내는 굉장히 놀란다. 나는 좀 어쩔 줄 몰라 한다.

"그게 그 집 형편이 좋아 다른 데보다 많이 주는 편이에요."

그는 "네에." 하고 끄덕이며 내게 경외감을 표한다.

"홍보부 일도 하셨네요. 이런 일 하려면 공부 잘해야 하지 않나요?"

나는 그렇지 않다고 변명한다. 뭔가 이런 식의 존중을 받는 게 불안하다. 그는 내가 월 200만 원을 받는 직장을 그만둔 사실에 의아해한다.

"괜찮은 곳 같은데 왜 그만두셨어요?"

'취업 경로'가 밝혀질수록 나는 좀 쩔쩔맨다. 왜 그런지는 모른다. 내가 그보다 낫다고 느껴서인지, 그가 나를 자신보다 낫다고 느껴서인지. 나 스스로 누군가를 편하게 해 줘야 한다는 오래된 배려심이랄까, 그런 습관에 쫓기는 기분이다. 사내가 혹시라도 자기보다 어린 사람에게 무례함을 느끼지 않을까 초조하다. 나는 설문에 열중하고 있는 사내를 가만히 바라본다. 그러는 아저씨는 이 리서치 한 건당 얼마를 받을까. 친구들이 설문지 알바할 때 5천 원 받았다던데. 한겨울에 온종일 대졸자를 만나러 다니며 얼마를 벌까. 노동부라지만 이 아저씨도 분명 '알바생'이겠지. 뭔가 측은한 마음이 들면서도 그런 내 시선이 어쭙잖은 것 같아 부끄럽다. 그가 마지막으로 묻는다.

"앞으로 뭘 하실 생각이세요?"

나는 망설이다 대학원에 갈 거라고 말한다. 꼭 그럴 생각은 아니지만 계획이 없는 사람처럼 보이고 싶지 않다. 사실 '안 되면 대학원이라도 가지.' 하는 생각도 있다. 학위란 몇천만 원짜리 자격증 같은 거니까 따 놔서 나쁠 게 없다고. 다행히 사내는 더 이상 아무것도 묻지 않는다. 사내가 서류를 내밀며 서명을 부탁한다. 컴컴한 교회 로비 안에는 철 지난 크리스마스트리가 느릿느릿 깜빡이고. 함께 긴 의자 위에 앉아 머리를 맞대고 있는 우리의 모습은 마치 기도하고 있는 사람들처럼 보인다. 고개 숙인 사내의 얼굴이 크리스마스트리 전구의 깜박임을 따라 천천히 환해졌다, 어두워졌다, 환해지길 반복하고 있다. 빛의 세기와 얼굴 음영에 따라 사내의 표정은 물 위에 뜬 물감처럼 엉겼다 풀어지며 복잡한 인상을 만들어

김애란

낸다. 사내가 봉투를 내민다. 5천 원짜리 문화상품권 세 장이다. 나는 고맙다고 말하며 코트 주머니에 봉투를 구겨 넣는다. 교회 문을 열자 찬바람이 들어온다. 사내가 묻는다.

"회기역까지 가려면 어떻게 합니까?"

나는 "이곳에서 쭉 직진한 뒤 횡단보도를 건너, 다시 오 분쯤 걸어가다 보면 나온다."고 말한다. 사내는 고맙다고 하며 돌아선다. 어느새 거리는 컴컴해져 있다. 공복감이 밀려온다. 집에 가 뭘 좀 먹어야겠다. 나는 사내와 반대 방향으로 몸을 돌린다. 그러다 문득 멈춰 서서 사내를 부른다.

"저기요."

사내는 계속 걸어간다. 좀 더 큰 소리로 그를 불러 본다.

"잠깐만요."

사내가 고개를 돌린다. 돌아보는 두 눈이 작고 맑갛다. 나는 망설이다 묻는다.

"다음엔 어디로 가세요?"

사내가 말한다.

"성대로 갑니다."

나는 잠깐 궁리하다 말한다.

"그럼 회기역으로 가지 마시고요, 바로 요기 버스 정류장 앞에서 273번 타세요. 지하철역은 여기서 멀고, 273은 성대 바로 앞에 서요."

사내의 얼굴이 밝아진다.

"저 정류장 말인가요?"

"네. 삼십 분 안에 도착하실 거예요."

사내는 고맙다고 말하며 방향을 튼다. 나도 다시 가던 길을 간다. 그러다 잠시 후 걸음을 멈춘다. 273번이 혜화동까지 가기는 하지만 성균관대학교 바로 앞에 서는 건 아니라는 걸 깨닫는다. 돌아보니 사내는 너무 멀리 가 있다. 혜화역에서 성대까지는 또 한참인데. 초행길이라면 못 찾을 수도 있는데. 혹 나의 선의가 사내를 더 헤매게 만든 건 아닌지 걱정이다. 나는 휴대 전화를 든다. 그러고는 사내에게 문자를 보낼까 말까 보낼까 말까 고민하다 결국 보내지 않는다.

김애란

김애란,「기도」

　연일 청년 실업률이 유사 이래 최고치를 기록했다는 뉴스를 접합니다. '헬조선', '금수저', '흙수저'란 말은 이미 너무 많이 들어서 새롭지도 않을 정도이며, 이생망(이번 생은 망했다), 지·옥·고(지하방·옥탑방·고시원) 등 요즘 유행하는 단어들은 삶에 대한 청년들의 좌절된 인식을 대변해 줍니다. 실업률과 더불어 공무원 시험 응시 인원은 해마다 늘어 갑니다. 지금 한국의 청년들은 9급 공무원을 꿈꾸며 노량진으로 몰리고 있습니다. 현실은 만만치 않지만 많은 젊은이들은 그래도 '열심히 하면 나 하나는 되지 않을까?' 하는 마음으로 공무원 시험에 뛰어듭니다.

　이 소설의 자매도 모두 취업 준비생, 아니 청년 실업자입니다. 몇 년째 언니는 공무원 시험 준비를, '인영'은 과외를 하며 하루하루를 버티고 있지요. 이들은 9급 공무원 수험서는 팔지도 않는 신림동 헌책방을 다녀온 후 열등감을 느끼며, 본인들의 처지에 더 깊은 자괴감을 느낍니다. '인영'은 신림동의 좁은 고시원으로 이사한 언니와 헤어져 노동부의 대졸자 취업 경로 조사자를 만나러 갑니다. '인영'은 알바생일 것 같은 50대 남자를 만나 교회 안에서 설문 조사를 하다가, 남자에게 측은한 마음이 들면서도 그런 자신이 어쭙잖은 것 같아 부끄러움을 느낍니다. '인영'은 설문을 마치며 '실직자가 갖는 하루분의 자책감 정도'와 교환될 수 있는 문화상품권 5천 원짜리 3장을 받습니다.

지금 일자리를 갖지 못한 청년들은 사회에 적극적으로 참여할 수 없기에 자존감이 바닥난 상태입니다. 이 작품 속 두 자매의 말과 행동, '인영'이 설문 조사자를 대하는 상황에서도 이런 모습을 찾을 수 있지요. 열정과 희망보다 좌절감과 부끄러움을 갖기 쉬운 사회에서, 과연 청년들은 삶의 의미를 찾고 자존감을 회복할 수 있을까요?

서유미(1975~) 작가는 2007년 「판타스틱 개미지옥」으로 문학수첩작가상을, 같은 해 「쿨하게 한 걸음」으로 창비장편소설상을 받으며 작품 활동을 시작했습니다. 작품으로는 소설집 『당분간 인간』, 『모두가 헤어지는 하루』, 장편 소설 『끝의 시작』, 『홀딩 턴』 등이 있습니다.

저
건
사
람
도
아
니
다

서
유
미

화장을 지우지 않고 잤더니 피부가 엉망이다. 번들거리는 뺨에 클렌징크림을 찍어 바르고 문질러 댔지만 업무와 회식이 만들어 낸 고단함은 깨끗하게 지워지지 않았다. 양치를 하는 동안 머리를 감을까 말까 망설이다가 시간을 확인하곤 포기해 버렸다.

일 분 차이로 출근 카드에는 지각 표시가 찍혔다. 이럴 줄 알았으면 그냥 머리를 감고 나올걸. 한 방향으로 뭉친 앞머리는 불 꺼진 판 위에 남은 삼겹살처럼 뻣뻣하고 기름졌다. 손으로 앞머리를 훑으면서 지각 표시를 셌다. 오늘 지각 때문에 다음 달에는 월차를 못 쓰게 됐다. 애니메이션을 보러 극장에 가자고 아이와 손가락까지 걸고 약속했는데. 이번에도 어기면 아빠한테 보내 달라고, 아빠랑 살 거라고 울며불며 떼를 쓸 게 분명하다. 다섯 살배기는 이제 어디를 건드려야 엄마가 반응하는지 다 알고 있다.

어제 회식 자리에서 1차만 마치고 잽싸게 빠져나왔는데도 집에 도착하니 새벽 한 시였다. 택시는 끔찍하게 안 잡혔고 장거리 손님을 태우지 못한 기사는 운전 내내 구시렁거리며 공포 분위기를 조성했다. 말이 회식이지 같이 일하던 웹디자이너가 잘리다시피 그만두는 거라 분위기도 좋지 않았다. 웬만하면 끝까지 자리를 지키

서유미

고 싶었는데 아이와 동생이 삼십 분 간격으로 전화를 해 대는 통에 진득하게 이야기도 나누지 못했다.

문을 열고 들어가자 아이는 자다가 깼는지 그때까지 안 자고 버틴 건지 잠투정을 부리며 징징거렸다.

"엄마, 나 숙제, 그림 숙제."

가방을 내려놓고 겉옷을 벗는 동안 아이는 알림장을 들고 졸졸 따라다녔다. 어디 보자, 옷도 갈아입지 못하고 아이를 안아 무릎에 앉혔다. 끙 소리가 절로 튀어나왔다. 아이가 코앞에다 들이댄 페이지에는 붉은 글씨로 커다랗게 '엄마와 함께 얼굴 그리기'라고 쓰여 있었다. 그 글자를 보자 적체되어 있던 피곤이 한꺼번에 몰려왔다. 어린이집에서 데려와서 열두 시까지 봐주는 조건으로 삼만 원을 주기로 했는데 동생 년은 숙제도 안 봐주고 날라 버렸다.

"이모한테 좀 해 달라고 하지."

나는 짜증을 겨우 누르며 아이의 머리를 쓰다듬었다.

"선생님이 엄마랑 하라고 했단 말이야."

"이모랑 하면 어때. 엄마 힘든데. 숙제는 이모랑 해도 괜찮아."

"그런 게 어딨어? 엄마랑 하는 건데. 이모가 엄마야?"

아이는 눈물이 그렁그렁해져서 소리를 빽 질렀다. 그 말에 뜨끔해서 꼼짝없이 스케치북을 폈다. 막상 크레파스를 손에 쥐자 아이는 꾸벅꾸벅 졸았다. 눈이 감기는 아이를 어르고 달래가며 그림을 대충 완성하고 나니 새벽 두 시가 되었다. 아이를 안아다 침대에 눕히고 겨우 옷을 갈아입으면서, 이대로 침대에 쓰러져서 영원히

깨지 않았으면 좋겠다는 생각을 잠깐 했다. 그 순간에는 굳게 닫힌 클렌징크림의 뚜껑을 열어서 화장을 지우는 일이 지구를 구하는 것보다 더 어렵게 느껴졌다.

사무실에 들어가니 옆자리의 구는 벌써 모닝커피를 마시고 있었다. 회식 자리에 끝까지 남아 있었을 텐데 얼굴이 쌩쌩했다. 화장한 피부도 촉촉하고 새로 말고 온 머리도 컬이 탱글탱글한 게 머리부터 발끝까지 활기가 넘쳤다. 그 전날 무슨 일이 있었다고 해도 다음 날 아침에는 머리와 화장, 옷까지 완벽하게 세팅한 모습으로 나타나는 게 구의 특별한 능력이자 매력이었다. 함께 일하는 동안 화장 안 한 얼굴은 물론이고 화장이 들뜬 모습조차 본 적이 없다. 그래서인지 생일과 기념일에 꽃바구니와 케이크를 배달시키는 지극 정성 애인 말고도 뭇 남자들의 대시가 끊이질 않는다.

"선배, 어제 일찍 들어간 분이 얼굴이 왜 그래?"

"어, 좀 피곤해서."

"아무리 피곤해도 그렇지. 화장 좀 하고 다녀. 서른 넘으면 밖에 나올 땐 화장하는 게 예의야."

"너도 혼자 애 키워 봐. 그게 말처럼 쉬운가."

"요즘 일 잘하고 애 잘 키우고 자기 관리 끝내주게 하는 싱글맘들이 얼마나 많은데. 선배도 생각을 좀 바꿔 봐. 왜 여자라는 걸 포기하려고 그래."

빈정거리는 구의 말을 뒤로하고 커피부터 탔다. 진하고 단 커피가 필요했다.

출근하려고 공동 현관문을 나서는데 우편함에 흰 봉투가 꽂혀 있었다. 매끈하게 코팅된 미색의 봉투는 자신이 청첩장임을 온몸으로 드러냈다. 전남편의 이름은 희귀 성(姓)을 가진 여자의 이름 위에 쓰여 있었다. 예식일은 한 달 뒤 토요일 오후 세 시. 청첩장은 적당한 때 도착했으나 자신의 딸을 키우는 전처에게 알려 주는 재혼 소식치고는 상당히 늦은 감이 있었다. 청첩장을 가방에 쑤셔 넣을 때 손끝이 미세하게 떨렸다. 상실감 때문은 아니었지만 생각이 복잡해지는 건 사실이었다. 여러모로 피로가 가중되는 아침이었다.

커피를 한 모금 마시자 폐차 직전의 자동차에 겨우 시동이 걸렸다. 이대로 얼마나 달릴 수 있을지 불시에 확 퍼지는 건 아닌지 걱정스러웠지만, 오늘 하루 정도는 버텨 내겠지 싶었다.

웹마스터와 구는 만들어 쓰는 화장품에 대해 이야기를 나누던 중이었다. 방부제 걱정도 없고 나한테 딱 맞는 화장품을 쓸 수 있어서 좋은 것 같아. 웰빙이 대세잖아. 만들어서 선물했는데 다들 좋아하더라고. 화장 지우는 것도 귀찮아서 쩔쩔매는 신세다 보니 스킨과 크림을 만들어 바른다는 그들의 취미가 몹시 생소하게 느껴졌다. 그게 화장품이라서 그런 게 아니라 겨우 서너 살 차인데 누군가에게는 생산적인 취미를 즐길 수 있는 에너지가 남아 있다는 게 신기했다.

"구, 혹시 보약 같은 거 먹어?"

"보약은 무슨. 선배, 나 아직 젊거든."

"그러지 말고 몸에 좋은 거 있으면 소개 좀 해 봐."

"갑자기 웬 뚱딴지같은 소리야. 아무것도 안 먹는다니까. 내가 사무실에서 뭐 먹는 거 봤어?"

"그런데 왜 그렇게 쌩쌩해?"

"내가 뭘 쌩쌩해. 에너자이저는 저기 따로 있는데."

구가 턱짓으로 사무실 측면을 가리켰다. 간부 회의를 마친 홍이 회의실 문을 열고 나왔다. 오늘은 재킷 위에 실크 스카프를 두른 모습이었다. '성공하는 그녀를 위한 패션 제안' 같은 제목의 화보에서 바로 튀어나온 것처럼 스타일이 완벽했다. 그녀의 등장과 함께 자유분방하던 커피 타임이 오전 업무 모드로 신속하게 전환되었다. 사람들은 서둘러 컴퓨터를 부팅하고 거래처에 전화를 걸었다.

"디자인 1팀은 지금 회의실로 모여 주세요."

홍은 머그컵에 생수를 담으며 팀원들을 둘러봤다. 어제 팀원이던 웹디자이너가 그만뒀고 새벽까지 송별회가 이어졌다는 걸 완전히 잊은 듯 의욕이 넘치는 얼굴이었다. 다들 입을 삐죽거리면서 회의 자료와 수첩을 챙겼다. 나는 커피를 한 잔 더 탔다.

구뿐 아니라 모두가 인정하는 에너자이저. 가장 일찍 출근하고 가장 늦게 퇴근하는 데다 주말에도 나와서 일하는 워커홀릭. 그 와중에 친구와 인터넷 쇼핑몰을 운영해서 월 천만 원의 매출까지 올린다고 하니, 홍은 슈퍼 히어로 수준의 에너지를 소유하고 있는 게 분명하다. 오죽하면 동에 번쩍 서에 번쩍한다고 해서 별명이 홍길

동일까. 공과 사의 구분이 명확해서 인간미가 없다는 평이 있지만 디자인 감각이 뛰어난 데다 기획력까지 갖춰서 통합디자인팀의 팀장으로 거론되고 있다. 빈틈없는 스타일에 불도저처럼 밀어붙이는 추진력, 눈빛으로 상대를 제압하는 카리스마까지 있으니 그녀만한 적임자가 없을 것이다. 나와 동갑이지만 사회적 지위나 재력만 놓고 보면 그녀는 나보다 더 어른이고 저만치 앞에서 걸어가고 있다. 물론 신체나 피부 나이 같은 건 내가 이모뻘쯤 되겠지만.

"디자인팀 통합이 빠르게 진행될 것 같아요. 아시겠지만 그렇게 되면 인원 감축은 피할 수가 없습니다. 앞으로 맡은 업무에 더욱 충실해 주시고 근태에 신경 좀 써 주세요."

통합과 감축에 대해 말하는 홍의 목소리는 몹시 사무적이었다. 이럴 때 홍의 팀에 속해 있는 것이 플러스가 될지 마이너스로 작용할지 감이 오지 않았다. 나는 회의 수첩에 홍의 말을 두서없이 받아 적었다.

회의는 다음 달에 있을 L그룹의 홈페이지 리뉴얼 작업과 신규 브랜드의 홈페이지 구축 쪽으로 넘어갔다. 홍이 말할 때마다 구가 민첩하게 의견을 내놓았다. 회식 다음 날인데도 두 사람 다 자세가 꼿꼿하고 의욕이 넘쳤다. 커피를 한 잔 더 마셨지만 내 머릿속에 낀 안개는 걷힐 기미가 보이지 않았다. 회의 내내 나는 열등인, 낙오자의 심정으로 구와 홍을 우러러봤다. 두 사람 다 어제 호프집, 감자탕, 노래방으로 이어진 회식의 풀코스를 적극적으로 소화하고 해장국으로 마침표까지 찍은 다음 택시를 타고 사라졌다는데, 피곤해하는 기색이 전혀 없었다. 나는 하품 때문에 벌어지는 입을 손으로 겨우 가렸다. 아무래도 저들과 나는 종(種) 자체가 다른 것 같았다. 연달아 터져 나오는 하품 때문에 눈물이 찔끔, 비어져 나왔다.

"당분간 야근해야 되겠는데요?"

구의 말에 홍이 웃으며 고개를 끄덕거렸다. 나는 회의 수첩에 야근, 이라고 쓰고 그 옆에 워커홀릭, 사람 같지도 않은 것들, 이라고 적었다. 그러자 불현듯 전남편이 보낸 청첩장이 떠올랐다. 청첩장의 빳빳한 모서리가 쓰린 속을 확 긁고 지나갔다.

당장 야근을 해야 하는데 백수 동생이 요구하는 금액은 자꾸 올라갔다. 일도 못하는 주제에 배짱만 두둑해졌다. 이번 기회에 전문적인 도움을 받는 게 나을 것 같았다. 구조 조정에서 살아남으려면 그런 투자가 필요한 시점이기도 했다. 검색창에 '가사 도우미'라고 치자 관련된 파견 업체 목록이 쭉 나왔다. 먼저 카페와 블로그에 들어가서 도우미를 썼던 경험자들의 조언과 사연을 꼼꼼히 읽어 봤다. 글을 읽다 보니 도우미를 써서 편하고 좋았다는 글보다 잘못 쓴 도우미 하나가 삶을 얼마나 황폐하게 만드는지에 대한 고발 같은 게 더 많았다. 자꾸 뭘 집어 가는 것 같아요, 내 돈 내고 쓰는 건데 뭐 하나 시키려고 해도 눈치가 보여요, 도우미 아줌마가 온 후로 애가 욕을 하고 행동이 거칠어졌어요. 그래서 카페에 올라온 대부분의 글이 좋은 도우미를 구합니다, 가족처럼 일해 주실 분 구함,

이라는 제목을 달고 있었다. 그에 비하면 파견 업체의 광고 문구는 화려함 그 자체였다. 전문 인력 완비, 당신이 원하는 완벽한 도우미, 친정 엄마 같은 꼼꼼함, 당신에게 딱 맞는 맞춤형 서비스……홈페이지만 보고 제대로 된 업체를 골라낸다는 건 포장된 상자만 살펴보고 그 안에 든 내용물이 뭔지 알아맞히는 것만큼이나 어려웠다. 중간에 그만두고 다시 동생에게 전화를 걸고 싶은 마음이 굴뚝같았지만, 나는 인내심을 가지고 파견 업체의 홈페이지를 하나하나 열어 보았다.

'로봇 도우미의 세계'라는 이름의 사이트를 발견한 건 기계적으로 마지막 페이지까지 클릭한 후였다. 사이트의 주소는 맨 마지막 페이지의 중간쯤에 있어서 눈에 띄지 않았고 지나치기도 쉬웠다. 나는 기대감 없이 주소를 클릭하고 사이트를 훑어봤다. 흥미를 끈 건 회사의 소개 글이었다.

아직도 한국말이 서툰 도우미를 쓰고 계십니까? 검증받지 못한 가사 도우미 때문에 불안하십니까? 로봇의 신개념, 진화된 청소 로봇, 요리 로봇, 베이비시터 등 각종 로봇이 당신의 삶을 윤택하게 만들어 드립니다. 인간의 삶은 계속 진화하고 있습니다. 많은 회원들이 비밀리에 이 혜택을 누리고 계십니다.

'비밀리에'라는 문구가 호기심을 자극했다. 도우미 알선 업체의 비밀 혜택이라는 게 대체 뭘까. 좀 더 자세히 알고 싶었지만 모든 서비스는 회원 가입 후에 이용이 가능했다. 문의 사항은 메일을 통해서 접수했지만 답변은 가입한 후에만 받아 볼 수 있었다. '회원 가입'을 누르자 '저희 회사의 가입 기준은 매우 까다로우며 엄격한 심사 기준을 거친 분만이 로봇 도우미의 세계를 이용하실 수 있습니다. 가입 거부에 대한 문의는 따로 받지 않습니다.'라는 팝업창이 떴다. 회원 가입마저 까다로운 걸 보니 과연 비밀리에 누릴 만한 혜택이 존재하는 모양이었다. 나는 기대 반 걱정 반의 심정으로 회원 가입에 필요한 사항을 입력하고 신청 버튼을 눌렀다. '로봇 도우미에 대해서 자세히 알고 싶습니다.'라는 내용의 메일도 보냈다. 사실 연봉이나 부동산에 대한 항목 때문에 가입에 큰 기대를 걸지는 않았다.

삼십 분쯤 후 '가입 승인, 답변 완료'라는 문자 메시지와 함께 회원 번호가 도착했다.

로봇 도우미는 일종의 사이보그라고 할 수 있습니다. 모든 면에서 인간과 유사하며 특화된 프로그램 장착으로 업무 수행 능력은 일반인보다 더 뛰어납니다. 하나의 사이보그로 가사 도우미, 베이비시터는 물론 간단한 사무부터 디테일한 업무까지 가능합니다. 사이보그의 종류에는 일반 사이보그와 주문자를 그대로 본떠 만든 트윈 사이보그가 있으며, 트윈 사이보그의 경우 발급 기준이 더욱 까다롭습니다. 로봇 도우미를 통해서 새로운 기계 문명의 세계를 접하시기 바랍니다.

기계 문명의 세계라…… 친숙하면서도 생경한 단어에 살짝 거부감이 일었다. 로봇이니까 당연히 기계겠지만, 기계라는데 괜찮을까 우려가 됐다. 인간미가 없다거나 기계 문명의 삭막함이 싫다는

서유미

문제 때문이 아니라 기계라는 게 결국 인간이 관리해 줘야 하는 거 아닌가, 관리를 못 하면 더 골치 아파지지 않을까, 하는 염려 때문이었다. 머릿속에서는 이미 시스템이나 프로그램의 치명적인 오류 때문에 사이보그가 실수를 저질러서 생활이 엉망으로 변하는 장면들이 파노라마처럼 지나갔다.

업체 측은 내 걱정이 기우일 뿐이라고 일축했다. '로봇 도우미의 세계'에 있는 사이보그들은 기계라기보다 인간의 분신의 개념에 가깝다는 것이었다. 업체와는 여러 차례 메일을 주고받았다. 그들은 내게 트윈 사이보그 발급 가능 판정을 내렸다.

그사이 몇 군데의 도우미 알선 전문 업체에서 보낸 여자들이 우리 집을 거쳐 갔다. 한 명은 청소하는 방식이 마음에 들지 않았고, 한 명은 아이가 무서워했으며, 다른 한 명은 아이의 일주일 치 간식을 하루 만에 먹어 치웠다. 그래서 안 도와주는 남편보다 일 잘하는 도우미가 낫고, 말 많고 뺀질거리는 도우미보다 잘 만들어진 청소 로봇이 낫다는 업체 측의 말은 꽤 설득력 있게 다가왔다. 슬슬 로봇 도우미 쪽으로 마음이 기울었다. 우울증을 앓던 베이비시터가 아이를 토막 내서 죽이는 사건이 발생해서 세상이 시끄러워진 것도 결정에 큰 영향을 끼쳤다. 그사이에 아이는 낯선 사람과 지내는 일에 스트레스를 받아서 장염에 걸렸고 한동안 병원 신세를 졌다. 아줌마 안 오면 안 돼? 핼쑥해진 얼굴로 말할 때는 마음이 미어졌다. 아이 때문에 칼퇴근을 해서 사무실에서도 눈치가 보였다.

업체는 내게 트윈 시스템을 권했다. 절대로 후회하지 않을 거라고 힘주어 말했다.

놀라울 정도로 부지런한 사람. 피곤해하지 않고 여러 가지 일을 잘 해내서 주변의 부러움을 받는 사람. 갑자기 정신 차리고 완벽하게 변한 사람. 이런 사람을 의심해 본 적 없습니까? 그분들은 저희 회사의 트윈 사이보그를 이용하고 계실 확률이 높습니다. 트윈 사이보그 시스템을 이용하시는 고객 중에는 유명한 사업가나 연예인, 사회 각층에서 인정받는 분들이 많습니다. 트윈 사이보그의 용도는 무궁무진하며 많은 분들이 비밀리에 이 혜택을 누리고 계십니다.

트윈 사이보그 시스템에 대한 업체 측의 자신감은 대단했다. 발급 가능 판정을 받고도 누리지 않는 건 손해라고 했다. 사이보그에게 집안일을 맡긴다고 해서 인생의 시름이 반으로 줄어들거나 삶이 완전히 바뀔 거라고 기대하진 않았지만, 흥미가 생기는 건 사실이었다. 어차피 반복되는 일을 시킬 거라면 로봇이라도 상관없지 않을까. 업무만 잘 해낸다면 차라리 로봇 쪽이 낫지 않을까. 게다가 트윈이라면 아이가 느끼는 거부감도 줄어들지 않을까. 업체와 메일을 주고받다 보니 자연스럽게 그런 생각이 자리 잡았다. 게다가 일반 시스템과 가격대가 비슷했기 때문에 부담도 적은 편이었다. 물론 홍보 문구에 나오는 그런 완벽한 사람이 돼 보고 싶은 마음도 있었다. 나는 트윈 사이보그 시스템 이용에 동의한다는 내용의 이메일을 발송했다. '트윈'이라는 말은 복제라는 단어보다는 확실히

서유미

인간적으로 느껴졌다.

　트윈 사이보그를 만들기 위해서는 그들이 요구하는 서류와 사진을 제출해야 하며 그들이 제작한 질문지에 상세히 답변해야 했다. 첨부 파일의 양은 방대해서 책 한 권 분량에 가까웠다. 가족, 교우 관계부터 가정 환경, 기질과 성격, 성향에 대한 질문까지, 그것은 거의 한 인간의 생애에 대해 묻고 있었다. 질문의 세심함에 뭔가 제대로 만드는가 보다, 믿음이 가면서도 한편으로는 이 정도면 인권 침해가 아닌가 싶어 불편하기도 했다. 하지만 성의 없는 답변 때문에 사이보그를 만드는 데 오류가 생길까 봐 심혈을 기울여서 체크했다. 다양한 용도를 위해 회사 조직도와 주로 하는 업무에 대한 상세 파일, 동료들의 사진, 성격과 주의 사항까지 보내야 했다. 질문 중에는 사진 찍을 때 어떤 포즈를 자주 취하는지, 배추김치를 썰어 놓으면 어느 부분부터 먹는지 하는 것까지 있었다.

　현재 고객님의 사이보그가 제작 중에 있으며, 사용 장소와 시간, 업무 내용을 미리 알려 주시면 보다 편리하게 이용하실 수 있습니다. 주문 내용은 언제든 변경이 가능하며 하루 전에 미리 연락해 주시기 바랍니다. 변경 시 복장과 헤어스타일, 주의 사항 등을 자세히 알려 주셔야 차질 없이 이용 가능하십니다.

　내가 보낸 답변과 내부에서 팽창해 가는 두려움과 기대에 비해 이메일의 내용은 간략했다.

　이틀 후 나와 똑같이 생겼지만 내가 아닌 '어떤 것'이 우리 집에 도착했다. 현관문 앞에 서 있는 '그것'을 보는 순간 머리끝이 쭈뼛서고 팔에 소름이 돋았다. 사진이나 거울 속의 나를 보는 것과는 느낌이 달랐다. 손님을 대하듯 어서 오세요, 들어오세요, 라고 해야 할지 물건을 대하듯 번쩍 들고 들어와야 할지 몰라서 나는 멍하게 서 있었다. '그것'은 주위를 민첩하게 둘러보더니 집 안으로 쏙 들어왔다.

업체에서 보낸 유의 사항에는 사이보그와 함께 있는 모습을 주변 사람에게 들키지 말 것, 들켰을 경우 쌍둥이라고 둘러댈 것, 특히 가족을 조심할 것…… 기계의 결함이 아닌 경우 발생하는 모든 사고에 대해 회사는 어떠한 책임도 지지 않으며…… 등의 내용이 장황하게 적혀 있었다. 개인이 모든 책임을 떠안아야 한다는 점에서 인터넷 쇼핑몰에 가입할 때 '동의함'이라고 체크해야 하는 이용 약관과 비슷했다.

아무튼 함께 있는 모습을 들키지 않기 위해서 '그것'은 내가 출근한 다음에 아이를 어린이집에 데려다주었고, 나는 아이가 잠든 걸 확인한 뒤 집에 들어갔다. '그것'은 확실히 가사 업무에 능숙했다. 집은 아이가 갖고 노는 '인형의 집' 세트처럼 깔끔해졌다. 싱크대에는 물방울 하나 남아 있지 않았고 욕실 바닥은 맨발로 들어가도 될 정도로 보송보송했다. 베란다 창문은 반짝거렸고 세탁물은 섬유 유연제의 향을 풍기며 반듯하게 개켜져 있었다. 이를테면 '그것'은 최고의 청소 로봇이자 완벽한 식기세척기, 구김 방지 스팀 기능은 물론 개킴 기능까지 추가된 세탁기였다. 요리 솜씨도 뛰어

서유미

나서 한식은 물론 케이크와 쿠키까지 척척 만들어 냈다. 그뿐 아니라 새로운 할 일이 생길 경우 하루 전, 급한 일은 한 시간 전에 업체 측에 연락하기만 하면 '그것'이 잡음 없이 처리해 주었다.

첫날 현관문 앞에서 충격적인 첫 대면을 한 뒤로 '그것'과 마주친 적이 없어서, 시간이 지날수록 나와 똑같이 생긴 무언가가 아이와 함께 지내고 집 안을 돌아다니며 일한다는 기묘한 으스스함에서도 해방될 수 있었다. 가장 만족스러운 점은 '그것'이 아이와 잘 지낸다는 것이었다. 어린이집 알림장에는 아이가 엄마와 지내는 시간이 많아져서인지 울고 짜증 부리는 일이 많이 줄었으며 어린이집 생활도 잘하고 있다는 메모가 남겨져 있었다. 집안일과 아이에 대한 부담이 줄어든 덕에 나도 모처럼 회사 일에 집중할 수 있었다. 반복되는 야근에도 지각하지 않자 구가 선배 요즘 보약 먹어? 하고 물었다. 보약은 무슨. 나는 씩 웃어 보였다.

"청첩장 받았지?"

통화 버튼을 누르자 전남편의 목소리가 튀어나왔다. 안경을 찾아 쓰면서 나는 인상을 확 구겼다. 잠에서 깨자마자 대화를 나눌 상대가 전남편이라는 건 별로 유쾌한 일이 아니었다. 전남편이 결혼을 앞두고 있는 상황이라면 더욱 그렇다.

"제주도 좋아, 그사이에 청첩장을 다 찍고."

"빈정거리지 마. 저번에 말했잖아."

하긴 이런 일이 생길 수 있다고 말한 적은 있다. 하지만 그땐 정말 청첩장을 찍어서 보낼 거라고는 예상하지 못했다.

석 달 전인가 아이랑 놀이공원에 가겠다고 나가더니 늦었는데도 아이를 데려다주지 않고 연락도 없었다. 전화를 걸어서 "어디야?" 하고 묻자, "현관문 좀 열어." 하는 목소리가 가까이에서 들렸다. 아이를 안고 문 앞에 서 있는 전남편은 놀이공원에서 아이에게 시달려서인지 다섯 살은 더 늙어 보였다. 내가 쳐다보자 "오고 싶어서 온 거 아니야. 애가 자서 어쩔 수 없이 올라온 거지." 하며 툴툴거렸다. 하지만 변명과는 달리 "커피 한 잔 주라." 하더니 들어와서 소파에 앉았다.

물을 끓이고 잔을 꺼내는데 기분이 좀 이상했다. 평소 같으면 아이가 자도 공동 현관문 앞에서 지윤이 데리고 올라가라고 전화했을 인간이다. "좀 올려다 주면 어때서? 남의 애냐?" 내가 쏘아붙이면 한숨 한번 쉰 뒤 "거길 뭐하러 올라가." 퉁명하게 대꾸해서 사람 속을 뒤집어 놓았다. 현관문 안으로 발을 들이면 발목이 잘리기라도 할 것처럼 유난을 떨더니 그날은 웬일로 먼저 커피를 달라고 하더니 애를 직접 침대에 누이기까지 했다. 다시 한번 생각해 볼 수 없냐? 그래도 애한테는 부모가 다 있어야 하는데. 갑작스럽게 걸려온 시어머니의 전화도 그렇고, 이상한 점이 한두 가지가 아니었다. 혹시 저 인간이 수 쓰는 거 아니야? 의심이 들었지만 모르는 척했다. 무슨 일이 있어도 재결합은 안 할 거다, 결의를 다지면서.

커피를 한 모금 마시고 나서 전남편은 손바닥을 마주 대고 천천히 비볐다. 쩍 벌린 무릎 근처에서 마주 닿은 두 손은 깍지를 낄 듯

서유미

말 듯 아슬아슬하게 비벼지고 있었다. 그건 뭔가 할 말이 있다는 표시였다. 결혼 전에 별 볼 일 없는 프러포즈를 할 때도, 이혼 이야기를 꺼낼 때도 그는 그렇게 손바닥을 비볐다. 마치 고백이 손바닥의 예열에서 시작되는 듯이. 헤어진 마당에 전남편의 버릇 같은 걸 기억하고 있다는 게 구질구질했지만, 그런 건 헤어졌다고 지워지는 게 아니었다. 입을 열 때까지 기다렸지만 전남편은 커피 한 잔을 다 비울 때까지 멀뚱거리며 손바닥만 비벼 댔다.

"할 말 있으면 빨리 해."

"좀 기다려 봐. 넌 꼭 그렇게 서두르더라. 그 버릇 아직도 못 고쳤냐?"

뜸 들이는 네 버릇은 어떻고? 나는 인상을 쓰며 쳐다봤다. 전남편은 빈 잔을 입으로 가져갔다가 내려놓더니 다시 손바닥을 비비적거렸다.

"나 요즘 만나는 사람 있어. ……결혼 말도 오가고, 진지해."

"이혼한 거 그쪽이 알아?"

전남편이 고개를 끄덕거렸다.

"애는? 애 있는 것도 알아?"

"말할 거야."

네가 참 말하겠다. 양육비 보낼 때마다 속 썩이고 자주 들여다보지도 않으면서. 만남은 진지할지 모르지만 애 얘기를 꺼내면 쉽지 않을걸. 나는 속으로 비웃었다. 비웃음의 밑바닥에는 재결합 제의를 거절할 기회를 놓쳤다는 낭패감과 저 인간이 진지한 만남을 가질 동안 나는 뭘 하고 살았나 하는 열등감이 뒤엉켜 있었다.

그런데 그런 나를 비웃듯 청첩장이 도착했고 결혼 날짜는 성큼 성큼 다가오고 있다.

"청첩장에 쓴 메모 봤지? 지윤이 늦지 않게 보내."

청첩장의 아래쪽, 약도 부분에는 분홍색 포스트잇이 붙어 있었다.

'결혼식 때 지윤이를 화동으로 세우고 싶은데 괜찮지? 의미 있잖아. 집사람도 좋다고 하고. 드레스 고르게 토요일 날 보내.'

화동이라는 말보다 집사람이라는 말 때문에 기가 차서 코웃음이 나왔다.

"어떻게 될지 모르니까 기대하지 마."

청첩장을 어디다 처박아 놨는지 기억도 나지 않았다. 화동이고 뭐고, 아빠는 외국에 나가서 이제 못 본단다, 엄마랑 둘이서 행복하게 살자, 다시는 만나게 하지도 않을 작정이었다. 하지만 자고 있는 아이의 얼굴은 점점 더 전남편을 닮아 갔다. 그걸 볼 때마다 마음이 물에 불린 미역처럼 흐물흐물해졌다.

몸살이라도 걸려 주었으면 하는 때가 있는가 하면 절대로 아파서는 안 되는 때가 있다. 내 인생이 그런 절묘한 타이밍과 극적으로 불화하며 진행되어 왔다는 건 알고 있었지만, 아이디어 회의와 업무 분담이 있는 날 뻗어 버릴 줄은 몰랐다. L그룹은 우리 회사의 VIP 고객인 데다 그 홈페이지의 리뉴얼 작업 결과에 따라서 팀이 통합될 때 생사 여부가 결정되는 상황이기 때문에 회의에 꼭 참석해야만 했다. 하지만 마음과 달리 몸은 불덩이인 데다 팔다리는 반쯤 녹은 엿가락처럼 늘어져서 수습이 안 됐다. 다 죽어 가는 목소리를 듣고도 홍은, 하필이면 오늘 같은 날 아프단 말이에요? 하면서 혀를 찼다. 늦어도 열 시 반까지 출근하라는 말에 눈물이 핑 돌았다.

이럴 때에 대비해서 트윈 사이보그를 신청했는데도 회사에 보내는 건 아무래도 께름칙하고 마음이 놓이지 않았다. 자리만 채우면 되니까 하루 정도는 괜찮겠지. 능력 있는 사업가와 연예인 들도 사용한다는데 별일 없을 거야. 업체에 전화를 걸고 주문을 넣으면서도 고열보다는 불안함 때문에 덜덜 떨었다. 약을 먹고 자다 깨기를 반복하는 동안, 꿈속에서 '그것'은 팔다리가 부러진 채 사무실 밖에 버려졌고 나는 일자리를 구하지 못해 전남편에게 아이를 빼앗겼다.

다음 날 출근하자 홍이 나를 자료실로 불렀다. 호출된 순간부터 홍이 입을 열 때까지 온몸에서 식은땀이 솟아났다.

"메인 페이지 맡길 테니까 어제 말한 대로 진행해 봐요. ……평소에도 그렇게 적극적인 태도로 참여하면 좋잖아. 꼭 인원 감축이라는 극약 처방이 있어야만 실력 발휘할 거예요? 이번에 L그룹 건 기대할게요."

홍의 그윽한 눈길에 나는 어안이 벙벙해졌다. 중대한 회의라 잘못하면 잘릴지도 모른다는 주문에는 절박함이 담겨 있었지만 아이디어를 내라거나 실력을 발휘하라는 내용은 없었다. 하지만 위기 상황이 닥치자 잘릴지도 모른다는 말 때문에 '그것'이 나선 모양이었다.

업체로부터 어제의 상황에 대해 상세히 전달받았다. 그래서 단순한 기계가 아니라 분신이라는 겁니다. 담당자의 목소리에는 자신감이 넘쳤다. 나는 메인 페이지를 따냈다는 사실보다 '그것'이 사고를 치지 않았다는 사실에 더 안도했다.

어제 회의의 여파 때문인지 사무실은 술렁거렸다. 홍뿐 아니라 회의에 참석한 사람들 모두가 나의 활약에 놀란 눈치였다. 이 작업에서 밀려난 동료의 표정이 어두웠다. '그것'이 홍의 신임을 얻어냈다는 게 도무지 믿어지지 않았다.

문제는 '그것'이 내놓은 아이디어를 내가 도저히 표현해 낼 자신이 없다는 데 있었다. 그렇다고 모두가 기대하는 아이디어를 버리고 쉬운 방향으로 갈 수도 없고, 이제 와서 그건 내가 내놓은 의견이 아니라고 발뺌할 수도 없었다. 애석하게도 조언을 구하고 도움을 청할 만한 곳은 트윈 사이보그를 파견한 로봇 도우미의 세계뿐이었다. 담당자는 이 웹디자인 작업을 '그것'에게 맡겨 보는 게 어떻겠느냐고 제안했다. 일단 회사에서 살아남는 게 중요하지 않습니까? 담당자가 보낸 메일 속의 문장은 담담했다.

다음 날부터 아이를 어린이집에 데려다주는 일은 내 몫이 되었다. 집에 와서 대충 청소를 해 놓고 회사에 들러서 '그것'과 교대했다. 웹 구축 능력도 뛰어나고 플래시를 다루는 솜씨도 수준급이라

서유미

'그것'이 일하는 한 내가 잘릴 염려는 없어 보였다. 교대라고는 하지만 일을 한다기보다 일의 진척을 확인하는 정도라서 내가 회사에 머무는 시간은 점점 짧아졌다.

디자인 작업은 열흘 정도면 마무리될 것 같았다. 그동안은 '그것'이 회사 일을 온전히 맡기로 했다. 예상하지 못한 휴가가 생겨서 신날 줄 알았는데 묘하게 공허하고 불안했다. 여유가 생기면 화장품도 만들고 청첩장을 찍을 만큼 진지한 만남도 가질 수 있겠지, 막연한 기대를 품었지만 생각만큼 한가하지도 의욕이 생기지도 않았다. 집에 있다 보니 자연스럽게 집안일에 매여 갔다. 부지런히 움직여도 욕실 바닥에는 물기가 흥건했고 싱크대 밑에서는 바퀴벌레가 기어 나왔다. 시간을 들여 음식을 만들어 주면 아이는 맛없어, 저번에 해 준 거 그거 먹고 싶어, 하면서 투정을 부렸다. 좋은 점이라고는 월차를 쓰지 않는데도 아이와 애니메이션을 볼 수 있었다는 것뿐이었다. 나는 유배지에 와 있는 죄인처럼 회사에 복직할 날만 기다렸다.

가사 업무에서 벗어나고 싶어서 안달이 나 있던 터라 업체 쪽에서 보낸 '홈페이지 작업 완료'라는 메시지는 몹시 반가웠다. 나는 모처럼 미용실에 다녀왔고 답 문자 대신에 바꾼 헤어스타일을 휴대폰으로 찍어서 담당자에게 보냈다. 머리는 마음에 들었고 콧노래가 절로 나왔다. 아침 내내 흥얼거리던 노래는 L그룹 쪽에서 수정 작업을 의뢰하는 바람에 뚝 끊어졌다.

"오전 중에 가능하죠?"

홍이 수정할 부분을 체크해서 가져왔다. '그것'을 불러서 교대하기에는 상황이 여의치 않았고 시간도 촉박했다. 직접 하는 수밖에 없었다.

결과물을 본 홍의 얼굴이 굳어졌다.

"이거 수정한 거예요? 어떻게 수정 전보다 더 안 좋아. 오늘 왜 그래요? 자기답지 않게."

내가 고개를 숙이자 홍이 가까이 와서 목소리를 낮췄다.

"그동안 과로해서 피곤한 거 같은데 오늘은 일찍 들어가서 쉬고 내일 제대로 마무리해 줘요."

그 말은 마치 교대할 시간을 줄 테니 '그것'을 데려오라는 은밀한 주문 같았다. 심각한 표정으로 모니터를 바라보고 있는데 메신저 대화창이 떴다. 구였다.

선배, 오랜만에 홍한테 깨졌네. 그동안 죽이 척척 맞아서 일하더니 웬일이야? 실수를 다 하고.

빈정거리는 구의 목소리가 들리는 듯했다. 홍에게 깨진 건 아무렇지도 않았다. 내가 속상한 건 열흘 만에 사무실에 복귀해 보니 모든 게 예전 같지 않다는 것이었다. 구와 홍에 대한 험담으로 친목을 도모했던 동료들은 나를 노골적으로 피했다. 작업에서 밀려난 동료는 보이지 않고 다른 몇 사람도 감원 대상으로 결정됐다는 소식이 들려왔다. 빈정거려 주는 구가 오히려 고마울 정도였다.

그 후로 오늘 좀 이상하네, 라는 말을 몇 번이나 더 들었다. '그것'이 회사 생활을 어떻게 했을지는 뻔했다. '여러 가지 일을 잘하는 사람, 갑자기 정신 차리고 완벽하게 변한 사람.' 업체가 자랑하는 그대로 활약했을 것이다. 몇 년 동안 일해 온 곳이고 함께 지낸 사람들인데 열흘 만에 쌓아 온 세월이 다 와해된 기분이었다. 그들을 어떤 시선으로 바라보고 어떻게 행동하고 말해야 할지 혼란스러웠다. 모든 게 막막했지만 그 와중에도 한 가지만은 확실히 알 수 있었다. 그건 지금 사무실에 있는 사람들이 원하는 게 내가 아니라는 점이었다.

'그것'의 업무 변환에 대한 업체 측의 입장은 명확했다. 자본주의 사회에서는 능력이 뛰어난 분야에서 활약하는 것이 더 효율적이라고 생각합니다. 그들은 내 의사를 존중하겠다고 했지만, 감정에 치우치지 말고 현재 상황과 회사의 분위기에 대해 냉정하게 판단하라고 충고했다.

내 메일에는 '그것'의 출근과 퇴근 시간, 일일 업무 보고서가 차곡차곡 쌓여갔다.

결혼식을 앞두고 아이는 잔뜩 흥분했다. 내일 안 가면 안 돼? 라고 했다가 엄마, 드레스 너무 예쁘지? 집에 갖고 와서 입어도 돼? 하면서 떠들다가 겨우 잠들었다. 침대에 누운 나는 오래오래 뒤척였다. 전남편의 결혼식이 내일이라는 것도, 일자리를 '그것'에게 완전히 내줬다는 것도 다 믿어지지 않았다. 실타래는 잔뜩 엉켜 있는데 가위로 싹둑 지를 용기도 없었다.

일어나자마자 드레스를 입고 뛰어다니는 아이를 얼러서 밥을 몇

숟갈 먹였다. 아무리 생각해 봐도 전남편의 결혼식에 가서 박수를 치고 밥을 먹을 정도로 속 좋은 인간은 못 되는 것 같았다. 그렇다고 아이만 보낼 수도 없어서 결국 업체에 연락했다. '전남편의 결혼식에 아이를 데리고 가는 복장과 태도'에 대해서도 상세히 설명했다. 주문을 할 때마다 내 인생의 밑바닥은 물론이고 주변 사람들의 삶까지 모조리 까발려지는 것 같아 참담했다.

베란다에 서서 '그것'이 아이와 함께 차에 타는 모습을 지켜보았다. 아이는 드레스 때문에 신이 나서 깡충깡충 춤을 췄다. 엄마와 함께 있다는 사실에 대해 한 치의 의심도 없는 몸짓이었다. 아이는 정말 '그것'이 엄마라고 믿는 걸까. 엄마와 '그것'이 다르다는 걸 전혀 눈치채지 못하는 걸까. 왜? 왜 모르는 거지? 진심으로 궁금했지만 물어볼 수 없었다. '그것'은 정말 나와 완전히 같은 걸까. 나조차도 알 수 없었다.

창문을 열고 청소를 시작했지만 정신을 차리면 어느새 의자에 멍하니 앉아 있었다. 텔레비전을 틀었지만 눈에 들어오지 않았다. 회사에 갈 수도 없었다. 거기에는 대리로 승진한 '그것'이 처리할 일만 쌓여 있었다. 집 안을 서성거리다가 결국 옷을 갈아입고 모자를 눌러썼다. 잠깐 보고 온다고 큰일이 생길 것 같지는 않았다.

아는 얼굴을 만날까 봐 사람들 틈에 숨어서 결혼식을 지켜봤다. 화관을 쓰고 드레스를 입은 아이가 바구니 안에 든 꽃잎을 뿌리면서 입장했다. 어디서 배웠는지 사람들을 보면서 생긋생긋 웃는 여유까지 부렸다. 아이 때문인지, 결혼하는 게 신나서 그런지 뒤따라

들어가는 전남편의 얼굴에도 웃음이 가득했다. 그 둘의 얼굴이 몹시 닮았다는 사실이 절망스러웠지만, 드레스를 입은 아이의 모습은 공주처럼 예뻤다. 보고 있자니 코끝이 시큰해졌다.

아이가 꽃잎이 다 떨어진 바구니를 하객 쪽으로 던지는 바람에 식장 안은 웃음바다가 되었다. 당황한 아이가 두리번거리자 '그것'이 번개같이 출동해서 아이를 안고 들어왔다. 나는 순간적으로 튀어 나가려다가 멈칫했다. 어떤 상황에서도 함께 있는 모습을 들켜서는 안 되는 것이다. 엄마가 나타나서 구해 주자 안심이 되었는지 아이는 하객들을 향해 손을 흔들었다. 아이의 손짓에 한복을 입은 노인네들이 박수를 치며 좋아했다.

자신의 전남편이 아니라서 그런지 '그것'은 순서가 끝날 때마다 오늘의 주인공인 부부를 향해 박수를 보냈다. 식이 끝난 뒤에는 다정하게 인사까지 나누었다. 아무래도 '전남편의 결혼식에 참석하는 태도'가 내가 예상한 것과는 다른 뉘앙스로 입력된 것 같았다. '그것'의 행동은 할리우드에서나 볼 수 있는 것이었다. 전처의 축하에 전남편 부부는 흐뭇한 미소로 화답했다. 저런 행동이 나답지 않다는 걸, 나라면 절대로 저럴 수 없다는 걸 저 인간은 정말 모르는 걸까. 달려가서 따지고 싶었지만 '그것'과 함께 있는 모습을 들키지 않기 위해서 서둘러 식장을 빠져나와야 했다.

회창한 토요일인 데다 주변에 예식장이 몇 군데 디 있어서 거리에는 사람들이 많았다. 하객의 본분을 지키기 위해 다들 한껏 차려 입은 모습이었다. 결혼식 덕분에 오랜만에 얼굴을 보게 된 사람들이 삼삼오오 모여서 과장되게 웃고 떠들었다. 부케에서 떨어진 꽃잎과 하늘하늘한 한복 자락이 거리를 쓸고 다녔다. 맞은편에서 걸어오는 후줄근한 추리닝 차림의 여자는, 그래서 더욱 눈에 띄었다.

여자는 어디를 보는 건지 알 수 없는 표정을 하고 거리를 좁혀왔다. 낯이 익은 얼굴이었지만 누군지 떠오르지 않았다. 어디서 봤더라? 생각하는데 나를 발견한 여자의 눈빛이 심하게 흔들렸다. 눈이 마주치자 여자는 고개를 돌려 외면해 버렸다. 그리고 존재를 감추려는 듯 빠르게 걷기 시작했다. 여자가 허둥대며 내 옆을 지나갈 때 그녀가 누군지 떠올랐다. 반쯤 지워진 얼굴로 걸어가는 여자는 바로, 홍과 똑같은 홍이었다.

서유미

서유미, 「저건 사람도 아니다」

현재 대한민국이 일하는 여성에게 요구하는 모습은 한마디로 슈퍼우먼, 원더우먼과 닮아 있습니다. 일과 가사 그리고 육아까지 완벽하게 수행할 것을 암묵적으로 강요하는 사회 분위기 속에서, 여성들은 하루하루를 간신히 버텨 내며 살아가고 있습니다. 성 평등 의식이 많이 향상되었고, 과거보다 여성들의 인권과 사회적 지위가 많이 올라갔다고는 하지만, 가사와 더불어 육아는 아직까지 여성의 일로 인식되고 있습니다. 더 큰 문제는 가사와 육아가 사회적으로 가치 있는 노동으로 인정받지 못하고 있다는 것입니다.

이 소설은 우리 사회의 여성이 일과 가사, 육아를 병행할 때, 어떤 어려운 문제들이 발생하는지를 잘 보여 주고 있습니다. 다섯 살 된 딸아이를 혼자 키우는 이혼녀인 '나'는 연이은 야근과 육아로 지칠 대로 지친 상태입니다. 같은 직장 여성이면서도 매일 완벽한 모습과 업무 능력을 보여 주는 팀장 '홍', 동료 '구'와 비교당하면서, 자기 관리가 신통치 않다고 평가되기도 합니다. 설상가상으로 구조 조정이라는 위기에 처합니다. 이런 상황에서 '내'가 택한 것은 인간이 아닌 로봇의 도움을 비밀리에 받는 것입니다. 과연 '내'가 일과 육아 모두를 완벽하게 해내지 못하는 것이 단지 '나'의 능력이 부족해서일까요? 작품의 마지막에 나오는 팀장 '홍'의 충격적인 반전은 그 원인이 단지 한 여성의 능력 부족이 아니었음을 말해 줍니다.

　도움이 간절히 필요하지만 어디에도 도움을 요청할 수 없는 작품 속 '내'가 살아가는 모습은 지금 대한민국의 냉혹한 현실을 그대로 보여 줍니다. 우리 사회가 더 나아지지 않는다면, 작품 속 '나'와 '홍'의 모습은 어쩌면 미래의 나, 또는 우리 가족의 모습일 수도 있지 않을까요?

구병모(1976~) 작가는 2008년 「위저드 베이커리」가 창비청소년문학상에 당선되며 작품 활동을 시작했습니다. 2015년 「그것이 나만은 아니기를」로 오늘의작가상과 황순원신진문학상을 수상했습니다. 작품으로는 소설집 『그것이 나만은 아니기를』, 『빨간구두당』, 장편 소설 『아가미』, 『파과』, 『네 이웃의 식탁』, 『한 스푼의 시간』 등이 있습니다.

어
디
까
지
를
묻
다

구
병
모

잠깐 아저씨, 다시 한번 말씀해 주실래요? 조금 전에 그거요. 아 맞다 아저씨란다 내 정신 좀 봐 기사님. 네? 그거야 당연하고말고요. 인간에 대한 예의죠! 저만 해도 아가씨 언니 이래 버리면……아니 그래도 이년아 저년아보다는 최소한 현기증이 덜 나는 말이긴 하다. 아가씨라고만 해 주셔도 감읍하지요. 제 막내 이모가 간호사인데요, 간호부에서 간호원으로, 간호원에서 다시 간호사로 인식과 호칭이 바뀌기까지 반 세기가량 걸렸는데 아직도 환자 백명 있으면 그중 90명은 아가씨나 언니라고 부른대요. 그런데 이모가 엊그제 간호대 졸업한 새내기도 아니고 수간호사거든요. 나이도 꽤 있고 아들애가 열두 살이나 먹은. 척 봐서 언니 아가씨 소리는 좀 나오기 힘든 얼굴인데 그래도 꼬박꼬박 아가씨라고. 아주 가끔 젊은 환자분들 중에 공중파 의료 드라마나 좀 챙겨 봤을 것 같은 사람들이 선생님 하고 입 발린 소리로나마 불러 준다든지요. 의사 선생님 가리킬 때와 마찬가지로 간호사 선생님 또는 간호사님. 아가씨나 언니는 이제 차라리 친근하대요, 아줌마가 아닌 게 어디냐며.

그런데 지금 하려던 얘기가 이게 아닌데. 아 맞다, 조금 전에 했던 거 다시 한번만 말씀해 주시면 안 돼요? 그 옆에 내비 좀 잠깐 죽이고. 소리가 섞여서 헛갈려요. 전방에 과속 단속 카메라가 있다느니 자꾸 뭐라 앙알거려서. 육십, 육십, 아 쟤 뭔데 계속 깜박거리네. 육십, 이제 됐다. 아뇨 무슨. 저 술 한 방울 안 마셨어요. 그저 철야 때문에 조금 피곤한 것뿐이고 닷새 만에 집에 들어가는 길이니 그 영향이 아주 없지는 않겠지요.

네 맞아요 지금 그거. '어디까지 가십니까?' 그 한마디 듣고 알아차렸다니까요. 아저씨 아니 기사님 혹시 그게 몇 년도더라, 「불꽃 팽이 용사」에 목소리로 나오지 않으셨어요? 그냥 확인하는 거예요. 내 감이 맞아. 일단 「불꽃 팽이 용사」는 아시죠? 에이 그걸 왜 모르는 척하세요. 석기 시대의 둘리나 하니만큼은 아니어도 한 시대를 열고 닫은 티브이 만화라고들 하는데요. 캐릭터 개발비 환수를 목적으로 했는지 모르지만 속편에 3편까지 우려먹지만 않았어도 불후의 명작으로 남을 뻔했던, 거기 주인공은 아니고 주인공 옆에 친구 2번 정도 되는 그 녀석, 걔 이름 뭐더라. 저도 본 지…… 10년이 다 뭐야 적어도 15년은 넘었으니 가물가물해서…… 네 맞아요 신우? 진우? 어쨌든 주인공이 팽이에 들러붙은 신수(神獸)인지 정령인지를 험악하게 다뤄서 망가뜨리고 더 이상 소환을 할 수 없게 되어 버렸을 때 그 신우인가 진우인가가 먹살을 쥐고 흔들면서 말하는 거죠. '넌 대체 어디까지 해야 직성이 풀리는 거야!' 그런데 그게 정황만 봐서는 고래고래 소리를 지를 것 같은데 목소리 척 깔고 낮게 윽박지르는 톤이죠. 결말도 어떻게 났는지 까먹었지만 그런 식으로 조각조각 기억에 남는 장면이 몇 군데 있는데 그중 하나 예요. 지금 말씀하신 '어디까지'의 음조가 그때와 같아요. 맞지요? 맡은 역할의 이름을 어렴풋하게나마 기억하고 계실 정도니 그걸로 인증이네. 아저씨가 지금 하신 말씀은 동요나 분노를 비롯해서 아무런 만화적인 격정도 담겨 있지 않지만, 성대의 울림과 탄력이 일반인과는 다르다는 걸 딱 듣고 알겠는데요.

　설마요, 저 같은 경우는 별로 귀가 밝거나 귀신같은 것도 아니에요. 소싯적에 만화 열심히 챙겨 본 애들이면 그 정도는 알아요……는 좀 아니고 요즘은 어른들도 만화 많이 보잖아요. 인터넷에 만화 카페도 많고 원작이나 등장인물 정보도 공유하고 그러다 보면 그 등장인물의 목소리를 낸 사람은 누구냐 같은 것도 링크가 돼요. 아무 인터넷 사이트나 검색만 해 보면 오래된 버전이긴 하지만 성우 사전도 있을걸요. 저도 대학 다니기 전까지는 분기별로 신작 애니메이션을 챙겨 볼 정도로 열성 팬이었거든요. 아 그런 뜻은 아니고 죄송해요 아저씨 음 기사님 아니 이제 기사님이라고 부르기도 좀 뭣하고 제가 아저씨 팬이었다는 뜻은 아니지만 하여간 그 뒤로도 여기저기 준주연급이나 조연으로 자주 나오셨다는 전적 정도는 알거든요. 요즘도 진짜 빠져 사는 애들이나 작품 리스트를 꿰고 있지 저는 어쩌다 두세 편 보고 얻어걸린 거예요.

　아뇨 그럴 리가요, 티브이 만화를 즐겨 봤다고 해서 제 꿈이 성우였다는 뜻은 아니죠. 한때 그런 생각을 전혀 안 해 봤다고 하면 거짓말이겠지만, 어릴 때는 꿈이 하루에도 한두 번은 바뀌는 법이

　구병모

죠. 그것도 남다른 구석이 없는 보통의 아이라면 더욱이. 제 목소리가 좋다고 해 주시니까 몸 둘 바 모르게 감사하지만 연기력은 전무한데 목소리만 좋다고 할 수 있는 일도 아니고, 기본적으로 그건 뭔가를 아는 사람들끼리만 공유하는 문화라서 저 같은 평범한 사람에겐 접근성이 떨어져요. 게다가 성우가 만화 녹음만 하나요. 내레이션도 하고 외화도 하고, 누구보다도 잘 아시면서…… 아 진짜예요? 아저씨가 마지막으로 더빙을 한 지 3년이 넘으셨다는 게 실감도 안 나고 믿어지지가 않네요. 그럴 수밖에 없는 게, 한번 더빙한 영화나 만화를 케이블에서는 아무 때고 틀어 돌릴 수 있으니까요. 그러고 보니 열흘쯤 전에, 그러니까 저 지금 철야 들어가기 전쯤이었나, 심야 재방송 프로 어딘가에서도 아저씨 목소리를 들은 것 같아요. 제목, 모르겠네요. 워낙 요즘은 채널 재핑으로 아무 생각 없이 넘겨 봐서. 그런 재방송은 관두고라도, 아저씨 목소리가 오랫동안 활동을 쉰 것 같지 않아요. 제가 한마디 듣고 알았잖아요. 저같이 물어본 사람 또 없었어요? 활동 빈도와 관계없이 한번 성대에 상감된 목소리와 발음은 쉽게 그 문양을 바꾸지 못하는 거예요.

저요? 지금요? 지금이야 뭐 꿈도 없고, 설령 있다 한들 어디 가서 있다고 말하면 고운 시선 못 받을 나이고. 꿈이 없다고 해서 현실이 있냐 하면 눈앞에 있기야 있지만 지금 같아선 없는 셈 치고 싶을 뿐이고. 애인 없고 모아 둔 돈 없고 가끔 소액 결제로 밀린 미드랑 애니메이션 시리즈를 몇 편씩 몰아 보는 걸로나 기분 전환하고, 이튿날 빨간 눈을 비비면서 간신히 지각이나 면하는 일상에 대해서라면, 뭐 저만 혼자 이리 볼품없이 살아가는 건 아닐 테니까요. 이렇게 말씀드리니 아저씨한테는 별로 듣기 좋은 얘기가 아니라는 걸 알겠네요. 최근에 몰아 본 만화든 영화든 죄다 자막판이니. 같은 타이틀이라도 더빙판은 찾아볼 수 없어요. 그걸 갖고 방송사에선 시청자들의 인식이 얄팍하다고 탓하죠. 더빙판을 유치하고 촌스럽다며 안 보니까 할 수 없이 자막판을 틀어 준다고요. 그게 계속되니 중견 성우들조차 설 자리가 없어지고 안 그래도 작은 파이를 수 없이 얇은 조각으로 갈라 먹게 되었다는 거예요. 그런데 저같이 전혀 관계없는 직종에 종사하는 사람이야 그냥 틀어 주는 대로 볼 뿐이지 원어민의 목소리가 듣기 좋고 더빙은 민망하거나 간지럽다는 생각 안 해 봤거든요. 그건 그저 불가항력의 변화라고 봐요. 그 속도가 인식의 교정이나 몇몇 계몽적인 구호들로는 붙들기는커녕 발 한번 걸어 볼 수도 없는 지경에 이르렀을 뿐이죠. 어떤 의식이나 사명을 갖고 더빙판을 만드는 것보다 자막판을 그대로 내보내는 게 제작 비용 절감이 된다고 들었고요, 무엇보다도 어젯밤 물 건너편에서 방영한 신작 만화를 오늘 중으로 보고 싶어 하는 수요자들의 특성에 맞출 수 있으니까요. 거기에 길들여진 수요자들은 점점 더 매사에 긴급해지고 절박해져요. 그럴수록 과정을 한 단계 생략한다는 것의 의미가 커지죠. 내가 출근길을 무심코 걷다가 발목을 접질리고 몸을 일으켜 먼지를 떠는 데에 소비한 1분조차 얄짤없이 낭비로 환산되는 시대에, 국내 성우 산업의 죽음을 막기 위해 출혈을 감수하고 더빙판을 지속하자는 건 마치, 그거 같지 않아요? 저

구병모

희들 이모 고모 세대만 해도 학교 다닐 때 막 그 뭐야, 학교에서 도시락 검사하면서 쌀밥인지 보리나 콩 혼식인지 검사했다는 시절인데 어김없이 필통 검사도 했다데요. 필통에서 일제나 미제 샤프 나오면 이름 적고 혼내고. 나중에 다 돌려줄 거면서 괜히 압수하는 시늉에다가. 저희 세대한테는 그런 게 통하지도 않을뿐더러, 자라오는 내내 주입받은 게 뭔데요. 인간은 적응의 동물이고 급변에 민첩하게 반응하는 자가 살아남는다, 그거잖아요. 적응하고 변신하는 데 실패하면 그대로 도태된다. 실수는 죽음이고, 사회는 토너먼트를 표방하면서 패자부활전으로 시청률을 올리는 오디션 프로그램의 무대가 아니며, 한번 넘어진 순간 네가 앉을 의자는 더 이상 남아 있지 않을 것이다. 그렇잖아요? 시간을 포섭하지 못하는 자는 시간이 그를 포식해 버리죠.

그러고 보니 28년 살아오면서 배운 거라곤 국영수가 아니라 진화론뿐인 것 같네요. 목 긴 기린이 나뭇잎 따 먹고 살아남는다는 거. 그리고 이 교실에 있는 너희들 40명 가운데 적어도 35명은 목 짧은 기린이라는 거. 그때는 애들이 투덜거리기를, 목이 길어 봤자 부러지거나 잘리기밖에 더하겠냐고. 하지만 졸업하고 밀가루투성이의 찢어진 교복과 함께 교문 바깥으로 내던져진 뒤 각자의 자리에서 허우적대는 동안 확실히 알겠더라고요. 부러지거나 잘리는 쪽은 짧은 목이라는 걸. 아무리 설 자리가 좁네 없네 아우성치더라도 「겨울 왕국」은 더빙판으로 만들어져서 수백만 관객이 들고, 그 한 개의 파이에서 한 조각을 얻는 스튜디오 안에 속하지 못한 건 결국 자신의 탓이…… 아저씨, 앞을 보세요. 조금 전에 신호 한 개 무시하셨어요. 제가 지금 아저씨한테 뭐라고 하는 게 아닌데 그런 반응을 보이시면 그건 자격지심이죠.

아 그렇다니까요. 얘기하다 보니 아저씨가 잘 아실 만한 소재로 흘렀을 뿐이에요. 기분 상하셨다니까 죄송해요. 아저씨가 아까 택시 운전하신 지 1년 반은 넘었다고 하셔서 전 또, 이 세상의 어지간한 진상은 한 번씩 다 태워 보신 줄로 알았죠. 시트에 토하는 취객은 기본, 운전하는데 이것저것 트집 잡다 결국 뒷덜미 잡고 흔드는 인간 하며, 매일의 사납금이 걸려 있는데 택시비 안 주고 버티는 인간까지. 저는 술도 마시지 않았고 이 정도면 양호한 편 아닌가요. 말이 너무 많아서 오히려 피곤하실 수도…… 아 거의 다름이 없어요? 취객이 주정 부릴 때랑 마찬가지라니 조금 상처받았네요. 그렇다고 사람이 말하는 중에 라디오 볼륨을 그렇게 올리시면 제가 민망하죠, 지금 뭐 듣기 좋은 칠공팔공 명곡이 흘러나오는 것도 아니고 디제이랑 초대 손님이랑 자기들끼리 웃고 떠드는데. 저도 밖에 나와서는 원래 이렇게 말 많이 하지 않아요. 바깥뿐이겠어요, 집에서도 말 한마디 안 한 지 꽤 됐어요. 회사에서 하루 종일 말하는 것만으로도 온몸의, 그 뭐죠? 남아나는 적혈구가 없거든요. 집은 그냥 잠자고 먹는 데죠. 적혈구 충전소. 내일의 일용할 양식을 위한 신규 적혈구를 적립하는 곳이에요. 사람이 1분간 떠들 때마다 파괴되는 적혈구의 수가 최소 몇만 개는, 아니 몇억 개였던가? 하여간 넘는다고 들었는데. 그러니 가족과 뭔가를 꼭 말해야 한다면 대부

구병모

분 문자 메시지로. 시간도 없고 옆 사람 눈치 보이니까 한 줄을 넘기지 않지만요. 회사 아닌 데서 지금처럼 말을 많이 하는 건 입사 이래 처음인걸요. 목소리로만 아는 사람을 심야 택시 안에서, 그것도 기사님으로 만나는 일이 현실에서 별로 없다 보니 저도 모르게 신이 났나 봐요.

예 맞아요. 어떻게, 별말 안 했는데도 금방 알아맞히시네요. 하긴 정답이 뻔했다. 그렇죠? 하루 종일 떠드는 직업이라고 찾으면 교사나 학원 강사 아님 콜센터겠죠. 그런데 거기다가 이년 저년 소리를 예사로 듣는다는 단서가 하나 더 있었으니, 암만 교권이 땅에 처박혀 생매장을 당했대도 아직 이년 저년까지 추락하지는 않았다고…… 믿고 싶고, 남은 건 콜센터. 생각해 보세요, 그러니 제가 얼마나 말을 하기가 싫겠어요. 어디까지 가십니까? 아저씨가 그 목소리로 묻지 않았다면 심지어 목적지도 밝히기 귀찮을 정도였어요. 서로 다른 작품에서 여러 소년과 청년과 노인의 얼굴로만 봤던 아저씨를 이렇게 룸미러에 비친 모습으로 만나지 않았다면요. 죄송한데 이따가 저 내릴 때 인증샷 한번 같이 찍어 주실 수 있으세요? 커뮤니티 같은 데 올리면 아직 기억하고 좋아할 사람들 있는데…… 예…… 예. 괜찮아요. 그러실 줄 알고 여쭤봤어요. 무리한 부탁인 거 알고요, 저 같아도 싫었을 거예요. 그래도 아저씨, 이거 하나만은 기억해 주셔야 해요. 제가 지금 뭐 어린 시절에 아저씨의 목소리에 위로받은 적 있다는 식상한 말로 향수나 자극하자는 게 아니에요.

유년기부터 아저씨의 오랜 꿈이 성우였는지 아니면 목소리로 할 수 있는 일이면 딱히 뭐가 됐든 상관없었는지 거기까지는 몰라요. 하지만 적어도 하고 싶은 일이 어느 한 시기 정도는, 인생에서 최소한 한 번은 허락되었다는 걸 알아주셔야 해요. 그것이 비록, 해본 적 있고 지금은 아니라는 과거 완료형이더라도 말이에요. 물론 지금도 달리는 택시 안이 아니라 현직으로 스튜디오에 서 계셨으면 더 좋았겠지만, 그게 가능한 이들이 성우 백 명 중에 많이 쳐서 열 명쯤이라고 어림잡는다면 말이에요. 저희들은, 아니 저만이라고 해도 상관없는데, 코딱지만 한 파이 귀퉁이에 이쑤시개 꽂을 틈도 없이 밀려났다고요. 지금까지 한 번의 기회도 제대로 얻지 못했고 ─ 어른들은 눈앞에 온 걸 너희가 잡지 않았다고 떠넘기는데 ─ 대부분 차선이나 차악을 선택하곤 정신 차려 보니 그 자리에 비끄러매어졌어요. 그리고 지금 같아선, 최초의 기회가 없었던 우리는 다시는 그와 같은 기회를 만나지 못한 채로 아저씨 연세를 맞이할 거고요.

그저 장거리 손님에 대한 인사치레였다고 해도 좋은데요, 아저씨가 조금 전 칭찬해 주신 이 목소리의 톤과 발음은 열네 살 때 이미 완성됐어요. 여자애들은 남자만큼은 아니지만 변성기가 오잖아요? 그전까지의 목소리는 다만 어떤 정념도 욕망도 두통도 없는 무해한 상태에서 나오는 자연의 산물에 불과하고, 사람은 입시 지옥이니 무한 경쟁 같은 세파에 찌들기 시작하면서 비로소 자기 목소리가 나오는 거예요. 그 나이엔 보통 세상 모든 게 마음에 안 들고

구병모

임전 태세를 갖춘 적으로만 보여서, 거기 대응하다 보면 자기도 모르게 말투가 거칠어지거나 말을 웅얼대는 한편 톤이 흐릿해지기도 하면서 목소리가 정착돼요. 그런데 제게는 그런 시기가 없었어요. 스피치 학원에 다닌 적도 따로 연구한 적도 없는데 저는 스스로에게 가장 어울리면서 남들에게 최상의 전달력을 지닌 음색과 어조와 발성을 어느 결에 찾아냈고 그것들이 몸에 배어 있었어요. 선생님들이 자꾸만 앞으로 끌어내서 낭독 대표 같은 것들을 시키면서 제 장점이 뭔지 점점 더 분명해졌고, 한 문장의 어디에 힘을 주어야 파급력과 호소력이 최대치로 활성화되는지도 저절로 알아 갔어요. 내 목소리가 언어의 잎맥을 살며시, 그러고도 단호하게 켜는 활이 될 수 있다는 믿음이 생기면서는 의식적으로 그맘때 애들 흔히 쓰는 비속어들도 피했어요. 그 왜 존나, 같은 건 요즘 듣기도 하기도 싫은 말이죠. 예? 무슨 말씀을. 요즘 애들하고 비교도 못 해요. 아저씨 따님한테도, 지금 중학생이랬죠, 한번 가서 물어보세요. 하긴 물어본다고 대답할 리가 있나. 언제 한번 몰래 카톡 창 한 번만 열어 봐도 다 나올걸요. 존나를 요즘은 존트라고들 쓰는 것도 종종 봤는데 둘 다 표준어도 아닌 걸 형태를 바꿔 쓰는지…… 글자 수가 더 줄어들지도 않았고 입력하기가 수월해진 것도 아닌데. 아무튼, 나머지 웬만한 말은 다 존나와의 결합형일걸요. 아저씨, 존구 존색 존잘 존못 이런 말 못 들어 보셨죠? 소리 내어 따라 읽는 것도 아닌데 멍하니 글자만 들여다봐도 내 입이 더러워질 것만 같아서 요즘은 블로그니 트위터니 인터넷 자체를 못 들어가겠어. 하여간 천박

한 얘기는 이따 시간 되면 더 하기로 하고, 그래요, 뭐든 그 나이 때만 할 수 있는 일이 있으니까요. 몇 년 뒤 자다가 이불 뒤집어쓰고 지워 버리고 싶은 기억에 몸을 뒤트는 일도, 사람이라면.

중학교 졸업하기 전부터 장래 희망을 아나운서로 정한 건 왼발 다음에 오른발을 내딛는 것만큼이나 당연했어요. 중고등학교 방송부와 대학 교내 방송국 다 해서 8년을 활동했는데 지금 제가 말하는 방식이나 습관에서는, 과거의 꿈이 아나운서였다니 전혀 상상 안 가실 거예요. 더 이상 긴장하고 정색하고 올발라야 할 필요가 없으니 많이 풀어져서 그래요. 아니면 이루지 못한 꿈에서 벗어나고 싶어서 일부러 변화를 시도한 끝에 따라오는 과잉이라고 볼 수도 있고, 이도 저도 변명일 뿐 처음부터 '감'이 아니었음을 보여 주는 본능적이고 원색적인 증거라고 생각하셔도 상관없어요. 평범한 사람이라면 실패한 꿈의 대상을 언젠가는 원한이 맺힌 눈으로 바라보게 마련이죠. 극단적으론 그것을 훼손하고 싶어지고요.

하여간 고등학교 가서도 정해 놓고 방송부에 합격했더니 부모님은 그것이 더 이상 취미 활동이 아니라는 걸 알아차렸어요. 키도 적당 몸매도 평균, 예쁘다곤 못 해도 적어도 남에게 혐오감을 주지 않을 정도로는 생긴 얼굴. 딱히 유별나게 공을 들이지 않아도 무방한 신체 조건을 가진 사람들은, 짐짓 모르는 척하면서도 그것들이 자신의 꿈을 부채질하는 요소라는 걸 느낄 수 있어요. 어디까지나 뛰어난 게 아니라 무난할 뿐이라도, 최소한 외모 때문에 초조해할 일이 없다는 사실만으로도 어느 직업에 종사하든 남들보다 반은 먹고 들어가는 거니까요. 거기에 더해 수능이 끝나면 연말 일간지 한구석에 작게 실리는 리드 같은 말이지만 '그 흔한 학원 과외 한번 없이' 서울 소재 4년제 대학 언론정보학과에 들어갔으니, 남들보다 노력을 덜했다곤 생각 안 해요. 턱걸이로 들어갔든 예비 몇 순위였든 누가 알아요. 대학에 갔으니 토익 토플 비롯해서 뭐든 남들 다 하는 것이라면 빈틈없이 수행하는 게 당연하고, 그중에서도 다른 사람 아닌 내가 기회를 잡으려면 남들이 안 하는 것도 물론 찾아 해야 했지요. 대학 시절 4년이란 원래 스펙을 갖추는 데 고스란히 쏟아붓는 시간이니까요. 이 시기에 시각 장애인을 위한 도서관 낭독 봉사를 자주 했고, 사람들은 제 목소리를 좋아했어요. 앞을 못 보니 제 행색을 알 리 없는 대부분은 저한테 어느 뉴스에서 진행을 맡고 계신 앵커냐고 물어보기도 했고, 대사 분량이 많은 소설을 읽는 날에는 라디오 극장 같은 데 출연하는 성우가 틀림없다고 확신하는 이들도 간혹 있었죠. 녹음이나 행사가 끝나면 담당 피디님은 저한테 아나운서를 준비하느냐고 물어봤고, 발음도 성량도 현직 햇병아리들보다 낫다며 학원비 굳어 좋겠다고 그랬어요. 하지만 그건 내일모레 퇴직을 앞둔 연세 지긋하신 피디님 개인의 의견이었을 뿐, 아나운서 아카데미가 스피치만 가르치는 곳이 아니거든요. 정치 경제 문화 지식은 두말하면 잔소리고 인맥도 꾸려야지 포트폴리오 만들어야지, 현장 감각에서 사소한 매너와 메이크업 요령에 이르기까지 각종 팁을 학원에서 얻어야 했지요. 학원에서는 모두가 평소에도 이미 아나운서인 것처럼 행동했고, 비슷한 수준에 이른 서로를 곁눈질하면서 견제했어요. 그러다 보니 어떻게 되겠어요? 입고 오는 정장의 브랜드가 달라져요. 가방이 바뀌고요. 하지만 내게 그런 것들은 없었어요. 이미 학원과 부대 준비로 일상의 궤도가 변형된 부모님께 더 이상 벌릴 손이 없었거든요. 하루 두 끼를 세븐일레븐 삼각 김밥으로 때워 가면서 학원 이외의 시간은 모두 공부나 봉사 스펙에 올인하는 데만도 모자라는데, 몇백만 원짜리 숄더백을 사겠다고 따로 아르바이트를 할 엄두는 낼 수 없었어요. 이미 얼굴에 부분 부분 리모델링을 들어가느라고 예정에 없던 손을 몇 번 더 벌려서 부모님 일상뿐만 아니라 여생까지 저당 잡은 다음이기도 했고요. 아 그래도 저는 쌍꺼풀이랑 치아 교정만이었어요. 공사비는 적지 않게 들었지만 요즘 같아선 영구 화장일 뿐이죠.

예 그럼요. 아주 못사는 건 아니고 두 분 다 평범한 서민층이에요, 옛날 정치·경제 교과서에서는 중산층이라고 주입시켰던 그 서민층요. 딱 먹고살 정도는 되고 그 이상 행복해지려거나 사치를 부리려면 다른 것을 반드시 희생해야 하는 그런 계층이죠. 아빠는 회사 다니다가 지금은 택배 나르고, 엄마는 제 아래로 여동생이 두 명 더 있어서 오랫동안 전업주부였다가 지금은 정부에서 하는 그 뭐죠, 돌보미 서비스 교육받고 남의 집 아이들 봐주시고요. 부모님은 남아 있던 얼마 안 되는 등골까지 뽑아서 저한테 바쳤고, 당신들의 딸이 우아한 정장을 입고 등압선 옆에 선 모습을 그리며 마이너스 통장과 대출 금리를 견뎌 냈어요. 아니 그게요, 꿈이 클수록

　　　　　구병모

좋다지만 누가 처음부터 언감생심 뉴스데스크 앵커 옆자리를 그려 보겠어요. 우리 부모님은 현실적인 분들이에요. 앵커는 말할 것도 없고, 당신들 눈에만 최고로 예뻐 보일 뿐인 딸이 야구 모자를 쓰고 미니스커트를 입고 높은 스툴에 앉아 남성 시청자들의 시선을 사로잡는 일 따위도 없으리라는 걸 진작 알고 계셨어요.

한번 뽑아낸 등골을 언제까지나 우려먹을 수는 없었어요. 지방 방송과 케이블 포함해서 열일곱 번 연속으로 공채에 떨어지고 나니 어떤 식으로든 결정을 내려야 했죠. 학원생들 사이에서는 쉽지 않은 일이었고, 도전한 지 3년밖에 안 되었을 뿐인데 너무 애매한 포기에 속했어요. 그만둘 거면 진작 미련 버려야 했는데 — 실제로 학원에서 이탈하는 상당수는 초반에 몰려 있었죠 — 저는 어중간하게 올 데까지 와 버렸으니. 그렇다고 내년만, 다시 내년만 하는 식으로 허황된 꿈을 품기엔 이미 부모님의 등에는 더 이상 뽑을 뼈가 남아 있지 않았어요. 다른 응시자들에 비해 내가 떨어지는 게 도대체 뭘까, 스카이가 아니어서 그런가 생각도 해 봤는데, 뭔가 근본적인 이유가 따로 있다 쳐도, 거듭된 열상의 자리에 손가락을 넣어 벌리고 그것의 정체를 확인할 엄두는 안 났어요. 무엇보다 안다고 해서 내가 그것을 바꿀 수 있는 게 아니라는 선명한 예감이 들수록, 죄 없는 출신 대학에 화살을 돌리는 게 차라리 간편했어요. 어쨌거나 뒤늦게 스카이를 목표로 편입 시험을 볼 엄두도 안 날뿐더러 설령 편입에 성공했다 해도 학비와 생활비는 다시 또 어쩌겠어요. 천신만고 끝에 스스로 만족할 만한 타이틀을 딴다고 해도 이미 또래들보다 몇 발자국을 더 뒤처진 다음이고요. 그 모든 일을 감내한 뒤에도 원하는 성과를 내지 못했을 때의 절망을 견디기보다는 모험을 포기하는 쪽이 생산적이었어요. 물을 준 자리에 틔운 싹이 싯누렇게 말라비틀어졌다고 해서 그 열패감을 오래 누리며 방황하는 호강도 할 처지가 못 되었어요. 죽은 꿈을 절망과 애도의 대상으로 삼기에도 내겐 시간이 턱없이 부족했어요.

　한번 결정하고 나니 깨진 화분을 내다 버리는 일은 그리 어렵지 않았어요. 이력서를 동시에 네 군데 보냈는데 첫 번째로 지금 있는 카드사에 몇 단계의 시험을 거쳐 합격했어요. 제가 지원한 분야와 전혀 무관한 부서에 배치되었는데도 회사 방침이라나, 업무 파악을 위해 뭐든 기초부터 경험을 쌓아야 한다는 수상쩍고 무성의한 답변을 들은 뒤론 거기에 대한 추가 의문을 제기할 틈도 없이, 정신 차리고 보니 어느새 신입 사원 연수와 엠티를 비롯한 여남은 차례의 사내 교육 코스가 모두 끝났더라고요. 아빠는 묻지도 않은 주변 사람들한테 자꾸만 우리 딸이 대기업 들어갔다고, 첫 달 받아 온 월급이 택배 수수료를 한 달 치 모은 것보다 많다고 자랑하셨어요. 대기업이…… 맞죠. 누가 물어봐서 저 어디 다녀요 하면 대한민국에 거기 모르는 사람 없으니까. 솔직히 저도 월급 명세서에 적힌 숫자만 보면, 그래도 가끔 떠오르는 포기한 꿈에 대한 아쉬움을 희열로 대체할 수 있었어요. 첫 월급으로 선물 사다 안겨 드리면서 아빠한테 불평했는데. 아빠, 고객센터일 뿐인데 자꾸 어디 가서 대기업 대기업 하지 좀 말라고, 아는 사람 들으면 겉으로나 아 예 좋

구병모

으시겠어요 부럽네요 따님 잘 키우셨어요 영혼 없이 대꾸하지 속으론 비웃는다고, 창피하게. 하지만 내 심정 아랑곳도 않고 부모님은 노래를 부르고 다니죠. 고객센터라고, 계약직이라고 그 회사 사람 아니냐? 그래서 나도 모르게 튀어나오려는 걸, 아빠, H 택배 로고가 적힌 조끼를 입고 H 택배 운송장이 붙은 물건을 나른다고 아빠가 H 기업의 일원으로 인정받은 적 있어? 트럭도 아빠 거고 본사에서 기름 한 방울 지원받은 적 있냐고? 거의 목구멍에 걸렸는데 막았죠. 그냥 마음대로 생각하시게 놔뒀어요, 즐거워하시니까. 그동안 밑 빠진 독에 잠자코 물 부어 주셨는데 독을 아예 깨 버린 딸이 그 정도 즐거움은 드려도 되니까…… 무엇보다 부모님도 웬만큼 알면서 나 기죽지 말라고 그렇게 호들갑을 떠시는 거라고 생각하면요. 회사의 명성이 높을수록 개인은 이루 말할 수 없이 영세해진다는 사실을, 하청 택배 7년 차인 아빠가 모를 리 없었으니까요.

그랬는데 부모님께 소박한 기쁨을 안겨 드린 지 석 달 채 지나지 않아서 지금 이게, 이게 터진 거예요, 개인 정보 유출, 이게. 아이고, 아저씨도 갑자기 목소리가 높아지시고. 우리 회사 카드 갖고 계셨어요? 아직도 모든 전화 회선이 불통이죠? 죄송하지만 인터넷으로 재발급 신청해 주시고 조금만 느긋하게 기다려 주시면 저희가 다 알아서 늦게라도 연락을 드리거든요. 예, 시간은 아무래도 걸려요. 접속도 아직까지 원활하지 않고요. 그럼요, 문제의 본질이 그게 아니라는 것쯤 제가 왜 모르겠어요. 혹시 완전 탈회를 신청하실 거면 본사에 한번 들러 주시는 게 가장 빨라요. 외람되게 부탁 말씀 하나만 드리자면, 그럼에도 불구하고 욕은 좀 하지 말아 주셨으면 해요, 전화든 방문이든 간에요. 아뇨 아저씨가 지금 저한테 그랬다는 뜻이 아니라. 이 차 안에서만큼은 제가 아저씨의 고객인데 그러실 리 없잖아요. 나중에 컴플레인 넣으실 때 다른 누구한테라도 말이에요. 그것만 꼭 부탁드려요. 아저씨가 운전하다 신호와 차선에만 집중해도 모자랄 판에 손님이 뒷자리에서 흉기를 뽑아 들고 시비를 거는 모습을 룸미러로 지켜볼 수밖에 없다고 상상만이라도 해 보세요. 우리에게 있어서는 그 흉기란 바로 말이지요. 사람들은 벼려 온 칼을 이때다 싶어 우리한테 푹푹 꽂아 넣어요. 장시간 통화로 뜨끈한 귀를 만지작거리다 정신을 차려 보면 어느새 우리는 피투성이가 되어 있어요. 난자당한 상처를 세심하게 어루만지는 건 고사하고 쏟아진 피를 닦을 시간도 없이 바로 그다음 공격이 들어와요. 통화를 마치기 무섭게 다른 콜이 연결되는 거죠. 지금은 웬만한 직원들도 부서를 막론하고 콜에 매달리는 판이라 누구한테 불평할 상황도 아니고, 그분들은 자기들 업무와 동시에 봐야 하니까 일이 몇 배로 늘었다고 아우성이고, 우리도 24시간 전쟁터인데 공연히 우리의 대응이 부족해서 업무가 자기들한테 넘어간 것처럼 핀잔주지를 않나.

평소 가장 평화롭고 한적한 시기에도 고객 민원의 절반가량을 욕설이나 성적 모욕이 차지하는 형편인데, 그 비중이 50에서 백으로 채워졌다고 크게 다르겠나 싶었어요, 처음엔. 거기다 몇 년 일하신 분들 말씀 듣자니 나중에는 욕에도 희롱에도 아무 생각이 없어

구병모

진다고. 출근해서 첫 전화를 받자마자 밑도 끝도 없이 쌍년아 뱃가죽 갈라 뽑아 버릴라 정도는 거의 모닝콜 수준으로 흘려듣고 살아진다고. 그 어떤 저급한 말들도 혐오도 뜨거운 녹차 한 모금과 함께 삼켜진다고요. 어떤 날은 하루 종일 깨끗하고 점잖은 고객들만 응대했는데, 결제나 플러그인 설치 등이 뜻대로 되지 않는 바람에 해당 부서로 이관시키는 과정에서 짜증이나 푸념이 뒤따르긴 했지만 적어도 이년 저년 소리를 단 한 마디도 듣지 않은 날이 있었다고, 눈물 흘리지도 않고 낮에 대충 욱여넣은 김밥을 화장실에서 고스란히 토하지도 않는 이상한 날이 흘러갔다고, 고객들의 냉정함과 이성이 그렇게 고마울 수가 없는 한편 평소와 다른 게 불안해서 그날 자기는 이제 이승에서의 시간이 다한 줄 알았다고, 퇴근하다가 10톤 트럭에 치여 날아가면서 머리는 이쪽에 있고 눈으론 자기의 분리된 팔다리를 바라보게 되거나, 잠들면 다음 날 영원히 눈을 뜨지 못하는 게 아닐까 생각했다고.

아침저녁으로 센터장한테서 교육도 받잖아요, 고객이 거의 언제나 옳다. 아저씨는 역시 대개 참고 넘어가시겠지만 적어도 심하게 옳지 않은 고객을 경찰에 신고할 수는 있으시죠? 우리에겐 결제 대금을 상습 체납하는 불량 회원만 제외하고 모든 고객이 옳아요. 이번에는 사안이 사안인 만큼 특별히 강조된 부분도 있었죠. 지금 이 순간부터 이 소요가 진정될 때까지 제군들은 자신이 사람이라고 생각지 마라. 제군들은 우리 회사의 명예를 수호하고 회복하기 위해 전쟁터에 나선 방패들이다 ― 참 그럴듯한 말로 방패지, 그저 총알받이나 동네북이라고 솔직히 말하면 될 것을 — 어떤 참기 힘든 모욕을 당하더라도 무조건 사죄하고 고객이 조치해 달라는 대로 뭐든지 하라. 상황과 분위기와 상대를 탐색해 가며 탈회보다는 해지를, 해지보다는 재발급을 유도하라. 고객이 멍멍 짖으라면 짖고 잘못했습니다 죽을죄를 지었습니다를 열 번 복창하라면 일곱 번씩 일흔 번이라도 하라. 당연히 그 모욕을 감당한 데 대해 추후 회사 차원에서 직원들을 어떻게 케어하겠다는 약속 따위는 빈말로라도 뒤따를 리 없죠. 그저 오늘 자네들의 정신적 희생이 앞으로 다가올 것들의 초석이 되리라는 무의미한 격려 외에는. 그럼에도 불구하고 핵심은 시간 낭비를 하지 마라. 센스 있고 절도 있게 매뉴얼대로 대응하며 한 개의 콜을 오랫동안 끌지 않고 필요할 때 정확하게 끊는 것은 자신의 역량에 달렸다. 그 말은 자신의 역량에 따라 행동했을 때 결과가 좋으면 회사에 영광을 돌리는 것이고 반면 더 거센 컴플레인에 부딪치거나 법적 분쟁이 생길 시 개인에게 덤터기를 씌우겠다는 뜻이죠.

그래서 목구멍으로 신물이 역류한들 어쩌겠어요, 일은 닥쳤으니 그날의 업무를 시작은 했는데 웬걸, 욕의 강도와 수위와 빈도와, 무엇보다도 디테일이 평소와는 비교 시도조차 불가한 거예요. 이 일을 시작하기 전에는 우리나라에 그렇게 많은 종류의 욕이 있는 줄 몰랐어요. 들어서 알고만 있는 것들은 많았는데, 내 혀끝에는 그동안 제대로 된 말이 아니면 담지를 않았으니까 익숙지 않았던 거죠. 연결하자마자 대뜸 눈깔을 털어 줄까 척추를 접어 줄까 묻는데 빨

구병모

간 휴지 파란 휴지도 아니고 그걸 어떻게 골라. 이게 그나마 라임이라도 맞아서 귀여운 축에 속할 정도였다니까요. 남녀노소 불문하고 대부분은 생식기에 빗대고 남자들은 특히 상대가 여자니까 만만해 죽겠지, 어디다 빗댈 필요도 없이 일단 입으로 싸고들 보는 거죠. 거기를 확 따 버린다느니 드라이버로 도려낸다느니. 개인 정보 털린 걸 생각하면 네년들 돌려 가면서 천 명은 따먹어도 시원찮다며. 여성들이 주로 선호하는 컴플레인 방식은 다음 달부터 네년이 내 결제 대금 다 갚으라거나, 꼭 몸 팔아서 갚길 바란다거나. 우리는 상대방이 원하는 게 무엇인지를 가능한 한 신속하게 파악해서 사고 처리를 하고 다음으로 넘어가야 하는데, 실무에 들어갈 시간을 주지 않는 거예요. 10분을 통화한다고 치면 9분간 욕을 한 뒤에 나머지 1분이 비로소 탈회나 해지 처리에 소요되니 아마도 모두가 원하는 바는 욕하는 것뿐이었겠죠. 그걸 이해 못 하지는 않아요. 욕해서 해결되는 일이 없는 줄은 아는데 그래도 욕은 하고 싶고 욕할 데는 마땅치 않으니까 여기다가 하겠죠. 그러니 평소엔 그저 속으로만 상대를 경멸하는 행위로써 누더기가 된 자존심을 수습해 온 거죠. 하지만 어쩐지 대부분은 이번 개인 정보 대란에 분노했다기보다는, 그동안 각자의 생활 자리에서 — 그분들도 모두 자신의 일을 하면서 살아갈 테고 아저씨처럼 수습 곤란한 손님들을 종종 상대하며 날이 갈수록 가벼워지고 빈약해지는 스스로를 붙들어 왔을 테니까 — 못 하고 참아 왔던 욕을 이참에 들이붓는 느낌이었어요. 그런 분들에게서 달아나지 못하고 헤드셋을 내던지며 사무실을 뛰쳐나가지도 못하는 동안 점점, 입으로는 매뉴얼과 사죄문을 읊고 대응하면서 머릿속으로는 딴생각을 하는 데에 아무런 불편도 없어졌어요. 입과 머리가 플라나리아를 절단한 것처럼 완전 분리를 이루었지요. 내가 지금 여기서 뭘 하고 있나 같은 실존적인 고민도 하고, 지금 나한테 이년 저년을 필두로 개 소 말 닭 때려잡을 것처럼 쏟아 내는 이 어린 여자아이는 아마 백화점 명품 매장 판매직일 거야, 힐을 신고 하루 종일 서서, 2개월 전의 날짜가 찍힌 영수증을 눈앞에서 흔들며 착용 흔적이 역력한 스카프를 환불해 달라는 고객님에게 뺨을 맞고 방긋 웃음으로 인사한 뒤 얼굴 안 보이는 내게 저러는 거겠지, 지금 내게 말한 욕은 그녀가 고객님에게서 들었던 욕과 같거나 그것의 업그레이드 버전일 거야, 주로 이런 구체적인 그림을 그리면서 그날 치 일용할 욕을 견디는 거예요. 여기서의 견딤이란 미래 지향적인 것과는 거리가 멀고, 어떤 보람이나 성과를 기대하는 극복과도 인연이 없지요. 그저 나날이 내 존재가 미음처럼 묽어지는 연습을 하는 것뿐이에요, 마침내는 투명해지다가 사라질 때까지 말예요.

예, 두 번째 신호등에서 우회전이에요. 그렇게 지내기를 며칠인지 지금 시간 감각도 없어서 모르겠는데, 아까는 어떤 고객님이 왠지 모르게 이 밤과 어울리는 나직한 목소리로, 그래요 꼭 아까 아저씨 같은 목소리로, 괜찮으세요? 라고 첫마디를 시작하는 거예요. 한마디밖에 안 되었지만 그 목소리는 호미로 파헤쳐진 자리를 보드라운 흙으로 덮어 다지기 위해 토닥거리는 손길 같았어요. 말문

구병모

이 탁 막힌 게, 그 전까지 이어져 오던 콜의 무너에서 한 조각이 삐끗 나가 버리니까. 그동안 퍼부어진 몇 톤 치의 욕이 거의 자장가에 가까운 패턴을 이루어 왔는데 거기 갑자기 완전 5도 화음이 추가된 상황, 아니 곡이 통째로 바뀌어 버린 거죠. 설명이 잘 안 되지만 어쩐지 울지 않고 토하지 않은 날이 오히려 낯설고 불안했다던 선임의 난센스가 그 순간 온몸으로 이해가 되어 버렸으니까. 물론 그 고객님의 용건도 당연히 탈회 요청이고 제가 괜찮거나 말거나 제 사정을 봐줘 가면서 진행하겠다는 의도를 갖고 물어본 건 아닐 텐데, 동등한 인간에 대한 깊은 이해니 무한한 연민 같은 상식이나 도덕 때문이 아니라 그저 48시간 철야 전투와 폐허의 흔적이 묻어난 내 목소리를 듣고 반사적으로 무심코 튀어나왔을 게 틀림없는 그 한마디에 순간 여기, 속에 꽁꽁 뭉쳐 있던 걸 누가 건드리는 듯한…… 그 왜 울고 싶은데 마침 때렸다고 하죠, 딱 그거다. 그대로 직진이에요. 말을 못하고 있으니까 상대방이 재차 묻겠지요. 괜찮으세요? 지금 바로 탈회 가능할까요? 저는 고객님 죄송, 까지 다 말하지 못한 채 대성통곡을 해 버린 거예요. 평소 같으면 모두가 떠드는 중인 데다 이번 일 터지고 나서는 상담 중 결국 울음을 터뜨리는 직원들도 적지 않았기 때문에 아무도 신경 쓰지 않았을 텐데, 내가 수초 내로 그치지 않고 부모님 돌아가신 것처럼 통곡을, 게다가 성량은 오죽이나 크고 분명해야 말이죠, 명색이 전직 아나운서 지망생이었는데. 아 이거 사고 났구나 싶어 파티션 건너편에서들 흘끔거렸어요. 결국 다른 상담을 막 마친 건너편 직원이 임의로

당겨 받아서 수습을 하는데, 곧이어서 그 아이도 괜찮으세요, 물음을 받았는지 어쨌는지 말을 잇지 못하고 흐느끼다가, 이리저리 불려 다니느라 반송장이 된 센터장이 뒤늦게 출동할 때까지 울음은 우리 팀 전체에 염병처럼 퍼져 나갔어요. 결국 그 고객님은 탈회를 끝내 못 하고 전화 연결이 끊어진 것 같아요. 탕비실에서 호흡을 좀 진정하고 세수를 하는데 왠지 아이러니하더라고요. 악을 쓰고 욕을 하며 우리를 짓밟은 이들은 목적을 신속하게 달성했는데 정작 괜찮냐, 고 한마디라도 물어보고 돌아봐 준 이는 그러지 못했으니까요. 그런 분들을 더 잘 모시고 챙겨 드렸어야 하는데 우리는 인간인데 어째서 오랜 지배와 구속에 길들여진 짐승처럼 어느새 나를 때리는 이들에게 우선적으로 반응하고 꼬리를 흔들거나 내리게 되었을까. 그러니 너희들은 더더욱 짐승 취급을 당해도 된다며 누군가들은 의기양양하게 돌을 던질 텐데.

아뇨 꺾어지지 않고 그대로 직진이에요. 어쨌든 자리로 돌아와 다음 콜을 위해 고개를 숙이고 있는데도 센터장이 내 가르마를 한심하다는 눈으로 내려다보고 있는 걸 훤히 알겠더라고요. 아니나 다를까 얼마 지나지 않아서 센터장은, 당장 쳐들어가서 네년 옥수수인지 강냉이인지 죄다 털어 버리고 윤간하겠던 전화 너머의 사람들과 썩 다르지 않은 태도로, 손가락에 힘을 줘 가며 제 이마를 몇 번 찍어서 들어 올리더니 너 오늘은 짐 싸서 가라, 하잖아요. 짐 싸라는 게 책상을 비우라는 건지, 명색이 대기업인데 해고를 그런 식으로 할 리는 없다는 최소한의 믿음이 남아 있고 오늘'은'이

　　　　　　　구병모

라고 했으니까 일단은 나온 거예요. 집으로 가 봤자 부모님들이 걱정이나 하지 않으면 안쓰러워할 테고. 그래도 모처럼 입사한 대기업인데 딸년 속 썩는다는 이유로 그만 접어라 하실 분들은 또 못 되고. 직진이라고요 그대로 직진. 예 알아요, 이미 내비가 가리키는 목적지에서 한참 이탈한 거 알아요. 그래도 직진이라고요. 그러면서 제 어깨 몇 번 토닥이면서 위로하시겠죠. 그래도 요즘 세상에 너만 한 직장 다니기 힘들다. 그냥 1절만 부르시면 될걸 거기서 딸을 이해하고 사랑한다는 표시를 굳이 낸다고 후렴구를 덧붙이겠죠. 지나간 꿈에 미련 갖지 마라. 꿈꾼 대로 살아가는 사람 생각보다 많지 않다고. 네 목소리는 꼭 방송으로 듣지 않더라도 세상에서 가장 아름답고 또렷하다는 걸 우리가 아니까 그걸로 된 거라고요. 제발 좀, 내가 언제 꿈이니 미련이니 한마디라도 얘기했냐고요. 설마 매일같이 울고 들어와선 나는 여기서 이렇게 끝날 사람이 아니야! 분연히 떨치곤 다시 꿈을 꿀까 봐, 당신들의 휘어진 허리 아예 부러뜨릴까 지레 겁이 나서서 그랬을까. 내일모레면 서른인 내가 그런 꿈같은 소리를 하고 앉았을 리 없다는 걸 누구보다 잘들 아실 텐데 말이에요. 이까짓 목소리가 다 뭐라고. 이미 성대 결절은 한참 전에 됐고 쉬지도 못해서 점점 악화되고 있어요. 목소리가 영 안나오게 되어 버리면, 산재 신청이라도 해 볼까요? 모르겠네요. 하지만 확실한 건 정말 이까짓 목소리라는 것뿐이죠. 안 그래요? 그렇게 많은 시청자를 울리고 웃긴 목소리의 소유자도 당장 딸의 학비가 걸려 있으니 겨울 눈밭에서 조난당한 꿈의 조각을 더 이상 탐

침하지 못하고 운전대를 잡았는데, 꿈의 문턱도 밟아 보지 못한 사람이 다 갈라져 가는 목소리로 무슨 선택권을 갖겠어요.

그래서 일단은 집도 회사도 텄고 어디로 갈까요? 제가 어디까지 가면 될까요.

나는 어디까지 가려고 이 차를 탄 걸까요.

언제가 될지는 모르지만 이따 내리기 전에 그 대사 한 번만 더 들려주세요. 대체 어디까지 해야 직성이 풀리는 거야. 그다음 회부터 완결까지 듬성듬성 건너뛰었고 결말이 기억나지 않는데, 주인공은 잃어버린 신수를 어떻게 되찾았나요? 못 찾았어요? 끝까지 신수 없이 경기를 해냈어요? 그 시대 만화치고 혁명적인 발상이긴 한데 지금 생각하면 오히려 더 만화적이네요. 신수의 힘도 빌리지 않고 최소한 어느 한 곳에서 다른 곳으로 이행하거나 도약했다는 거잖아요? 단지 주인공이 뒤늦게 정신 차리고 그전까지 직진 일변도이던 길의 방향을 꺾었다는 사실만으로? 그런데 어디까지 가야 그 길이 내가 가려던 게 아니었다는 사실을, 사람은 알게 되는 거죠? 어디까지 갔을 때 사람은 자신의 심연에서 가장 단순하며 온전한 것 하나를 발견하고 비로소 되돌아올 여지를 찾을 수 있거나, 아니면 되돌아올 길이 없어 그대로 다리 아래로 몸을 던져 버리게 되는 걸까요?

구병모

구병모, 「어디까지를 묻다」

감정 노동이라는 말이 있습니다. 개인이 자신의 감정을 억압하거나 실제 느끼는 감정과 다른 감정을 표현해야 하는 노동을 말합니다. 감정 노동자는 그러한 일을 통해 임금을 받는 사람들입니다. 감정 노동이 가혹한 이유는 친절하고 상냥한 마음씨, 배려하는 마음씨 등과 같은 개성을 구성한다고 여기는 부분까지 일종의 '판매대'에 올려놓아야 하기 때문입니다.

소설은 주인공이 택시 기사에게 자신이 겪은 일을 말하는 방식으로 진행됩니다. 카드 회사 콜센터 직원인 '나'는 자신의 감정을 최대한 밝게 조절하며 고객을 응대해야 합니다. 고객들의 거친 욕은 기본이고, 모욕적인 언사까지 참아야 합니다. 더군다나 이 카드 회사의 콜센터 직원들은 최근 개인 정보 유출 건에 따른 전화 응대를 하느라 심한 곤욕을 치르는 중입니다. 하루 종일 끔찍한 언어폭력이 이어지고, 직원들은 감정을 소비하고 있습니다. 그러다가 문득 걸려 온 전화 한 통에 주인공과 콜센터 직원들은 눈물바다에 빠지고 맙니다. 이들을 울렸던 말은, 어느 한 고객이 지나가는 말처럼 던진 "괜찮으세요?"라는 물음이었습니다.

콜센터 직원의 감정은 백화점에 물건이 진열되듯 전화를 건 고객 앞에 전시됩니다. 전시된 백화점의 물건이 흠집 없는 이상적인 상품이어야 하듯, 콜센터 직원들의 감정도 흠잡을 데 없이 상쾌해야 합니다. 우리가 서로를 상품이 아닌 인간으로 만나기 위해서는 '목소리 너머'의 한 인간을, 그리고 그들의 노동을 상상해야 합니다. 혹시 오늘 전화 너머의 '목소리'에게 하지 않아도 될 말을 던진 건 아닐까요?

김재영(1967~) 작가는 2000년 「또 다른 계절」로 『내일을 여는 작가』 신인상을 받으며 작품 활동을 시작했습니다. 2005년 「코끼리」는 올해의 문제 소설과 올해의 좋은 소설로 선정되었습니다. 소설집으로 『코끼리』, 『폭식』, 『사과파이 나누는 시간』 등이 있습니다.

코
끼
리

김
재
영

시월이 되자 아버지는 한길로 향한 창문에 퍼체우라(네팔 남자
들이 몸에 걸치는 직사각형의 천)를 쳤다. 틀이 일그러진 바라지창
틈새로 스며드는 밤안개에 아버지가 심하게 기침을 한 다음 날이
었다. 지난여름, 장판 밑에서 시작된 곰팡이는 방바닥에 놓인 세간
과 벽에 걸린 옷가지로 번져 나가더니 기어코 아버지의 폐와 내 종
아리까지 점령했다. 아버지는 기침을 해 댔고 나는 종일 종아리를
긁어 댔다. 우리는 슬레이트 지붕 위로 무섭게 쏟아지는 빗소리를
들으며 창문 반대편에 걸린 달력 사진을 바라보는 걸로 지루한 여
름을 견뎠다. 투명하고 생생한 햇빛, 푸른 티크나무 숲, 눈 덮인 안
나푸르나, 잔잔하게 물결치는 페와호, 그리고 사탕수수를 빨아 먹
으며 웃고 있는 아이들…….

아버지와 나는 십여 년 전까지 돼지 축사로 쓰였다는, 낡은 베니
어판 문 다섯 개가 나란히 붙어 있는 건물에서 살고 있다. 쪽마루
도 없는 데다 처마마저 참새 꼬리처럼 짧아 아침이면 이슬에 젖은
신발을 신고 학교에 가야 한다. 며칠 전 주인아주머니는 누런 갱지
에 '빈방 있음'이라고 써 3호실 문짝에 붙여 놓았다. 그 방 앞을 지
나던 나는 열린 문틈으로 안을 들여다보았다. 벽에는 얼룩과 곰팡

이와 낙서가 가득했고, 들뜬 황갈색 비닐 장판 위로는 뽀얀 먼지가 살얼음처럼 깔려 있었다. 비스듬하게 세워진 낡은 캐비닛 뒤쪽 벽에는 쥐가 들락거릴 정도의 작고 새까만 구멍이 뚫려 있는데, 구멍 주위로 자잘한 시멘트 가루와 흙덩이가 흩어져 있어 마치 상처 부위에 엉겨 붙은 피딱지처럼 보였다. 총알에 맞아 쿨럭쿨럭 피를 쏟아 내는 심장을 본 것 같은 섬뜩함이 가슴을 오그라뜨렸다.

그 방에 살던 파키스탄 청년 알리는 도둑질을 하고 마을을 떠났다. 강풍이 불던 날 밤의 어둠과 소란을 틈타 한방을 쓰던 비재 아저씨의 돈을 훔쳐 달아난 것이다. 비재 아저씨는 송금 비용을 아끼려고 벽에 구멍을 파서 돈을 숨겨 놓았다고 한다. 그날 밤 알리가 돈을 꺼낼 때 나던 조심스런 부스럭거림을 아저씨는 왜 듣지 못했을까. 하긴, 이틀 연속 철야 근무에 특근까지 했으니 그럴 만도 하다. 게다가 그날따라 2호실 방글라데시 아주머니의 갓난아기는 밤새 잠을 자지 않고 보챘고, 저녁 내내 텔레비전 앞에서 시끄럽게 떠들던 1호실 미얀마 아저씨들은 나중엔 취한 목소리로 노래를 불러 대기까지 했다. 밤에 일하는 5호실의 러시아 아가씨 마리나는 아예 집에 들어오지도 않았다. 4호실에서 사는 아버지와 나만이 일찌감치 불을 끄고 어둠 속에 누워 있었다. 하지만 우리들 역시 머릿속으로는 매우 혼란스러운 생각, 집 나간 어머니 생각에 빠져 있어서 누군가 돈을 훔치느라 바스락대는 소리를 들을 수 없었다.

사실 알리는 비재 아저씨 아들의 생명을 훔쳐 도망간 거나 다름없다. 아저씨는 막내아들의 심장 수술 비용을 마련하려고 여기 왔으니까. 이 마을에선 불행이 너무나 흔해 발에 차일 지경이다. 그래서 웬만한 일에는 누구도 신경 쓰지 않는다. 하지만 비재 아저씨가 그날 새벽에 내지른, 절망과 분노에 찬 비명 소리는 한동안 잊히지 않을 것 같다. 요즈음 아저씨는 마당에 있는 늙은 감나무 밑에 앉아 먼 산을 바라보곤 한다. 어쩌다 산 정상에 구름이 걸리면 저기 물소가 지나간다, 라는 엉뚱한 혼잣말을 하면서. 아무래도 아저씨는 꽤 오래 눈물과 한숨으로 시간을 보내야 할 것 같다. 감나무 꼭대기에 매달린 까치밥이 붉은 속을 뚝뚝 떨어뜨려야 겨울을 날 수 있는 것처럼.

너무 다양한 삶을 보아 버린 열세 살 내 머릿속은 히말라야처럼 굴곡이 패어 있다. 세계 지도 속의 히말라야는 사실 손가락 한 마디 크기다. 하지만 히말라야는 지도로 그릴 수 없는 땅이라고 아버지는 말했다. 깊게 주름진 계곡과 높은 설산은 세상 전체를 한 바퀴 도는 것보다 더 길 거라면서. 학교 과학실에서 본 뇌 모형을 떠올리니 쉽게 이해가 갔다. 사람도 어려서 다양한 경험을 하면 뇌가 심하게 주름진다니까 내 나이도 빠르게 늘어나고 있을 거다.

3호실이 빠지는 대로 비재 아저씨는 우리 방으로 오기로 했다. 방세를 아낄 수 있어서다. 아버지는 더는 집 나간 어머니를 기다리지 않기로 결심한 걸까. 하긴 어머니는 조선족이니까 어디서든 살아갈 수 있다. 적어도 자신에게 수치를 주거나 학대하려 드는 사람들에게 한국말로 대꾸할 수는 있을 테지. 그만 때리세요, 왜 욕해요, 돈 주세요 따위 말고도 여러 가지 어려운 말들을. 선처, 멸시, 응

김재영

급실, 피해 보상, 심지어 밑구멍으로 호박씨 깐다느니, 개 발에 땀 난다는 말까지.

잠에서 깨어나니, 로티(밀가루 빵) 굽는 냄새가 방 안 가득하다. 방문 쪽으로 돌아앉아 밀가루 반죽을 방망이로 밀어 대는 아버지의 등과 어깨는 물결처럼 출렁인다. 내 발치께 버너 위에 올려진 주전자에선 버터차 치아가 쉐쉐 가쁜 숨소리를 낸다.

그러고 보니 오늘이 아버지의 마흔 번째 생일이다. 좀 전까지 몰랐는데 달력에 동그라미가 쳐진 걸 보니 분명히 그렇다. 해마다 가을이면 아버지는 티알 축제(한국의 추석 같은 다사잉 명절 15일 뒤에 오는 네팔의 축제)를 마치고 생일날 아침에 고향을 떠나온 이야기를 입버릇처럼 되풀이했다. "네팔의 여름 햇빛은 정수리로 내려오고 가을 햇빛은 가슴에 와 닿지. 내가 그곳을 떠난 건 성긴 햇살이 비스듬히 내려와 심장에 꽂히는 가을이었단다. 심장이 사납게 뛰는 스물여섯……." 어쩌자고 동그라미를 그토록 크게 그려 넣었는지 모르겠다. 어차피 선물도 못할 텐데. 아버지는 어린아이인 나한테까지 용돈을 줄 여유가 없다.

검은 색연필로 여러 번 덧그린 커다란 원은 마치 '외'처럼 보인다. '외'는 미얀마 말로 '소용돌이'란 뜻이다. 1호실 미얀마 아저씨들은, 한국에 온 외국인 노동자들은 모두 '외'에 빠진 거라고 말한다. 나는 아버지의 소용돌이 삶 속에서 태어났으니 새끼 외다. 하지만 한국에서, 조선족 어머니 자궁에서 태어났으니 반쪽 외다. 물론 그렇다고 해서 내가 학교나 마을에서 외 취급을 받지 않을 거란

착각을 할 정도의 머저리는 아니다. 자리에 누운 채 왼뺨의 광대뼈 부위를 만져 본다. 조금 부었는지 손바닥에 그득하게 잡힌다. "너 소영이 짝이지? 이 더러운 자식!" 어제 오후 집으로 돌아오는데 6학년 소영이 오빠가 다짜고짜 내 멱살을 잡았다. 그러고는 똥 닦는 냄새 나는 손으로 왜 소영이를 만졌느냐고 다그쳤다. 난 그런 적 없다고 했다. 연필이 굴러가서 잡으려다가 실수로 손등을 건드린 거라고 구차한 기분이 들 정도로 차근차근 설명했다. 소영이 오빠는 거짓말 마 새꺄, 라며 주먹을 날렸다. 나도 녀석의 옆구리를 한 대 갈겨 주었다. 쓰러진 녀석의 코에서 피가 나와 옷이 피투성이가 되었다.

"손으로 먹어라. 그래야 서둘러 먹지 않고 과식하지 않는단다."

아버지 말을 못 들은 체하고 나는 젓가락으로 로티를 찢는다. 과식할 음식이나 있냐고 반박하려다 참는다. 늬들은 손으로 밥 먹고 손으로 밑 닦는다면서? 우엑, 더러워. 놀려 대는 반 아이들 목소리가 들리는 듯하다. 그건 사실이 아니다. 밥은 밑 닦는 왼손이 아닌 오른손으로 먹는다. 그 때문에 아버지는 언제나 오른손을 깨끗하게, 귀하게 다룬다. 다만 아버지 손가락에는 등고선처럼 생긴 지문이 없다. 닳아 버린 지 오래여서 지장을 찍으면 짓이겨진 꽃물 자국 같은 게 묻어난다. 사람들은 지문이 없으니 영혼도 없다고 생각하나 보다. 그렇지 않다면 노끈에 꿰인 가자미처럼 취급당할 리가 없다. 야 임마, 혹은 씨발놈아, 라는 이름의 외국인 노동자 한 꿰미. 말링고꽃을 좋아하고 민요 「러섬피리리」를 구성지게 부르는, 안나

김재영

푸르나의 추억을 가진 '어루준'이란 이름의 사람은 처음부터 있지도 않다.

"멍이 들었구나. 어쩌다 그런 거냐?"

오른손으로 로티를 찢어 입에 넣으면서 묻는 아버지한테 나는 사실대로 말했다.

"사실이란 중요하지 않아. 아무도 우리 말을 믿어 주지 않으니까."

부정확한 발음으로 한국말을 떠듬거리는 아버지는 어릿광대를 연상시킨다. 말이 어눌하면 누구나 멍청하게 보이는 법이다.

"차라리 맞았다면 나았을 텐데……. 조심해라. 그 애가 가만있진 않을 거야."

"저도 자신 있어요."

"바보 같은 소리 마. 다음에라도 녀석이 때리거든 피하지 말고 맞아 줘."

아버지는 갑자기 네팔 말로 말한다. 내 눈을 똑바로 바라보더니 이번엔 턱에 힘을 주며 말도 안 되는 네팔 속담을 들이댄다.

"누군가 돌을 던지거든 꽃을 던져 주라고 했다."

"싫어요, 난. 차라리 사람들을 갈겨 버리고 말지. 이담에 팔뚝에 힘이 붙으면 절대 아버지처럼 공장 일이나 하진 않을 거야. 우리를 업신여기고 괴롭히는 나쁜 놈들을 때려눕히고 발로 차고……."

"야크처럼 앞뒤 재지 않고 돌진하겠다는 거냐?"

"야크가 어떻게 뛰는지 알 게 뭐예요. 히말라야 얘기라면 이제 지긋지긋해요."

반사적으로 튀어나온 말에 나도 놀라고 만다. 하지만 참았던 말들은 멈추지 않고 계속 쏟아져 나온다.

"난 여기, 식사동 가구 공단밖에 몰라요. 흐리멍덩한 하늘이랑 깨진 벽돌 더미, 그리고 냄새나는 바람. 나한텐 이게 전부죠. 게다가 집 나간 바람둥이 엄마까지……."

"입 닥치지 못해!"

뺨이 얼얼하다. 아버지는 거친 숨을 내쉬며 주먹을 쥔 채 부르르 떤다. 볼을 싸쥐고 방에서 뛰쳐나오니 마당에 있던 누군가 나마스테('안녕하세요'라는 뜻의 네팔 인사말), 하고 인사를 건넨다. 나는 대꾸하지 않고 이슬에 젖은 신발을 꿰어 마당을 가로지른다. 수돗가에 떨어져 있던 감 하나가 발밑에서 터져 으깨진다.

뱃속에서 울리는 끄르륵 소리를 들으며 나는 공장이 늘어선 골목으로 들어선다. 메마르고 갈라진 시멘트 길, 칙칙한 작업복 차림의 사람들, 공장 지붕 위로 떨어지는 희뿌연 햇빛, 그리고 이따금 사나운 짐승처럼 달려가는 짐 실은 트럭들 사이에서 현기증을 느낀다. 오늘처럼 학교에서 급식을 하지 않는 토요일엔 늘 이렇다. 아침에 먹은 치아 한 잔으로는 오후까지 견디기가 쉽지 않다. 공장에서 나오는 시끄러운 소음, 페인트 냄새, 가구 공장의 옻 냄새가 빈속을 메스껍게 한다. 코를 움켜쥔 채 인력 구함, 사채 쓸 분, 빅토리아 관광 나이트 따위의 광고지가 덕지덕지 붙은 더러운 공장 벽과

　　　　　　　김재영

전봇대를 지난다. 염색 공장에서 나오는 새빨간 물이 도랑을 붉게 물들이며 흘러간다. 김이 모락모락 나는 게 갓 잡은 돼지 피처럼 보인다. 헛구역질이 난다. 입안에서 쓰쓰름한 위액이 느껴진다. 내가 죽게 된다면 아마 코부터 썩을 거다. 태어나서 지금껏 냄새 속에 살았으니까. 독한 화학 약품 냄새들은 실핏줄을 타고 머릿속까지 들어가 언젠가 나를 멍청하게 만들 테지. 어차피 상관없다. 머리를 굴리면 굴릴수록 세상 살기 힘들다니까. 언젠가 아버지는 말했다. "머리를 굴려 이 지옥에 떨어졌어. 다른 청년들처럼 산에서 염소를 기르거나 들에서 농사일을 했더라면, 강물에 몸을 씻고 집으로 돌아와 구수한 달(콩 수프), 바트(밥) 냄새를 맡으며 신께 감사할 줄 알았다면……." 미래슈퍼 앞에 다다르자 출입문에 붙어 있는 오렌지빛 음료수 '쿠우' 광고가 눈에 들어온다. 입안에 침이 돌면서 울렁거림이 가라앉는다. 바지 주머니를 흔들자 짤랑거리는 소리가 난다. 손을 넣어 꺼내 보니 종잇조각 몇 개와 구슬, 병뚜껑, 녹슨 못, 그리고 먼지가 나온다.

멀리 알루미늄 공장 쪽에서 누군가 걸어오고 있다. 자세히 보니 쿤 형이다. 사 년 전에 한국에 들어온 그는 나보다 열두 살이 위인 스물다섯이다. 그가 처음 마을에 왔을 때가 생각난다. 까만 배낭을 메고 방을 얻으러 다니던 쿤은 아버지를 만나자, 아니 아버지 입에서 계곡물에 자갈 굴러가는 듯한 네팔 말이 흘러나오자 갑자기 눈물을 줄줄 흘렸다. 아버지는 그가 몹시 힘들게 지냈다는 걸 금방 알아차렸다. 그의 얼굴 표정에서 산업 연수생 시절에 겪었던 어려움이 그대로 드러났다. 지하 방에서 휴일도 없이 하루 열여섯 시간 씩 일하다가 한밤중에 창문으로 도망쳤다는 그의 몸은 시퍼런 멍과 상처로 얼룩져 있었고 화덕처럼 뜨거웠다. 아버지는 네팔의 민간요법인 쌀 소주를 만들어 주었다. 달구어진 팬에 기름을 치고 생쌀을 넣어 튀긴 다음 소주를 붓고 한동안 뚜껑을 닫아 놓았다가 따끈해진 액체를 소주잔에 따랐다. 연거푸 석 잔을 마시게 했더니 열에 들떠 있던 쿤은 금방 잠들었다. 다음 날 아침에 쿤의 몸은 많이 회복되었다. 크게 쌍꺼풀진 눈에는 전날의 공포와 우울 대신, 숨어 있던 촌스러움이 드러났다. 돈을 벌어 귀국하겠다는, 한 달에 오십만 원을 벌어 반쯤 저축하겠다는, 딱 삼 년만 참으면 된다는 순진한 믿음 같은.

쿤은 지금 리바이스 청바지에 나이키 점퍼를 입고 있다. 동대문 시장에서 산 짝퉁이지만 제법 그럴듯해 보인다. 그는 이목구비가 뚜렷하고 피부가 흰 아르레족(네팔의 여러 부족 중 하나로 아리안계에 속함.)이라 머리를 노랗게 염색하니 얼핏 미국 사람처럼 보인다. 하긴 일부러 그렇게 보이려고 염색을 했을 테지만. 언젠가 명동에 다녀온 그가 입술을 비틀며 말했다. "한국 사람들은 단일 민족이라 외국인한테 거부감을 갖는다고? 그래서 이주 노동자들한테 불친절한 거라고? 웃기는 소리 마. 미국 사람 앞에서는 안 그래. 친절하다 못해 비굴할 정도지. 너도 얼굴만 좀 하얗다면 미국 사람처럼 보일 텐데……"

그 뒤로 나는 저녁마다 물에 탈색제 한 알을 풀어 세수했고 저

김재영

녁이면 내가 얼마나 하얘졌나 보려고 거울 앞으로 달려갔다. 푸른 새벽 공기 속에서 하얗게 각질이 일어난 내 얼굴을 볼 때면 가슴이 설레었다. 내가 바라는 건 미국 사람처럼 되는 게 아니었다. 그냥 한국 사람만큼만 하얗게, 아니 노랗게 되기를 바랐다. 여름 숲의 뱀처럼, 가을 낙엽 밑의 나방처럼 나에게도 보호색이 필요했다. 남의 눈에 띄지 않고 조용히 살아갈 수 있도록. 비비총을 새로 산 남자애들의 첫 번째 표적이 되지 않고, 적이 필요한 아이들의 왕따가 되지 않고, 달리기를 할 때 뒤에서 밀치고 싶은 까만 방해물로 비치지 않도록. 나는 하루도 거르지 않고 탈색제를 썼다. 그러던 어느 날, 세수를 하고 있는데 누군가 내 세숫대야의 물을 거칠게 쏟아 버렸다. 고개를 들어 보니 아버지였다. 아버지는 탈색제가 든 비닐봉지를 수돗가에 내동댕이쳤다. 나는 뒷덜미를 잡힌 채 방으로 질질 끌려 들어가 멍이 시퍼렇게 들도록 종아리를 맞았다. 그날 밤, 오랜만에 술 냄새를 풍기며 자정이 다 되어 들어온 아버지는 주머니에서 '누크' 베이비 로션을 꺼냈다. 그러고는 붉은 실핏줄이 보일 만큼 껍질이 벗겨진 내 얼굴에 로션을 잔뜩 발라 주었다. 투박하고 거친 손바닥으로 뺨을 아프도록 쓰다듬으면서. 그러고 나서 아버지는 이불을 머리끝까지 뒤집어쓰더니 잠들기 직전까지 흐느꼈다. 가끔 뜻을 알 수 없는 네팔 말을, 몹시 지친 목소리로 중얼거리며.

쿤이 작업복 점퍼 안쪽 주머니에 손을 넣고 걸어온다. 가슴께가 불룩하게 튀어나온 걸 보니 뭐가 맛있는 거라도 숨기고 있는 게 분명하다. 그에게 달려가 숨긴 걸 달라고 졸라 댄다. 쿤은 얼굴을 찡

그린다. 쿤의 옆구리에 손가락을 넣고 꼬물거린다. 간지럼을 잘 타는 쿤은 흐으, 흐으, 김빠진 웃음을 내뱉더니 할 수 없이 그 비밀을 펼쳐 보인다. 흰 붕대에 감긴 손이 허공으로 불쑥 솟아오른다.

"왜 이래?"

"어제 일하다가 그만⋯⋯. 다행히 손가락 세 개는 남았어."

쿤은 아무렇지도 않다는 듯이 말하려고 애쓴다. 하지만 결국 알아들을 수 없는 말을 내뱉는다. 박치니가(씨발)! 그는 발끝으로 돌맹이를 세게 걷어찬다. 찰랑, 흩날리는 노란 머리카락 사이로 새로 돋는 까만 머리카락이 보인다. 그는 이제 더는 염색을 하지 않을 거다. 여기까지 와서 프레스에 손가락을 잘리는 미국 사람은 없을 테니.

"형, 그 손가락 나 주라."

쿤은 멍한 얼굴로 나를 쳐다본다.

"왜?"

"그냥⋯⋯. 응? 나 주라."

휴지로 돌돌 만 뭉치를 내 손바닥 위에 올려놓는다. 길 양편에 늘어선 전깃줄이 바람에 징징 울어 댄다. 바랜 햇빛과 회색 먼지 속을 걷는 쿤의 뒷모습이 늙고 지쳐 보인다.

2호실 아기가 칭얼대는 소리만 들릴 뿐 축사 건물 전체가 조용하다. 나는 마당 한쪽에 있는 감나무 밑으로 다가간다. 커다란 돌맹이를 들추니 까맣고 축축한 흙이 드러난다. 삭정이를 주워 와 땅

김재영

을 파헤친다. 굵다란 지렁이 한 마리가 햇빛에 놀라 꿈틀대더니 이내 흙 속으로 파고든다. 좀 더 깊이 파헤쳐 보지만 개미 새끼 몇 마리뿐 아무것도 눈에 띄지 않는다. 벌써 다 썩어 버렸나? 돈을 훔쳐 달아난 알리의 손가락을 초여름에 다섯 개나 묻었는데 하나도 없다. 작년에 묻은 베트남 아저씨 손가락은 말할 것도 없고. 좀 더 깊이 땅을 파려고 팔에 힘을 준다. 흙덩이가 부서지면서 얼굴에 튄다. 그러고 보면 알리도 대단하다. 돈을 훔칠 때 어떻게 한쪽 손만으로 캐비닛을 밀치고, 벽을 파헤칠 수 있었을까. 삭정이가 툭, 부러진다. 순간 하얀 뼈다귀들이 무더기로 쏟아져 나온다. 그러면 그렇지. 나는 주머니에서 손가락을 꺼낸다. 휴지에 말렸던 검붉은 손가락을 뼈다귀들 틈에 놓는다. 물든 감잎 하나가 손가락 위로 살며시 내려앉는다. 나는 구덩이에 흙을 푹, 밀어 넣는다. 수돗가 쪽으로 침을 퉤 뱉고 나서 두 손을 모은다. '파괴의 신 시바님, 이 정도면 충분해요. 더는 제물을 바라지 마세요. 특히 아버지하고 제 손가락만큼은 절대.'

맹꽁이 자물통에 열쇠를 끼워 비틀고 문을 여니 방 안이 엉망이다. 냄비에는 어제 먹다 남긴 라면 부스러기가 퉁퉁 불어 애벌레처럼 떠 있고 발길에 차여 넘어진 찻잔에선 치아가 흘러나와 콧물처럼 말라 간다. 둘둘 말아 창문 아래 밀어 놓은 이불 위에는 벗어 놓은 옷가지가 흩어져 있다. 가방을 구석에 내동댕이치고 옷더미 위로 풀썩 드러눕는다.

"안녕?" 창문에 매달린 코끼리는 여전히 말이 없다. 무심한 눈길로 먼 곳을 쳐다볼 뿐. 일곱 개의 코를 가진, 퍼체우라에 은사로 화려하게 수놓인 그 코끼리는 원래 신들의 왕 인드라를 태우는 구름이었다고 한다. "그래서요?" 창문에 퍼체우라를 달다가 그 이야기를 들은 나는 흥분해서 아버지를 재촉했다. "어느 날 창조주 브라마가 '세계의 알'을 깨뜨리면서 코끼리의 격이 낮아져 그만 우주를 떠받치는 기둥이 되었단다." 나는 눈을 질끈 감았다. 아버지는 슬쩍 내 안색을 살폈다. "어차피 그건 힌두교 신화일 뿐이야. 신이 깨뜨린 알이란 없어." 순간 못대가리에서 미끄러져 엇나간 망치가 아버지 손톱을 찧었다. 손톱 끝에 침을 바르고 통증을 참던 아버지는 떨어진 못을 찾으려고 두 손을 뻗어 바닥을 더듬었다. 문득 아버지가 코끼리처럼 여겨졌다. 구름보다 높은 히말라야에서 태어나 이곳, 후미진 공장 지대에서 살아가고 있으니…….

어디선가 노랫소리가 들려온다. 가늘게 떨리는 그 목소리 주인은 2호실 토야 엄마다. 모레니에 젤로 세이데세, 모레니에 절로 세이데세, 날 그곳으로 데려다주세요, 날 그곳으로 데려다주세요……. 지난봄에 단속반을 피해 뒷산으로 도망치다가 발목을 삐어 결국 잡히고 만 토야 아빠는 스리랑카로 추방된 뒤 돌아오지 못하고 있다. 혼자 남은 토야 엄마는 집에서 기계 부품에 나사를 꿰어 버는 푼돈으로 연명하는 눈치다. 훌둘리아 푸자 토레 게노 펠레라코 헬라거리, 탈 모르넷 아게 슈두 바레크 피레아쇼크, 기도꽃을 꺾어 왜 그냥 버렸을까, 사랑하는 사람 죽기 전에 다시 돌아오세요……. 갑자기 어머니 생각이 난다. 신 김치와 미역국 냄새, 연

김재영

한 레몬 로션 냄새, 그리고 뭐라고 이름 붙일 수 없지만 스르르 잠이 오게 하는 신비한 살내까지. 지난봄에 어머니가 남기고 간 냄새는 한동안 방 안 어딘가에 남아 미풍이 불 때마다 언뜻언뜻 맡아졌다. 하지만 이제 방 안에선 그 냄새가 나지 않는다. 퀴퀴한 홀아비 냄새와 지독한 곰팡내가 진동할 뿐이다.

환기를 시키려고 퍼체우라를 젖힌다. 노란 햇빛이 반대편 벽에 있는 히말라야 달력 사진에 내려앉아 너울댄다. 투명하고 생생한 햇빛, 푸른 티크나무 숲, 눈 덮인 안나푸르나, 잔잔하게 물결치는 페와호, 그리고 사탕수수를 빨아 먹으며 환하게 웃는 아이들……. 아버지는 해마다 똑같은 달력을 사 온다. 아버지가 그 사진을 보면서 기쁨을 얻듯이 나도 그렇게 되기를 바라는 걸까? 하지만 내 눈엔 오후 빛을 받은 히말라야가 금으로 씌운 어금니처럼 보일 뿐이다. 햇빛에 녹아내리기 직전의 노란 바닐라 아이스크림이거나. 달력에서는 여전히 검고 굵은 동그라미가 소용돌이치고 있다. 마음이 편치 않다. 요즘엔 이상하게도 입에서 아무 말이나 튀어나온다. 학교에서 내내 긴장하다가 집에 돌아오면 모든 게 귀찮고, 무엇보다 화가 난다. 오늘은 소영이 오빠가 친구들을 데리고 쉬는 시간마다 우리 교실로 내려왔다. 나는 화장실에 숨어 있다가 수업이 시작된 뒤에야 교실로 들어갈 수 있었다. 겁이 나서가 아니었다. 일대일이라면 자신 있었다. 하지만 한꺼번에 덤벼들어 쥐 잡듯 나를 짓밟는다면, 앞으로 나를 볼 때마다 누구든 그 장면을 떠올릴 것이다. 그것만은 정말 견디기 힘들 것 같았다.

아기 손바닥만큼 작아진 빛은 퍼체우라가 흔들릴 때마다 놀란 듯 부르르 떤다. 갑자기 잠이 몰려온다. 아버지처럼 고향 가는 꿈이라도 꿀 수 있다면 좋겠다. 밤마다 아버지는 낡은 춤바를 입고 고향 마을로 찾아가는 꿈을 꾼다. 노란 유채꽃 언덕 너머 보이는 눈부신 설산과 낯익은 황토집, 정다운 마을 사람들이 있는 곳으로. 꿈에서 아버지는 가녀린 퉁게꽃과 붉은 비저꽃이 흐드러진 고향 집 마당으로 들어서서는 가족과 친지에 둘러싸여 달과 바트, 더르가리(야채 반찬), 물소고기에 토마토 양념을 발라 구운 첼라를 실컷 먹는다고 했다. 하지만 다음 날 공항에서 비행기에 오르려고 하면 누군가 아버지 앞을 가로막으며 거칠게 끌어낸다고 했다. "난 한국으로 돌아가야 돼. 거기 내 가족이 있어. 제발, 보내 줘. 일자리도, 이웃도, 내 청춘도 다 거기 두고 왔단 말이야. 제발……!" 잠꼬대 끝에 몸을 벌떡 일으키는 아버지는 매번 황급히 사방을 둘러본다. 그러고는 땀으로 흥건해진 속옷을 벗으며 어둠 속에서 긴 안도의 숨을 내쉰다.

그렇지만 나보다는 낫겠지. 난…… 태어난 곳은 있지만 고향이 없다. 한국에 네팔 대사관이 없어 아버지는 혼인 신고를 못 했다. 그래서 내겐 호적도 없고 국적도 없다. 학교에서조차 청강생일 뿐이다. 살아 있지만 태어난 적이 없다고 되어 있는 아이…….

깜빡 잠들었던 걸까. 눈을 뜨니 방 안이 어둑어둑하다. 눈을 비비고 밖으로 나간다. 오늘도 비재 아저씨는 감나무 밑에 앉아 먼 산을 바라보고 있다. 술이라면 한 잔도 못 마시는 아저씨 얼굴이

김재영

이상스레 붉다. 마당 한가운데 있는 수돗가는 사람들로 번잡하다. 쪼그리고 앉아 감자를 깎는 미얀마 아저씨 투라의 발등 위로 누군 가 쌀뜨물을 하얗게 흘려보내고, 요란하게 뚝딱거리는 도마 위에 선 양파와 피망과 호박이 다져진다. 꼬챙이에 꿰인 양고기가 팬 위에서 지지직 소리를 내며 노린내를 풍긴다. 발목에서 찰랑대던 어둠이 머리끝까지 차오르자, 감나무 가지에 걸린 백열등도 노랗게 빛을 발한다. 러시아 아가씨 마리나는 양동이에 덥힌 물을 세숫대야에 부어 금발의 긴 머리를 헹구고, 어린 토야는 저녁 짓는 엄마 등에 업혀 오랜만에 방긋방긋 웃는다. 온갖 나라 말과 온갖 음식 냄새가 뒤섞인 마당은 벌, 나비가 윙윙대는 야생화 꽃밭처럼 향기롭고 소란하다.

아버지는 보이지 않는다. 생일날까지도 야근을 하나 보다. 음식을 준비해야겠다. 고향을 느낄 만한 걸로. 그러면 아버지 맘도 누그러지겠지. 선반을 뒤져 양파와 감자, 저나콩 한 줌을 찾아낸다. 우선 저나콩을 물에 담가 불리고 감자와 양파 껍질을 벗겨 잘게 자른다. 네팔 버터 기우에 잘게 자른 재료를 넣고 살짝 볶은 다음 잠시 생각하다가 거럼메살라(여러 가지 양념을 말려 가루로 낸 것) 가루가 든 봉지를 꺼낸다. 봉지가 홀쭉하게 구겨져 있다. 거꾸로 들어 흔들어 보니 바닥에만 남았던 가루가 조금 날린다. 지라와 랑, 쑥멜, 고추, 더니아 따위가 들어간 그 양념이 없으면 더르가리 맛을 제대로 낼 수 없다. 손가락을 냄비에 푹 꽂고 가스 불을 꺼 버린다.

미래슈퍼에는 평소처럼 텔레비전이 크게 틀어져 있다. 며칠째 텔레비전 방송은 외국인 노동자에 관한 뉴스를 되풀이해 들려줬다. 내 고향 특산물 따위를 소개한 뒤 불법 체류 외국인을 강제 추방하겠다는 정부의 방침을 내보냈고, 시트콤을 통해 폭소를 퍼붓고 나서 방글라데시 출신 노동자가 열차에 몸을 던진 소식을 전했으며, 드라마와 토크 쇼까지 끝난 자정 무렵에는 출국하는 외국인 노동자들로 붐비는 공항을 보여 주었다. 너무 많이 듣다 보니 남의 일처럼 따분하게 느껴진다.

슈퍼마켓 한편에 놓인 간이 탁자 주위에는 남자들이 둘러앉아 술을 마시고 있다. 바람이 이마를 건드리고 지나갈 때마다 소란스런 말소리가 들려온다. 한국어에다 러시아어와 영어, 네팔어까지 뒤섞인 그 기묘한 말은 내 고막을 건드리는 순간 한국어로 바뀌어 머릿속으로 미끄러져 들어온다. 그중에는 쿤도 앉아 있다. 쿤이 나를 알아보고 손짓한다. 가까이 다가가자 오징어 다리를 잘라 내 손에 쥐여 준다.

"러시안룰렛이야. 이번엔 팟의 손이, 다음엔 수언의 팔이 날아가는 거지." 몸집이 크고 얼굴이 시체처럼 하얀 우즈베키스탄 사람 세르게니는 손가락으로 권총 모양을 하고 맞은편에 앉은 이란 청년 산에게 겨누면서 짓궂게 말한다. "맞아. 하지만 누구든 당일 점심까진 웃고 떠들지. 심지어 졸기까지 하고. 쿤 너도 일하다가 졸았지?" 위 단추 두세 개를 풀어 가슴 털을 드러낸 산은 소주를 입속에 털어 넣으며 맞장구친다. "나 졸지 않았어. 그냥 좀…… 딴생각

김재영

은 했지만." 쿤은 눈을 크게 뜨고 고개를 흔든다. "마찬가지야. 기껏
해야 마리나 생각이겠지. 아무튼 그러다 갑자기 자기 차례 맞는 거
야. 덜컹." 세르게니는 손으로 권총 쏘는 시늉을 한다. 샨이 가슴을
감싸며 옆으로 푹 쓰러진다. 쿤은 남의 얘기 듣듯 낄낄거리며 웃는
다. 그는 자기 앞에 놓인 소주병을 들어 필용이 아저씨 잔에 따른
다. 머리카락이 빠져 정수리가 훤한 필용이 아저씨는 손사래 치며
취한 목소리로 말한다. "염병, 그만들 해라. 니들 쏼라 대는 소리 땜
의 내가 꼭 넘의 나라에 와 있는 거 같잖여. 니들, 이 나라가 워떻
게 오늘날 여기꺼정 왔는 줄 아냐? 옛날에 내가 공장에서 일할 땐
손가락은 유도 아녔어. 팔뚝이 날아가고 모가지가 뎅겅뎅겅했으니
까." 아저씨는 곧게 편 손을 목에 갖다 대고는 세게 내려치는 시늉
을 한다. "첨엔 시골에서 올라온 촌뜨기들이라 멋모르고 일했지. 하
긴, 먹고살기 힘들 때였으니까. 인제 한국 놈들은 이런 데서 일 안
혀. 막말로 씨발, 험한 일이니까 니들 시키지 존 일 시킬려고 데려
왔간? " 옛날이 떠올라서인지 아니면 술기운이 돌아서인지 아저씨
얼굴이 벌겋게 달아올랐다. "아무리 그래도 안전장치는 해 줘야죠."
세르게니가 오징어를 물어뜯으며 말한다. "늬들도 자르면 피 나오
고 누르면 똥 나오는 사람이다, 이거냐? 웃기는 소리들 마. 한국 놈
들한테도 안 해 준 걸 늬들한테라고 해 주겠냐? 아니꼬우면 돌아
가. 젠장, 어차피 늬들도 고국으로 돌아가서 공장 차리고 사장 되
려고 여기 왔잖냐. 노동자들을 어떻게 다뤄야 되는지 눈 똑바로 뜨
고 배워 가. 다 산 교육이여." 비아냥대는 필용이 아저씨 말에 쿤이

시무룩한 표정을 짓자 이번에는 세르게니가 볼멘소리로 대꾸한다. "아무튼 돈도 좋지만 우린, 사람 대우, 그거 받고 싶어요. 돈 벌어 고향 간다고 해도 삼 년 겪은 일 삼십 년 동안 악몽으로 남아 우릴 괴롭힐 거예요.""맞아. 난 지금도 가끔 어릴 때 앞니 갈던 때 꿈을 꿔." 손가락으로 앞니를 가리키며 샨은 멋쩍게 웃는다.

오징어를 입에 물고 나는 유리창에 붙어 있는 글자들을 유심히 본다. Alladin 10달러. First Class 10달러. 그 옆에는 전화카드 사용 시간도 적혀 있다. 타일랜드 80, 스리랑카 47, 파키스탄 46, 사우디아라비아 50, 이란 70, 필리핀 80, 러시아 125. 물건을 고르는 것처럼 진열대를 죽 돌아본다. 온갖 종류의 과자와 빵, 강렬한 색채의 음료수가 눈 속으로 빨려 들어온다. 배 속이 쓰리고 아프다.

"바윗고개 언덕을 홀로 너엄자니, 옛 님이 그리워 눈물 납니다. 십여 년간 머슴살이 하도 서러워, 진달래꽃 안고서 눈물 납니다……." 필용이 아저씨가 무릎장단에 맞춰 노래 부른다. 고개를 숙이고 있던 쿤이 갑자기 입을 연다. "여기 올 때 진 빚도 다 못 갚았는데 이 꼴이 됐어. 고국에 돌아가 봤자 손가락질밖에 기다리는 거 없으니……." 쿤의 눈길이 닿는 창밖으로 마을버스 한 대가 지나간다. 버스가 일으키는 바람에 전신주 옆에서 웃자란 고들빼기가 조용히 흔들린다. "마을을 빠져나오기 전에 만난 친척 아저씨 말이 생각나. 벼가 누렇게 익어 가는 논길을 절름대며 걸어온 아저씨는 땀을 닦으며 말했지. 가지 마라. 내 절름대는 다리를 보고도 고향을 떠나겠다는 거냐? 아녜요, 아저씨. 전 구르카 용병으로 전쟁터에 가는 게 아녜요. 전 한국으로 일하러 가요. 거긴 안전한 곳이냐? 아무렴요. 몇 년 일하고 돌아오면 시내에다 큰 가게 차릴 수 있어요. 그러고 나서 대나무 다리를 건너 마을을 빠져나왔지. 가시나무 뜯는 산양 무리 옆을 지나, 마르샹디 강변을 따라 빠른 걸음으로 걸었어. 매 한 마리가 골짜기로부터 불어오는 바람을 타고 천천히 머리 위를 날더니 고향 마을 쪽으로 날아가더군. 갑자기 다시 집으로 돌아갈까, 하는 생각이 들었지. 하지만 이미 돌이킬 수 없었어. 마침 내가 타야 할 타타 버스가 먼지를 일으키며 달려오더군. 거역할 수 없는 운명, 카르마처럼……." 쿤의 물기 어린 눈을 보니 샨도 덩달아 어린애처럼 울먹인다. "난 여기서 못된 짓을 너무 많이 했어. 그래서 집으로 못 돌아가. 나, 공장에서 주는 돼지고기 아주 많이 먹었어. 게다가 돼지 피로 만든 순대까지. 여기서는 문제없지만 고향에선 달라. 신 앞에 절을 하면서 죗값을 치러야 하는데…… 솔직히 무서워. 아무도 보지 않는 이곳에서라면 상관없지만……."

나는 칫솔, 치약, 고무줄, 면장갑 따위 잡화 진열대 앞을 지나 카운터 쪽으로 다가간다. 진열된 담배들 중에 하나 남은 네팔산 '수리예'를 면장갑 더미 뒤로 슬쩍 밀어 넣는다. 그러고 나서 큰 소리로 묻는다.

"수리예는 없나요?"

언제나 뚱뚱한 배에 앞치마를 두르고 있는 주인아주머니가 쪽방에서 하품을 하며 나온다. 가짜 결혼을 해 주고 외국인한테 매달 삼십만 원씩 받는 아주머니는 배가 전보다 더 나왔다.

"네팔 담배 말이냐?"

아주머니는 손등으로 입가를 닦으며 졸음기 섞인 목소리로 되묻는다. 나는 자신 있게 네, 라고 대답하고 나서 아주머니가 담배를 찾는 동안 거럼메살라 양념 봉지를 허리띠 안쪽에 쑤셔 넣는다. 그러고도 시간이 남아 쿠우 한 병을 잠바 안쪽 겨드랑이 사이에 끼운다. 숨이 멎는 것 같았지만 조금 지나니까 견딜 만하다.

"다른 담배는 안 돼?"

"요즘 아버지의 향수병이 심해서요. 꼭 네팔 담배를 피우고 싶대요. 그 냄새를 맡으면 고향의 가족들 곁에 있는 것 같다면서."

시키지도 않은 말을 늘어놓으며 거짓말을 보탠다. 그때 마침 가게 문이 열리더니 진성 도장에 다니는 나딤 몰라가 안으로 들어온다. 키가 작고 눈썹 뼈가 심하게 튀어나온 그 인도 아저씨는 노랭이라고 불린다. 작년에 같은 공장에서 일하던 꾸빌이 심한 화상을 입고 죽었을 때 조의금은커녕 얼굴 한 번 내밀지 않았다고 해서 붙여진 별명이다. 심지어 주변 사람들이 장례비를 모아 벽제 화장터로 간 일요일까지 그는 특근을 했다고 한다. 그날, 아버지와 몇몇 주위 사람들은 뼛가루가 담긴 상자를 안고 어두워지는 공장 골목을 이리저리 걸어 다녔다. 고개를 숙이고 걷던 사람들은 사고가 난 공장 앞에 멈춰 섰다. 입구를 막아 놓았던 서너 개의 합판을 누군가 발로 차 안쪽으로 넘어졌다. 갑자기 하늘에서 폭우가 쏟아졌다. 사람들이 노래를 부르기 시작했다. 불분명한 발음으로, 웅얼거리듯이, 그러다가 짐승들이 울부짖듯이. 하지만 쏟아지는 비 때문에

김재영

노랫소리는 멀리 퍼져 나가지 못했고, 빗물처럼 시궁창으로 빨려 들어갔다.

노랭이는 양손 가득 선물 보따리를 들고 있다. 그는 내일이면 고국으로 돌아간다며 입가에 흰 거품을 물고 신나게 떠들어 댄다. 이 마을에 살면서 돈을 모아 귀국하는 사람을 보는 건 처음이다. 노랭이는 콜라 한 병과 소주 두 병을 들고 사람들이 둘러앉은 탁자로 다가가 선심 쓰듯 소리 나게 내려놓는다. "사람 안 같은 놈 꺼, 안 먹어." 누군가 소리치자 다들 자리에서 벌떡 일어나 밖으로 나가기 시작한다. 심지어 술이라면 환장하는 필용이 아저씨조차 휘청대며 뒤따라간다. 그들 뒤에 대고 노랭이가 소리친다. "사람 안 같은 건 니들이야, 새끼야. 언제까지고 돼지우리에서 살 거잖아. 난 고향 돌아가면 새집 짓고 새 이불에서 잠잘 수 있어. 큰 가게도 차릴 거고. 알겠냐, 이 돼지새끼들아. 쿠달바차(개새끼)! 슈와레나차(돼지새끼)!"

세르게니가 몸을 휙 돌리더니 주먹을 날린다. 노랭이는 탁자 위로 쓰러지고 병들이 바닥으로 내동댕이쳐진다. 깨진 병 조각과 술, 콜라 거품이 뒤섞여 가게 바닥이 어수선하다. 주인아주머니가 빗자루를 들고나와 술꾼들 장딴지를 때리며 내쫓는다. "에구 지겨워. 이 노린내 나는 동네를 어서 떠야지." 아주머니는 바닥을 쓸면서 투덜거린다. 노랭이는 천천히 몸을 일으켜 입가의 피를 닦고 머리 모양을 매만진다. 그러고는 아무 일 없었다는 듯이 가슴을 앞으로 내밀어 보이더니 쇼핑 가방을 챙겨 쥔다. 가게를 나서려다 말고 그는 초콜릿을 집어 나에게 건넨다. 나는 고개를 젓는다. 그러자 내 턱 밑으로 가까이 들이밀며 한 번 더 권한다. 침이 꼴깍 넘어간다. 나는 입술을 꼭 다물고 더 세게 머리를 흔든다. 순간 노랭이 눈가가 붉어지더니 눈물이 맺힌다. 고름처럼 진한 눈물이다. 어쩔 수 없이 한쪽 손을 내미는 순간, 겨드랑이에 있던 쿠우 병이 바닥으로 떨어진다. 등짝이 서늘하고 식은땀이 난다. 재빨리 가게 밖으로 튀어 나가 도망치는데 등 뒤에서 암고양이처럼 앙칼진 목소리가 쏟아진다. "야, 이 쥐새꺄, 어딜 도망가. 당장 네 애비를 이미그레이션에 고발할 테니 그런 줄 알아!"

진성 도장, 화진 스펀지, 원일 공업, 신광 유리, 동북 컨베이어 공업을 단숨에 지나친다. 가구 단지 입구에서야 겨우 걸음을 멈춘다. 숨이 턱 밑까지 차올라 허리를 구부린 채 헉헉댄다. 목이 마르고 가슴이 활활 불타오른다. 흰 거품을 일으키며 쏟아지던 쿠우가 눈에 선하다. 핥아서라도 먹고 싶다.

공장 지붕 위로 뜬 희미한 달을 뒤로하고 나는 정처 없이 걷는다. 가랑잎 하나가 사선을 그으며 팔랑팔랑 떨어져 내린다. 날씨가 흐려지려나 보다. 아버지는 나한테 나뭇잎 떨어지는 것을 보고 미리 날씨를 아는 법을 가르쳐 주었다. 네팔에서 천문학을 공부하다 온 아버지는 별이나 달을 보고 현재의 위치를 가늠할 줄 안다. 구름의 모양이나 색깔, 두께를 보고 날씨를 예측할 수도 있다. 그러나 아버지는 이곳에서 별을 연구하는 대신 전구를, 하루에 수백

김재영

개씩의 전구를 만들었다. 아침부터 저녁까지 긴 대롱을 입에 대고 후후, 숨을 불어넣었다. 매일매일 새로운 전구들이 세상의 어둠을 밝히기 위해 아버지 입술에서 태어났다. 그럴 때 아버지는 마치 마술사처럼 보였다. 신기할 정도로 똑같은 크기, 찌그러지지 않고 완전한 동그라미……. 그중에는 크리스마스 나무를 장식하는 꼬마전구도, 간판 테두리에 촘촘하게 박는 풋살구만 한 전구도 있었다. 지금보다 더 어렸을 때 나는 아버지가 하는 일을 몹시 자랑스러워했다. 어쩌다 동전이라도 손에 들어오면 풍선껌을 사서 아버지처럼 후, 후 방울을 불어 댔다. 그러나 지금은 아니다. 아버지의 폐에서 나와 입술 끝에서 내뱉는 바람으로 만들어 낸 전구들은 금세 아버지 곁을 떠나 휘황한 백화점 건물에서, 거리의 간판에서, 혹은 야시장에서 환호성을 질러 대듯 반짝였다. 그런 밤에도 아버지는 나달나달해진 폐를 쓰다듬으며 흐린 형광등 아래로 기어 들어왔다. 아버지한테서는 짐승 냄새가 났다. 땀과 화학 약품과 욕설에 전, 종일 쉬지 않고 일한 몸뚱이가 풍기는 고약한 단내.

어머니는 언제나 한국말로 아버지에게 따졌다. 마치 송곳에라도 찔린 사람처럼 가늘고 날이 선 목소리로. 아버지는 가슴을 움켜쥐었다. 아버지는 말을 더듬거렸고 숨이 차 헐떡였다. 그러면 다시 어머니가 가래가 튀어나올 정도로 목청을 높였다. 어머니는 돈도 제대로 못 버는 아버지와 의료 보험조차 없는 처지를 견디기 힘들어했다. 언제나 한국 남자와 혼인해서 잘살고 있다는 친구 얘기를 끄집어내면서 신세 한탄을 했다. 내가 감기에라도 걸리면 어머니는 내 등짝을 후려쳤다. "그러게 밤에 잘 때 이불을 걷어차지 말랬잖아. 병원 한 번 갔다 오려면 몇만 원이 깨진다구. 벌써 석 달째 월급이 밀렸어. 이젠 정말 지긋지긋해!" 하면서 차가운 물수건을 내 이마에 철퍼덕 얹었다. 그런 어머니가 십 년 전엔 열이 펄펄 나는 아버지 이마를 부드러운 손길로 짚어 줬다니. 한때 연보랏빛 말링고꽃처럼 예뻤었다니. 아버지 말이 도저히 믿어지지 않는다.

기침이 멈추지 않아 아버지는 할 수 없이 직장을 옮겼다. 아버지의 새 직장은 상자를 만드는 곳이다. 아버지는 아침부터 저녁까지 무거운 종이를 어깨에 지고 나른다. 기계에서 칼선대로 찍혀 나온 종이는 컨베이어 벨트 위에서 주스 상자가 되고 종합 선물 세트 상자가 되고 고급 와이셔츠 상자가 되었다. 그것들을 백화점에 보내면 속에 내용물이 담겨 진열된다고 한다. 나는 한 번도 백화점에 가 보지 못했다. 작년 겨울에 아버지와 어머니 생일 전날 백화점에 찾아간 적이 있는데 입구에 서 있는 양복쟁이 아저씨가 앞을 가로막았다. 아버지는 지갑에서 돈을 꺼내 보여 주며 나 돈 있어요, 여기 봐요, 나도 물건 살 거예요, 라고 말했지만 양복쟁이는 막무가내였다. 그날 우리는 결국 어머니가 바라던 고급 블라우스를 사지 못했다. 어머니가 기어코 아버지 곁을 떠난 건 그 때문일까.

긴 생머리를 고무줄로 대충 묶은 채 옆방 토야 엄마랑 종일 나사를 끼우던 어머니는 그즈음부터 원당 시내에 있는 식당으로 일

김재영

하러 나갔다. 얼마쯤 지나자 어머니는 구슬 박힌 핀이며 실크 스카프 따위가 담긴 예쁜 상자를 집으로 가져왔다. 손가락을 세워 입술에 갖다 대며 어머니는 내게 눈을 찡긋, 했다. 누구한테서든 그런 선물을 받을 수 있다면, 그래서 어머니가 더 행복해진다면 좋겠거니 생각한 나는 그 일을 아버지한테 말하지 않았다. 하지만 선물 상자가 쌓일수록 어머니는 점점 더 신경질을 부려 댔고 분첩으로 사정없이 얼굴을 두드려 댔다.

집을 나가던 날 아침에 어머니는 모시조개를 넣은 미역국을 끓였다. 국 한 그릇을 다 비우고 좀 더 달라고 하자 어머니는 저녁에 실컷 먹으라며 어서 학교에 가라고 등을 떠밀었다. "오늘 어디가?" 왜 그렇게 물었는지 모르겠다. 그냥 그런 생각이 들었다. 오후에 집에 와 보니 어머니가 없었다. 대신 미역국이 한 솥 끓여져 있었다. 나는 일찌감치 저녁을 먹고 잠자리에 들었다. 어머니를 기다리지 않았는데, 왜 그랬는지 모르겠다. 그냥…… 기다려도 소용없을 것 같았다. 그렇지만 깊이 잠들지는 못했다. 야근하는 아버지 공장에서 나오는 덜컥대는 기계 소리가 바람벽을 뚫고 밤새 들려와 내내 벼랑에서 떨어지는 꿈을 꾸어야 했다.

가구 단지로 접어드니 사방이 휘황하다. 온갖 종류의 전구와 네온사인이 켜져 있다. 보루네오, 리바트, 대진 침대, 이태리 가구 앞을 지난다. 전시장마다 내걸린, '수입 명품 특별전', '고급 엔틱 가구 할인'이라고 씌어진 플래카드가 습기 품은 바람에 들썩댄다. 통유리 안쪽에는 크고 화려한 침대며, 콘솔, 소파 따위가 멋지게 진열되어 있다. 고급스런 옷을 입은 아주머니들이 그 사이로 걸어 다니고, 양복 차림의 젊은 남자들은 가구를 보여 주거나 종이에 뭔가 쓴다. 문득 가구 공장에서 일하는 비재 아저씨와 3호실의 낡아 빠진 캐비닛, 총탄에 맞은 것처럼 구멍 뚫린 벽, 그리고 땅에 매여 우주를 떠받치고 있는 코끼리의 짓눌린 등이 떠오른다. 가당치도 않다. 저 사람들하고 신세를 비교하다니. 나는 고개를 설레설레 흔들면서 유리문 안쪽 세계에서 눈을 돌린다. 허리춤에 손을 대 보니 거럼메살라 봉지가 만져진다. 마음이 뿌듯하다. 양말이라도 하나 예쁘게 포장해 아버지께 드린다면 더 좋겠지만 그러려면 문방구에 들어가 또 훔쳐야 한다. 그렇게까지 하고 싶지는 않다.

  큰길에서 벗어나 골목으로 들어선다. 미래슈퍼 앞을 지나지 않고도 집으로 돌아갈 수 있는 이 길은 전에 친구와 와 본 적이 있어 낯익다. 어둠이 짙다. 더듬듯이 한 발 한 발 내딛는데도 웅덩이에 발이 빠져 넘어질 뻔했다. 그래도 어지러운 네온 불빛보다는 고른 어둠이 낫다. 가망 없는 인정을 기대하는 것보다 도둑질을 할 수 있는 강한 심장을 갖는 게 더 나은 것처럼. 아버지는 미친 듯이 빛을 뿜는 네온사인은 단 하나의 그림자도 만들지 못한다고 늘 못마땅해했다. 아버지는 언제나 푸른 달빛을 그리워했다. 밤이면 만병초 그림자를 땅 위에 가지런히 뉘어 놓고 세상을 휴식하게 한다는 히말라야의 달빛……. 오늘 밤엔 왠지 나도 그런 달빛이 보고 싶다.

김재영

골목 모퉁이 은밀한 곳에 다다르자 빅토리아 관광 나이트클럽 포스터가 붙어 있다. 어슴푸레한 가로등 불빛 아래 벗은 마리나 모습이 도드라진다. 젖가슴을 반 이상 드러낸 까만 브래지어와 반짝이 팬티를 입은 마리나는 엉덩이 뒤쪽으로 공작 꼬리처럼 생긴 화려한 인조 깃털을 매달고 있다. 대리석처럼 하얗고 긴 팔다리는 압사라 춤을 추듯 기묘하게 꼬여 있다. 금발 머리를 틀어 올리고 입술을 빨갛게 칠해 쉽게 알아볼 수 없게 분장했지만 그녀의 보랏빛 눈동자만은 숨길 수가 없다. "꼬마야, 이름이 뭐니?" 그녀는 축사 건물로 이사 온 며칠 뒤에 수돗가에서 내게 말을 걸어왔다. "아카스예요. 네팔 말로 하늘이란 뜻이래요." "그래? 내 이름은 마리나. 러시아어로 바다란 뜻이야. 파란 하늘, 파란 바다……." 입술을 달싹이며 그 말을 되풀이하던 마리나는 하바롭스크에 살고 있는 어머니와 여동생 카타리나, 그리고 죽은 아버지 이야기를 들려줬다. 어릴 적에 온 가족이 집 둘레에 사과나무와 체리나무, 슬리바나무를 심던 이야기, 주말이면 근교까지 자전거를 타고 가 숲에서 송이버섯을 따던 이야기, 유치원에서 아이들에게 춤과 노래를 가르치던 때 이야기도 들려주었다. 꿈꾸듯 빛나던 그녀의 보랏빛 눈동자는 그러나 아버지가 체첸 전쟁에서 죽고 혼자 생계를 책임지던 어머니마저 병들어 한국행 배를 탔다는 말을 하면서부터 깊은 바닷물처럼 일렁였다.

나는 마리나 배꼽 주변에 누군가 묻혀 놓은 검은 얼룩을 손으로 닦아 준다. 얼룩은 잘 지워지지 않고 대신 종이가 찢어진다. 마리

나는 상처가 난 채 억지로 웃는 것 같은 이상한 모습이 되어 버렸다. 갑자기 바람이 거세게 분다. 담장을 넘은 정원수들이 딸꾹질을 하며 나뭇잎을 떨어뜨린다.

조금 더 걸어가니 빨간 벽돌로 지은 이층집이 보인다. 치아처럼 부드러운 빛이 커튼을 뚫고 흘러나온다. 난생처음 반 친구한테 초대받아 갔던 바로 그 집이다. 어느 날 그 애는 자기 집에 같이 가겠느냐는 뜻밖의 말을 했다. 그 말을 하고 나서 그 애는 누가 볼까 봐 겁내는 듯한 표정으로 사방을 둘러보았다. 그러고는 못 알아들은 것 같은 멍한 얼굴을 하고 있는 내게 바짝 다가와 귀에 대고 낮게 속삭였다. 아니, 작지만 몹시 퉁명스런 말을 내동댕이쳤다. 우리 엄마가 너더러 한번 들르래. 그 애는 열 발자국쯤 앞서서 걸으며 가끔 내가 잘 따라오고 있는지 확인했다. "헬로, 나이스 투 미튜." 친구 어머니는 빨갛게 칠해진 얇은 입술을 실지렁이처럼 꿈틀댔다. 잇몸을 드러내며 크게 웃는 입과 차고 날카로운 눈이 묘하게 합해진 얼굴이었다. 우물쭈물하다가 안녕하세요, 라고 인사를 했다. 그러자 아줌마 표정이 일그러졌다. "너 영어를 잘 못하니? 외국 애라고 해서 영어를 잘하는 줄 알았는데." 아주머니는 이제부터 영어로만 말하라고 했다. 그러지 않으면 떡볶이와 스파게티를 주지 않겠다면서. 떡볶이와 스파게티⋯⋯. 고통스러울 정도로 속이 쓰리고 아프다. 그 애나 아줌마나 다 맘에 들진 않지만, 그래도 초인종을 누르고 싶다. 지난번처럼 영어 몇 마디를 가르쳐주면 뭐든 얻어먹을 수 있지 않을까.

김재영

키 큰 풀들이 흔들리고 있는 공터를 지난다. 말라 가는 풀 냄새와 분뇨 냄새가 풍겨 온다. 공터 여기저기에 함부로 버려져 있는 냉장고와 부서진 의자, 자질구레한 플라스틱 잡동사니들 위로 호박 덩굴이 무성하다. 허름한 집 몇 채가 늘어선 골목을 지나니 누군가 노래를 부르며 골목으로 걸어오는 게 보인다. 어두워서 잘 보이지는 않지만 작은 키에다 양손에 쇼핑백을 든 걸 보니 노랭이가 분명하다. 갑자기 가슴이 뛰기 시작한다. 공터 옆으로 난 산길로 더 많이 돌아서 가야겠다. 산길로 접어드는데 발밑에 뭔가 걸린다. 무성하게 자란 호박 덩굴이다. 늦가을까지 남아 노끈처럼 질겨진 덩굴은 내 발목을 휘감고는 놓아 주지 않는다. 엉덩이를 바닥에 대고 주저앉아 덩굴을 푼다. 노랫소리는 점차 가까이 다가오더니 공터 쪽으로 다시 멀어진다. 그때, 버려진 냉장고 뒤에서 검은 물체가 솟아오른다. 검은 물체는 빵처럼 점점 부풀어 오른다. 노랭이는 더 빠른 박자로 노래한다. 검은 물체가 소리 없이 노랭이 뒤를 따른다. 퍽 소리와 함께 노랫소리가 뚝 끊긴다. 검은 물체는 쓰러진 노랭이 앞가슴에서 심장을 뜯어내듯 지갑을 뺏는다. 희미한 달빛 아래 입을 벌리고 웃는 얼굴이 얼핏 보인다. 비재 아저씨다. 나는 눈을 질끈 감는다. 눈꺼풀 안쪽으로 은색 코끼리 한 마리가 나타난다. 구덩이에 발이 빠진 코끼리는 큰 귀를 펄럭이며 빠져나오려고 안간힘을 쓰고 있다. 하지만 발버둥 칠수록 뒷다리는 점점 더 깊이 빨려 들어간다. 구덩이는 삽시간에 시커먼 늪으로 변하더니 뭐든 집어삼킬 태세로 거세게 휘돌아 간다. 아, '외'

다. 현기증이 일도록 빠르게 소용돌이치는 '외…….' 코끼리는 맥
없이 빨려 들어간다. 미처 비명을 지르지 못하고 눈을 부릅뜬 채.
눈앞이 온통 까맣다.

김재영

김재영, 「코끼리」

　100만 명이 넘는 이주 노동자가 우리 사회 곳곳에서 힘들고도 중요한 일을 담당하고 있습니다. 이제 이들이 없는 노동 현장은 상상하기조차 어렵습니다. 하지만 이들을 대하는 현실은 우리를 머쓱하게 만듭니다. 근로 계약서를 제대로 쓰는 이주 노동자가 전체의 절반밖에 안 되고, 또 그 가운데 절반은 그나마 계약된 임금도 제대로 받지 못 한다고 합니다. 3명 중 2명꼴로 일하면서 욕설, 협박 등 인권 침해를 당하고, 위험에 노출되는 경우도 많아 산업 재해 발생률은 내국인에 비해 6배 이상 높다고 합니다.

　열세 살 '아카스'는 이러한 상황을 아주 가까이에서 마주합니다. 네팔 출신인 '쿤'은 일터에서 갖은 폭력에 시달리다가 나중에는 손가락마저 잘려 나갑니다. '토야' 아빠는 불법 체류자로 몰려 스리랑카로 쫓겨나고, 러시아에서 온 '마리아'는 밤무대로 내몰립니다. 파키스탄에서 온 '비재' 아저씨는 살인적인 노동으로 밤이면 녹초가 되어 '알리'가 돈을 훔쳐 가도 모릅니다. 그랬던 '비재' 아저씨가 돈을 모아 고국으로 돌아가려는 '나딤 몰라(노랭이)'의 돈을 빼앗는 장면은 씁쓸하다 못해 슬프기까지 합니다.

　'아카스'의 아버지 역시 불행에서 벗어나지 못합니다. 네팔에서 천문학을 전공한 아버지는 돈을 벌러 한국에 왔다가 병을 얻었지만 치료도 못 하고 공장에서 종일 무거운 짐을 나릅니다. 신을 태우는 구름이었다가 우주를 떠받치는 기둥 신세가 된 코끼리처럼 말이지요. 발버둥 칠수록 구덩이(외)로 빨려 들어가는 코끼리의 모습은 아버지를 빼닮았습니다. 이런 아버지 곁에서 자란 '아카스' 앞에도 커다란 구덩이가 놓여 있는 것은 아닐지 걱정입니다.

윤고은(1980~) 작가는 2003년 「피어싱」으로 대산대학문학상을 받으며 등단하였습니다. 2008년 「무중력 증후군」으로 한겨레문학상을, 2011년 「해마, 날다」로 이효석문학상을 수상하였습니다. 작품으로는 소설집 『1인용 식탁』, 『알로하』, 『늙은 차와 히치하이커』, 장편 소설 『밤의 여행자들』, 『해적판을 타고』 등이 있습니다.

P

윤고은

장의 주소는 간단했다. 'P259'라고만 적으면 어떤 우편물도 장에게로 배달되었다. 이런 주소가 가능했던 것은 장이 몸담은 도시와 회사의 이름이 같았기 때문이다. 장은 매일 아침 여덟 시부터 저녁 일곱 시까지 P259에 있었다. 장이 우편물을 받은 것은 오전 열한 시쯤이었다. 장에게만 온 것은 아니었고, 모든 팀원이 동일한 우편물을 받았는데 다른 것은 봉투에 적힌 이름뿐이었다. 발신인은 회사 홍보실이었고, 내용물은 캡슐 내시경 검사 신청서였다.

장은 신청서를 서랍에 집어넣었다. 그는 불필요한 것들을 서랍에 넣어 두는 습관이 있었다. 그의 책상 위에 있는 것은 컴퓨터와 휴대 전화, 그리고 가족사진뿐이었다. 모두가 가족사진을 올려 두고 있었기 때문에 그것이 없으면 오히려 이상하게 보였다. 회사를 그만두고 싶을 때마다 우발적인 충동을 잠재우는 부적 역할도 했다. 같은 효과로 종이 카네이션이나 아이들이 준 카드를 올려 둔 사람들도 있었다.

"신청서 썼어?"

점심시간에 송이 물었다. 캡슐 내시경에 관한 이야기였다. 길이 30밀리미터, 두께 11밀리미터의 캡슐 내시경은 그 생김새 때문에

윤고은

해파리로 통했다. 그동안 소장에만 머물던 캡슐 내시경의 한계를 뛰어넘어서 그야말로 온몸을 바다 삼아 헤엄치는 전천후 내시경이 었다. 고가의 신제품인 이 캡슐 내시경을 P 타이어 직원들에게 활용하게 된 것은 물론 홍보 효과를 노린 것이었다. 이런 식의 협찬은 자주 있었다. 직원 수만 이만 명에 가깝다 보니 회사 단지 내에 새로운 가게가 생길 때마다 샘플을 돌린다든지, 무료 체험권을 준다든지 하는 신고식이 있었다. 병원도 예외 업종은 아니었다. 회사는 거대한 시장이었다. 캡슐 내시경 검사를 제공하겠다는 병원도 회사 단지 안의 새 식구였다. 늘 그렇듯 경영진의 친척이라는 소문도 따라붙었다.

"의무는 아니잖아."

장은 그렇게 대답했지만, 이미 그게 아니라는 걸 알고는 있었다. 신청자를 받는다는 말이 무색할 정도로 신청서는 공격적으로 찾아왔다. 우편으로 날아오기도 했고, 메일에 첨부되는 것은 물론, 회사 버스 좌석에도 놓여 있었고, 복도에도 가득 붙어 있었다. 물론 취지는 좋았지만 장은 애초부터 관심이 없었다.

송은 장을 쳐다보다가 담배를 피워 물었다. 담배를 끊은 지 이년 만에 다시 피우기 시작한 송이었다. 새 경영진은 한 명도 빠짐없이 흡연자라고 했다. 그날 오후 회의가 끝날 무렵에 팀장은 해파리 검사 신청률을 체크했고, 공교롭게도 장을 제외한 모두가 손을 들었다. 장은 그 팀의 구멍처럼 앉아 있었다. 신청 기한 마지막 날, 장은 신청서를 작성했다.

오전 아홉 시, 공복의 사람들은 캡슐 내시경을 혀 아래로 삼켰다. 목젖 아래로 초소형 카메라가 떨어졌다. 허리춤에는 데이터 수신기를 차고, 평소와 다름없이 업무를 보았다. 초당 세 장씩 내부 사진이 찍혀서 저장되고 있었다. 오후 일곱 시가 되자 병원 측은 수신기를 모두 거둬 갔다. 몸속에 남겨진 해파리는 스물네 시간 안에 대변으로 배출된다고 했다. 다음 날 오후부터 시간차가 조금씩 있었을 뿐 사람들은 하나둘 해파리를 변기로 흘려보냈다. 이미 임무를 마친 해파리를 다시 거둘 필요는 없었다. 다만 배출하는 것은 중요했다. 적어도 스물네 시간 안에 배출하지 못한 사람에게는 더더욱 그랬다.

장의 해파리는 소장 점막에 붙어 있었다. 일흔두 시간째였다. 엑스레이 속의 해파리는 대낮에 포착된 유에프오처럼 흰색이었다. 이물질이었으나 무언가가 들어온 것이 아니라, 무언가가 증발한 흔적처럼 보였다.

의사는 장도 아는 금기 사항들을 하나씩 짚어 갔다. 캡슐 내시경 검사 전 여덟 시간의 공복을 지키셨습니까, 철분제를 복용하고 있진 않으셨습니까, 혹시 다른 약을 드신 것은 없습니까, 검사 당일 몸에 로션을 바르셨습니까, 드린 약은 드셨습니까, 캡슐 내시경을 복용한 후의 활동에 대해 말해 주시겠습니까.

"똑같았는데요. 회사에 와서 업무를 봤고, 다섯 시에 수신기를 다 거둬 가시기에 드리고, 여덟 시 가까이 돼서 퇴근했어요."

윤고은

"주로 하시는 업무가 어떤 겁니까?"

"타이어 개발이죠, 뭐. 전 스페어타이어를 담당해요."

의사가 구체적으로 설명을 기다리는 것 같아서 장은 그날 무슨 일을 했는지 곰곰이 생각해 보았다. 딱히 특별한 것은 없었다. 평소와 다름없이 회의를 했고, 양산 직전의 모델에 대해 트리밍을 했다.

"트리밍요? 정확히 어떤 겁니까?"

"양산 직전의 타이어가 마지막으로 거치는 단계라고 보시면 되는데, 보통 타이어가 공장에서부터 둥글게 만들어져 나온다고 생각하기 쉽지만 실제로 타이어는 완벽하게 둥글지는 않거든요. 표면이 울퉁불퉁하죠. 그런 돌출부를 깎아 내는 겁니다."

"어떤 도구를 쓰는 겁니까?"

"면도기처럼 칼날이 달렸어요. Y 자 모양으로 끝이 나누어져 있고, 그걸로 양털 깎듯, 머리털 깎듯, 타이어 위를 매만지는 거죠. 붕어빵 생각하시면 될 것 같네요. 붕어빵틀에서 구워져 나온 붕어빵 모서리가 매끈하지는 않잖아요. 꼬챙이로 형태를 다듬죠. 삐져나온 부분들."

"그게 주 업무입니까?"

"업무의 일부분이죠."

타이어 위로 칼날이 움직이면서 표준 규격에 어긋나는 것들을 베어 낼 때의 느낌을 장은 좋아했다. 몸 외부에 붙어 있는 거라면 해파리도 칼로 깔끔하게 잘라 낼 수 있을 것 같았다. 그러나 해파리는 장의 내부에 있었다.

"소장이 갑자기 좁아졌다든지 하면 잘 배출되지 않는 경우도 있을 수 있죠. 결국 배변으로 배출되는 속도의 문제니까 너무 신경 쓰지 마시고, 혹시 주말이 지나도 그대로면 다시 봅시다."

처음부터 내키지 않던 검사였다. 장이 받은 검진 결과는 특별할 것도 없었다. 위장염이 조금 있는 건 전부터 알고 있었던 거고, 지금은 위장염보다 더 큰 스트레스를 얻고 말았다. 장은 이런 경우가 자신에게만 벌어진 것인지 궁금했다. 물론 장이 아는 사람들은 모두 해파리를 배출했다. 그것을 깨끗이 씻어서 따로 보관한 사람도 있었다. 그러나 주말이 지나도 장의 몸속 해파리는 배출되지 않았다. 물을 많이 마시고 장을 비운다는 약까지 먹었지만 해파리는 나오지 않았다. 변비도 아닌데 속이 더부룩했다.

캡슐 내시경 해파리의 수명은 이미 오래전에 끝났다. 그 몸체에 붙어 있는 배터리 두 개가 지속할 수 있는 시간은 길어야 스무 시간이었고 이미 허리춤에 있던 수신기도 떼어 냈지만, 어쩐지 장은 몸속에서 아직도 해파리가 작동 중인 것만 같아 꺼림칙했다. 배터리와 수신기를 모두 떼어 낸 것도 불안감을 가중시켰다. 아직 몸속에 무언가 작동 중인 물체가 전원이 켜진 상태로 존재하는 것도 두려웠지만, 모든 리모컨이나 연결 고리를 끊고 홀로 유영하는 물체로 남아 버린 것은 더 불안했다. 개복 수술 후에 의료용 가위를 몸속에 품게 되었다든지, 실수로 반지를 삼킨다든지 하는 일들은 세상에서 종종 일어났고, 기존에도 캡슐 내시경이 몸 밖으로 배출되지 않아 수술을 한 사례들이 있었다. 그러나 장이 느끼는 이물감은

윤고은

그런 종류가 아니었다.

해파리는 회사를 연결 고리로 하여 장의 몸속으로 들어온 물건이었다. 회사가 아니었다면 장은 그 검사를 받지도 않았을 것이다. 장은 자신의 모든 것이 캡슐 내시경 해파리를 통해 어딘가로 보고될 것 같은 공포를 느꼈다. 그리고 어느새 그 공포는 만성적이 되고 있었다. 장은 회사에서 사용하는 컴퓨터로는 어떤 사적인 것도 검색하지 않았다. 장은 모든 사적인 관심사는 휴대 전화로만 검색했는데 그 역시 안전하지는 않았다. 장이 생각할 때 자신을 엿볼 수 있는 구멍은 컴퓨터나 휴대 전화 혹은 사무실이나 기숙사에 설치된 것이 아니라 장의 몸에 있기 때문이었다.

몸 내부가 어딘가로 보고되고 있다는 심증은 몇 가지 구체적인 일들로 더 확고해졌다. 장은 늘 금연임이 분명한 휴게실에서 담배 냄새가 나는 사실이 불만이었는데, 최근 들어 그 강도는 더 심해졌다. 경영진이 바뀐 후 휴게실은 대놓고 흡연실이 되었고 장이 받는 스트레스는 더 커졌다. 다만 표현하지 못하고 있었을 뿐인데, 며칠 후 휴게실에 공기 청정기가 설치되었고, 휴게실에 금연 표시가 늘어났다. 들리는 이야기에 따르면 비상구 쪽에 흡연실을 따로 짓는다고 했다. 장이 바라던 바였으나 어쩐지 떨떠름했다. 복도에서 마주친 팀장이 장에게 이런 말을 한 것도 마음에 걸렸다.

"이제 담배 냄새 안 나지?"

팀장은 장의 어깨를 가볍게 두드렸다. 단지 장의 어깨가 팀장의 손이 닿기 좋은 거리에 있었다고 해도, 그가 던진 말은 사소하면서도 부담스러울 만큼 컸다. 그 말을 하는 순간에도 팀장에게서는 지독하게 쩐 담배 냄새가 났다. 팀장은 장의 얼굴을 보고 많이 아픈 게 아니냐고 했다. 요새 장이 많이 듣는 말이었다. 누구나 장에게 어디가 아프냐고 물었다. 장의 사정을 아는 사람이든 모르는 사람이든 관계없었다.

장 역시 자신의 몸에서 이상을 느꼈다. 그러나 그것은 무언가가 들어온 느낌이 아니었고, 오히려 무언가가 사라진 느낌이었다. 이물감이 아니라 공백이 장을 불편하게 했다. 몸속에서 질긴 무언가가 툭, 하고 끊기는 느낌이랄까. 몸속에 쓸데없는 것이 붙어 있을 리 없고, 몸속에 붙어 있는 것들은 거의 매우 중요한 것들일 텐데, 그 중요한 무언가가 잘려 나간 후, 수소 풍선처럼 위로 붕 솟아오른 것만 같은 느낌이 들었다. 잘려 나간 것이 무엇인지 그 후로 어떻게 되었는지 알 수 없다는 점이 더 불안했다.

장은 삼 년 전에 P로 왔다. 아내와 아들을 미국에 보내 놓고, 고시원이나 자취방을 알아보던 장에게 P행은 꽤 매력적이었다. 기숙사가 있다는 것도 적절했다. 장이 이사를 오던 날, 짐은 24인치 트렁크 두 개뿐이었지만, 회사 측에서는 장의 옛 주소로 이삿짐 차량을 보내 주기까지 했다. 이삿짐센터 직원 두 명이 각각 트렁크 한 개씩을 들기 위해 새벽부터 먼 곳으로 달려왔을 생각을 하니, 황송할 지경이었다.

장은 창밖을 바라보았다. 시야를 가리는 것은 없었지만 숨겨진

윤고은

풍경의 끝은 지금 장이 서 있는 곳과 대칭을 이룰 것이었다. 검은색 초고층 건물이 원형의 한 부분을 이루고 있을 테고, 그 건물 역시 P사 소속일 것이다. 이 건물들을 모두 연결하면 검은 원이 되었고, 하늘에서 내려다보면 타이어 모양이 되는 구조였고, 이 타이어가 P시 면적의 삼 분의 이를 차지했다. 웬만한 가게는 모두 타이어 모양의 회사 단지 안에 들어가 있었고, 간혹 그 안에 들어가지 못했더라도 회사 사람들의 동선을 고려해 분포되어 있었다. 은행이나 우체국, 종교 시설과 시청조차도 엄밀히 말하면 타이어 안에 있었다.

장도 타이어 안에 있었다. 그는 삼 년 전에 이곳에 온 이래로 P를 벗어난 적이 없었다. 그럴 필요가 없었던 것이다. 회사에서는 야유회도 가고 여행도 갔지만 모두 이 도시 안에서 이루어졌다. 공항과 항구, 기차역을 빼고는 모든 것이 다 있었다. 버스 노선이 잘 짜여 있어서 자가용은 무의미했다. 타이어 회사 직원들임에도 불구하고 자가용을 모는 사람들은 생각보다 많지 않았다. 필요를 못 느꼈기 때문에 차는 처분되거나 주차장에 전시되었다. 물론 모든 버스는 회사 카드키로 이용이 가능했다.

장은 입사 초기에 겪었던 찜찜함을 다시 느꼈다. 그때는 어느 치과에서 P사 전 사원들에게 스케일링권을 협찬해 주었는데, 그 스케일링으로 장은 심한 감기를 얻었다. 팀원들과 함께 치과로 가서 자리에 누웠던 장은 의사의 손이 자신의 입으로 들어올 때 낯선 침 냄새를 느꼈다. 자신도 모르게 입을 오므리려고 하자, 의사가 말했다.

"아 하세요, 크게."

장은 의사의 손이 자신의 입에서 떠나 어디로 가는지를 주시했
는데 손에 낀 얇은 장갑을 교환하는 일 없이, 세척하거나 소독하는
일도 없이 다른 이의 입속으로 옮겨갔다. 장이 바로 이의를 제기하
지 않은 것은 장에게 들어왔던 침 냄새의 주인들이 민망해할 것 같
아서였다. 아마 장의 침 냄새도 다른 누군가가 맡았을 테니. 아무도
불만을 제기하지 않는다는 사실이 장은 더 불만이었는데, 아니나
다를까 다음 날 장은 심한 감기를 얻었다. 그 후 장은 회사에서 신
청자를 받는 행사에 늘 부정적이었다.

이번 해파리 사건도 비슷하게 억울했다. 회사 협찬이 아니었다
면 이 병원과 연관될 일도 없었을 게 아닌가 생각하자 목에서 가래
가 뒤엉키는 느낌이 들었다. 장은 일주일에 한 번씩 병원을 찾았는
데, 삼 주가 넘어가도록 해파리는 배출되지 않았다.

"혹시 배터리가 아직까지 작동하는 거 아닌가요?"

장이 퉁명스럽게 묻자, 의사는 여유롭게 받아쳤다.

"벌써 삼 주가 넘었는데, 그렇게 지속되는 배터리가 있다면 정말
획기적인 발명이겠지요."

"내시경 촬영을 한다고 해서 머릿속 생각이 읽히거나 하는
건…… 아니겠죠?"

"그런 내시경이 있다면 역시 획기적인 발명이겠지요."

획기적인 건 다른 곳에 있었다. 물론 의도한 바가 아니어서 문

윤고은

제가 되었지만, 장은 그의 몸속 내시경이 정말 해파리라도 되는 듯 자라나고 있다는 이야기를 들었다. 네 번째 검사를 하던 날이었다. 의사는 그간의 진료 결과를 가지고 와서 해파리가 자라고 있다는 말을 했다. 마흔에 몸속의 무언가가 자란다는 것은 대체로 부정적인 의미였다. 종양이 자라거나 혹이 자라거나. 그런데 이물질이 자라다니.

"환자분 몸속 해파리의 총 길이를 y라고 하고, 주 차를 x라고 해봅시다. 그럼 오늘이 삼 주 차니, 이런 공식이 생깁니다. y=3x."

장의 생각을 읽기라도 한 듯, 의사가 얼른 덧붙였다.

"물론 y값이 환자분의 키를 넘어서기 전에 몸 내부가 먼저 파열됩니다. 그런 일이 없도록 해야 될 텐데, 문제는 지금 환자분에게는 개복 수술도 의미가 없다는 겁니다. 해파리의 동선을 파악할 수가 없고, 소장 깊숙이 있다면 빼내기도 쉽지 않습니다."

"그게 제 잘못입니까? 그건 그쪽 실수였습니다."

"이만 명 중에 딱 한 분 문제가 생긴 겁니다. 이런 건 환자분 개개인의 몸 상태가 더 큰 영향을 미치죠. 이제 저희가 드리는 약으로 이걸 녹이는 수밖에 없습니다. 아니면, 레이저 시술을 하시든지. 하지만 레이저도 아직 딱 맞는 것은 없습니다. 가능성일 뿐이죠."

그러나 이 역시 일단 경과를 지켜본 후에 할 수 있다고 했다. 아직 100퍼센트 해결책은 병원에서도 찾지 못한 듯했다. 장은 병원에서 들은 이야기를 누구에게도 하지 않았지만, 이미 상부에 보고가 된 모양이었다. 해파리가 문제가 아니라 P와 P 사이의 유기적인 관계가 더 문제였다. 팀장의 호출이 있었고, 장은 괜찮겠느냐는 질문을 받았다. 뭐가 괜찮으냐는 것인지 장은 알 수 없었는데, 컴퓨터를 켜자마자 곧 알게 되었다. 그 캡슐 내시경에 들어간 성분 중 하나가 인체에 유해하다는 기사가 떠 있었다. 장시간 닿을 경우 문제가 됐는데, 대부분은 스물네 시간 내에 인체 밖으로 배출하므로 문제가 없다는 얘기였다. 어쨌거나 이 문제를 해결하기 위해 시판되었던 해파리는 모두 수거했다는 말이 맨 마지막 문장이었다. 더불어 문제를 일으킬 만한 다른 의료 장비와 약품들도 모두 수거되었다. 그중 하나는 아직 수거되지 못하고 장의 몸속에 들어 있었다. 그것도 자라는 채로.

장의 동선은 늘 같았다. 기숙사에서 사무실까지는 꽤 거리가 있었지만, 정해진 엘리베이터를 잘만 골라 타면 이십 분 안에 갈 수 있었다. 장은 사람들의 시선을 통과해야 했다. 사람들은 장을 관찰했으나 가까이 오지는 않았다. 장의 착각일 수도 있었지만, 착각이 아닐 가능성이 더 높았다. 엘리베이터에 몸을 실었을 때 누군가가 해파리, 라고 말하는 것을 들었기 때문이다. 사람들은 그를 보면 그 얘기를 하는 게 분명했다. 겨우 사무실에 도착한 장은 컴퓨터를 켜기 전에 책상 위에 놓인 가족사진을 서랍에 넣었다.
"기사 뜬 거 보셨어요? 그거요."
메신저로 그렇게 물어 온 것은 후배였다. 장은 무슨 이야기인지 알 것 같았지만 그게 뭐냐고 되물었다. 결국 후배 입에서 해파리요,

윤고은

해파리, 하는 답을 듣고 말았다. 기사는 이미 삭제되었다. 그 비슷한 기사도 찾을 수 없었지만, 회사 사람들은 이미 모두 그 기사를 보았다. 장도 보았다. 후배는 장에게 너무 신경 쓰지 말라며 농담처럼 해파리에 대한 정보를 알려 주었다. 캡슐 내시경이 아니라 진짜 해파리에 대한 정보였는데, 그중에 최악은 해파리의 외국어 표기가 메두사와 같다는 점이었다. 프랑스어로 메두사라는 말이 해파리를 가리킨다고 했다. 그 얘기를 지금 왜 하는 거야, 라고 묻자, 후배는 그냥 그렇다고요, 아는 사람이 별로 없는 것 같아서, 라고 말했다.

"메두사라면, 머리카락이 뱀으로 바뀐 애들 아니야? 쳐다보기만 해도 돌이 되는."

"페르세우스가 머리를 자르잖아요, 완벽하게."

후배는 말끝에 'ㅋ'을 여러 번 덧붙였다. 웃음의 의미였겠지만, 장에게는 그것이 도끼날처럼 보였다. 어느 책에 따르면 회사에서는 블랙리스트와 엔젤리스트를 보유하고 있다고 했다. 그래서 조직은 어떻게 해서든 끝까지 보호할 사람과 어떻게 해서든 밀어낼 사람을 구분해 낸다고 했다. 그런 이분법에 따르면, 그 후배는 엔젤리스트에 올라 있을 사람이었다. 그래서 장은 그를 '엔젤'이라고 불렀다. 조금 비꼬는 표현이었지만, 그렇게 부르는 사람이 장 하나는 아니었다.

후배의 말 때문인지 장은 사람들을 제대로 쳐다볼 수 없었다. 장의 동공이 상대방을 석화시키는 건 아닐 텐데, 장의 시선이 부딪칠

만한 눈동자가 없었다. 장은 점심으로 죽을 먹었지만 소화는 잘되지 않았다. 가래가 자꾸 끓어오르는 것 같아서 음식물을 편하게 넘길 수가 없었다. 겨우 넘긴 음식물은 돌이 된 것 같았다. 메두사와 마주친 사람들의 눈 같기도 했다. 그 주는 내내 그랬다. 위안이 된 것이 있다면 그 주 주말부터 기숙사 방을 혼자 쓰게 되었다는 것이다. 룸메이트가 이직을 한 것인지, 집을 얻어 나갔는지는 몰라도 이제 볼 수 없었다. 언제 짐을 빼 갔는지도 알 수 없었는데, 탁자 위에 쾌차하길 바란다는 메모가 남아 있었다. 한 사람이 나갔을 뿐인데 집이 다소 썰렁할 만큼 넓어 보였다. 그래 봤자 여덟 평 원룸인데 그 안에 숨은 여백이 있었다.

인사이동 시기였다. 팀장이 호출을 했을 때, 장은 자신이 어딘가로 이동될 거라 예상했고, 생각처럼 그렇게 되었다. 팀장은 장을 연구소장에게로 데려갔다. 작별 인사의 수순이었다. 장은 어쩐지 담배에 예민했던 것이 조금 후회스러웠다. 소장은 장을 보자마자 이제 담배 냄새는 괜찮지? 하고 말했던 것이다. 그 말이 '담배 냄새가 안 나지'라는 의미인지 '나도 괜찮지'라는 의미인지 헷갈렸지만, 장은 고개를 열심히 끄덕였다.

장에게는 삼 개월의 병가가 주어졌다. 회사 측은 완치되면 복귀시키겠다고 했지만, 어떻게 완치할 수 있는지는 누구도 몰랐다. 소장은 그의 어깨를 두드리며 말했다.

"작년에 나도 해파리한테 물려 봐서 알지. 사이판에서 말이야. 지독했지. 병원에 가니까 의사가 해파리는 별거 아니라고, 여름철

윤고은

만 되면 활개 치는 모기 같은 놈이라고 했지만, 상황은 그렇지 못했어. 약을 먹었더니 속이 다 뒤집히더군. 위장병이 합병증이었지."

"전 해파리에 물린 적이 없어요."

소장과 개인적인 대화를 나눠 보기는 처음이었다. 어려울 법도 했지만, 퇴직의 순간이 되자 장은 소장조차도 아주 편하게 느껴졌다. 소장은 또 한 번 그의 어깨를 툭툭 치면서 말했다.

"먹는 놈과 쏘는 놈은 다르다네. 알고 있었나?"

"아뇨, 전 별 관심도 없었습니다."

"다르다더군. 쏘는 놈이라면 끔찍하지. 가족들이 미국에 있다고 했나? 얼른 완치하고 다시 돌아오라구. 이번 스페어타이어 개발을 송 과장과 함께 했다지? 기대가 크니 어서 돌아오게."

장은 떨떠름한 표정을 감추지 못했다. 그는 한 번도 아내와 아이가 미국에 있다는 말을 하지 않았다. 일부러 숨기려고 한 것은 아니었지만, 장은 개인사에 대해 자세히 말하지는 않았다.

예전에는 통근 버스에 카드키를 대기만 하면 회사와 기숙사 간의 동선이 완성되었지만, 이제 장의 카드키는 읽히지 않았다. 장은 기숙사까지 가는 대중교통편을 겨우 찾아서 어렵게 귀가했다. 버스를 두 번이나 갈아타고 돌아와 텅 빈 기숙사로 왔을 때, 장은 자신이 왜 이인실 기숙사를 일인실로 사용하고 있는지 알 것 같았다. 위험한 이물질을 품은 사람과 방을 함께 쓰려는 지원자가 없었던 것이다. 입사 이래 계속 혼자 방을 쓰게 될 날을 꿈꿨지만, 그것이 이런 방식으로 이뤄질 줄은 몰랐다.

접근 금지 구역도 많아졌다. 주로 이용하던 은행과 스포츠 센터, 슈퍼마켓과 식당조차 P사 구역 안에 있었기 때문에 접근할 수 없었다. 그나마 기숙사를 휴직 기간 동안 사용할 수 있는 것도 기적이었다. 병원도 바뀌었다. 회사를 통해 갔던, 그 해파리 문제를 일으켰던 병원은 접수하기도 힘들었을뿐더러, 이야기가 통하지 않았다. 장은 이 문제가 병원 측의 실수라고 생각했지만, 병원에서는 장의 몸이 불량했기 때문이라고 생각하는 것 같았다. 장은 그 문제를 일단 보류해 두었다. 어떻게든 손을 써야 할 텐데 힘이 없었다.

출근하지 않는 월요일이 돌아오자 우편물이 날아왔다. 그 서류의 발신인과 수신인을 보고, 장은 자신이 더 이상 P사의 소속이 아니라는 것을 재차 확인했다. 발신인은 세무서였고, 수신인의 주소는 P259가 아니었다. 더 이상 알파벳과 몇 개의 숫자만으로 장을 설명할 수는 없었다. 장은 이 도시에 온 이래 늘 이 집에서 지냈는데, 휴직과 동시에 주소가 바뀌었다는 점이 어색했다. 내용물은 세금 청구서였다. 장의 병원 진단서와 함께 해파리의 성분이 분석되어 있었다.

'공해 유발 가능성 80퍼센트, 소음 유발 가능성 45퍼센트, 수질 오염 가능성 20퍼센트, 토양 오염 가능성 21.5퍼센트. 환경 부담금 총 27.5퍼센트 인상 예정.'

밥을 사 먹기 위해 자주 들르는 식당에 물어보니, P사 직원이 아니면 이 도시에서는 누구나 환경 부담금을 내도록 되어 있다는 것이었다. 그것은 소득 여부와 관계없는, 기본적으로 내야 하는 세금으로 보통은 그렇게 많은 금액이 아니라고 했다. 보통은 식품이나 환경 관련한 범죄를 저지를 때 갑자기 많은 금액이 부여되는 거라고.

그 말을 들으니 더욱더 환경 부담금을 내고 싶지 않았다. 장은 세무서에 가기 위해 식당에 길을 물었지만 알아들을 수가 없었다. 길 한복판에서 헤매기도 했다. 몸속 장기들이 시한폭탄처럼 초 단위로 숨을 쉬는 기분이었다. 결국 장이 녹초가 되어 기숙사로 돌아왔을 때, 문 앞에는 세무서 직원이 기다리고 있었다. 직원은 장을 데리고 근처 찻집으로 가더니 엄청난 분량의 서류를 꺼냈다.

"회사에서 단체로 검사를 한 건 문제가 되기 힘듭니다. 다른 사람들은 모두 정해진 시간 안에 해파리를 배출했으니까요. 배출 못한 건 장형준 씨의 개인사예요. 그래서 저희는 장형준 씨에게 책임을 물을 수밖에 없는 겁니다. 저희가 걱정하는 건 말이죠, 이물질이 장형준 씨 본인 몸보다 더 커질 경우예요. 장형준 씨 키가 현재 얼마죠?"

직원은 서류에 적혀 있는 장의 키를 보면서 물었다. 장이 대답했다.

"백칠십사요."

"그렇죠? 몸무게는 얼마죠?"

역시 몸무게가 적혀 있는 부분을 볼펜 끝으로 가리키면서 직원이 물었다.

"육십팔, 구?"

"그렇죠? 지금 현재 이물질의 가로세로의 길이는 뭐 거의 하루가 다르게 쑥쑥 자라나고 있죠?"

그 부분에서 직원은 볼펜을 내려놓았다.

"우리가 걱정하는 바가 바로 그겁니다. 지금 이물질이 자라는 속도라면 적어도 이 년 안에는 장형준 씨 몸 밖으로 이물질이 이 정도 삐져나오게 되는 건데, 그렇게 되면 이건 장형준 씨만의 문제라고 볼 수는 없겠죠. 사회적이고 국가적인 문제죠. 최근에 그 이물질에 비환경적인 성분이 많이 들어 있다는 발표도 났던데, 적어도 우리 P시에는 영향을 끼치지 않겠습니까?"

장의 초점은 점점 멍해졌다. 가끔 상대방이 볼펜을 위협적으로 빙글빙글 돌릴 때만 동공이 식탁 위에 놓인 달걀처럼 댕글댕글 흔들리다가 또다시 멍해졌다.

"좀 더 비유적으로 말씀드리자면, 우리가 우체국에 가서 소포를 부칠 때 생각해 보세요. 그때 보면, 상자 크기가 있거든요. 1호, 2호, 3호, 그리고 뭐, 쭉쭉 다양한 크기의 상자들이 있을 텐데, 우리가 부치려고 하는 품목이 1호 상자에 안 들어가요. 삐져나온다 그 말입니다. 어느 정도는 대략 칭칭 감으면 눈감아 줍니다. 그게 인지상정이니까요. 그런데 만약에 1호 상자 크기를 넘어서 2호 상자로도 부족할 것을 1호 상자에 욱여넣고 보내면 어떻겠습니까? 물건도 손상되고, 택배 회사도 난감할 거고, 심지어는 같은 택배 회사 트럭을 이용하는 다른 물건들도 간접적으로 피해를 볼 거라 그 말입니

윤고은

다. 그러면 어떻게 합니까?"

"2호 상자에 넣나요? 이봐요, 아니, 저, 이물질이 이거 하나만은 아니잖습니까. 화장실 안 가십니까? 이물질 모두 내보내잖아요."

직원은 다시 손가락 사이에서 볼펜을 굴리기 시작했다. 싱글싱글 웃으면서, 이미 많이 들어 본 반박이라는 듯이, 직원의 입이 여유롭게 열렸다.

"그건 누구나 다 하는 거니까요. 누구나 다 하는 건 공평한 겁니다. 이미 모두 세금을 내고 있거나, 모두 감면받고 있거나, 둘 중 하나니까요. 그렇지만, 이건, 특수한 경우잖습니까. 당신 몸을 넘어서 세상으로 기어 나오는 것에 대해 어떻게 책임질 거냔 말이죠. 세금을 내시면 시에서 해결해 준다 그겁니다. P시는 친환경 도시로 상도 받았어요."

"해결요?"

"아, 의료적인 부분 말고, 장형준 씨가 도시에 끼치는 환경적인 부분에 관해서만 말이죠. 그게 환경 부담금을 받는 도시 입장에서 할 수 있는 거니까요. 그러니까 환경 부담금이 바로 1호 상자에서 2호 상자로 업그레이드하는 비용이라 그겁니다."

장은 1호에서 2호 상자로 업그레이드하는 비용을 내지 않았다. 그는 세금에 대한 이의를 제기하려고 했지만, 그 절차를 밟을 수는 없었다. 접수 절차가 까다로워서 필요한 서류를 모으는 데도 너무 많은 시간과 돈, 그리고 인내심이 필요했다. 장은 얼마 후 체납자로 분류되었다. 몸속 이물질의 성장에는 가속이 붙은 것 같았으나, 그보다는 항상 체납액에 대한 가산금이 더 빠르게 불어났다.

장의 귓가에는 이제 해파리의 투명한 몸이 그의 장기들을 쓸고 가는 소음이 들렸다. 그것이 상상인지 현실인지 구분되지 않았다. 움직일 때마다 출렁, 이상한 소리가 났다. 장이 멈춰 섰다. 다시 한 걸음 움직이려고 하니, 또 한 번 움직임이 느껴졌다. 그것은 소리이기도 했고, 진동이기도 했다. 심장도, 위도, 폐와 신장도 움직였다. 목젖은 마치 스피커와 같아서 소리를 흡수해 더 크고 둥글게 퍼뜨리는 듯했다. 위가 물 찬 바다처럼 느껴졌다. 가끔 신물이 올라오기도 했다.

P사 직원이 아닌 사람들은 유용했다. 장은 식당 주인에게서 정보를 얻어 한 병원을 찾아가기로 했다. 그 병원은 P시의 끝자락에 있는 듯했다. 그게 아니라면 P시가 장이 생각한 것보다 훨씬 더 큰 규모인 게 분명했다. 병원에 왕복하는 데만 거의 네 시간 가까이 걸렸는데, 택시가 거의 없었고 병원으로 가는 대중교통도 직행이 거의 없었기 때문이다. 병원은 꽤 컸다. 5층짜리 건물에서 장이 찾아간 곳은 3층에 있는 흉부외과였다. 흉부외과를 나서면서 4층 내과로도 찾아가 보았다. 이렇게 한 층씩 올라가다가는 언젠가 천장을 뚫고 하늘로 승천할 것 같은 기분이었다. 그러나 아마 승천하기 전에 돈이 떨어질 것이 분명했다.

의사는 장의 몸속 영상을 보여 주었다. 해파리는 리듬을 타고 있었다. 머리는 바람이 적당히 빠진 축구공처럼 부풀고, 다리는 메두

윤고은

사의 머리카락처럼 흐느적거렸다. 해파리는 장의 몸속 바다를 유영하고 있었다. 그렇게 해파리는 의사와 장 사이의 말을 지워갔다.

"진짜 해파리의 움직임 같네요."

영상을 들여다보던 의사는 해파리의 움직임을 심리 치료용으로 사용하기도 한다는 말을 해 주었다. 그것이 장에 대한 위로일지 치료에 대한 정보일지는 몰라도, 그 말은 장에게 인상적이었다. 해파리가 이동할 때 생겨나는 몸체의 율동은 인간의 심장 박동과 비슷하게 진동한다고 했다. 그래서 그 움직임을 보면 사람들은 심리적으로 편안함을 느끼게 된다고 했다. 물론 그건 해파리와 같은 물 안에 있지 않을 때에야 가능한 효과였다. 어느 정도 거리를 두고 오로지 관상용으로만 해파리를 관찰할 수 있을 때 그 율동은 아름다웠다. 해파리의 동선을 따라가는 동안 장은 마음이 편안해졌고, 잠시 저 해파리의 바다가 자신의 몸속이라는 사실을 잊을 수 있었다.

장이 송과 마주친 건 병원에 두 번째로 갔던 날, 병원 로비에서였다. 우연이었다. 장은 암담했고 송은 담담했다. 송은 담배를 피웠다. 송도 몸속의 잔해로 인해 고민 중이었다. 송은 장 이후에 두 번째로 휴직 처리 되었다. 장은 송이 자신과 똑같은 증상을 앓고 있었다는 사실에 놀랐다. 송은 분명히 검사 다음 날 아침, 화장실에서 캡슐 내시경을 배출했다고 말하지 않았던가.

"불안했지. 거짓말이었어."

송은 담배를 비벼 끄며 대답했다. 장이 휴직 처리 되는 것을 보고 증상을 숨겼지만 결국 송도 같은 처지가 되고 말았다. 그다음 몇 차례의 건강 검진이 더 있어 들통이 났던 것이다. 송 말로는 몇 명이 더 비슷한 이유로 카드키를 반납했을 거라고 했다. 송은 장에게 최대한 환경 부담금을 열심히 내라고 말했다. 다른 빚을 져서라도 시에서 체납자로 찍히는 일은 하지 말라고. 송은 환자보다 체납자가 더 안 좋은 단어라고 믿는 게 확실했다. 그리고 송은 말했다. 회사를 고발할 거라고. 목소리가 작았지만 단호했다.

"이의를 제기할 거야. 이건 명백히 그 병원의 실수고, 회사 측에서도 반강제적으로 시도한 검사니만큼 책임을 져야 해. 여기 의사 선생님의 소견도 받아 놨어. 다른 시의 변호사와도 이야기를 마쳤고, 자료를 모으는 중이야. 그리고 지금 회사에 우리가 하던 업무가 텅 비어 있대. 그 분야에 빈 구멍이 두 개나 났는데 적임자가 없는 거지. 아직 휴직 중일 때 회사 쪽에서 우리에 대해 겁을 먹도록 해야 돼. 잘되면 복귀할 수도 있지 않겠어?"

송은 담담했지만 낯빛이 창백했고, 몸은 앙상하게 말라 있었다. 눈빛이 퀭했다. 장은 송과 눈을 마주치지 못했다. 장은 앞에 놓인 물컵으로 송의 얼굴을 비춰 보았다. 송은 회사 밖에서도 분명 모범적이었다. 성실한 납세자였고, 늘 담담했다. 그런 송이 이렇게 치밀하게 회사에 대해 복수를 준비하고 있다는 것을 알자, 장은 더럭 겁이 났다. 우리의 상황이 그렇게 심각한 것인가, 하는 생각까지 들었던 것이다. 게다가 이 이야기를 누군가 엿듣는 것이 아닐까 하는 생각에 장은 계속 주변을 두리번거렸다. CCTV나 도청 장치 혹은

윤고은

사람들의 눈과 귀가 두려운 것이 아니었다. 조금 더 막연한 두려움은 내부에서부터 시작되었다. 장은 여전히 자신의 몸속을 유영하고 있는 해파리가, 전원이 오래전에 나간 그 해파리가 이 이야기를 들을까 봐 두려웠다. 송은 다시 한번 말했다.

"이의를 제기할 거야. 조만간 연락할게. 여기서 만나자. 네 도움이 필요할 수도 있어."

회사에서 말한 삼 개월은 바닥나고 있었다. 마치 장의 주머니가 비어 가는 것을 아는 것처럼 환경 부담금은 급속도로 불어났다. 장은 포화 직전의 용액처럼, 끓는점을 겨우겨우 모면해 가며 도시 안에서 살고 있었다. 통장 잔고가 영이 되고 부채가 무한대를 향해 불어나고 마침내 삼 개월이 다하면, 기숙사도 쓸 수 없게 되고 거리로 내몰릴지 몰랐다.

송과 헤어져 돌아오는 길, 달은 희미했고, 별은 드물었고, 선명하게 존재하는 것은 고층 빌딩의 옥외 광고판뿐이었다. 광고판 속에서 P 타이어가 어두운 달처럼 떠 있었다. 장은 터미널에 가기 위해 주소를 적어 왔지만, 밤에 터미널을 찾기란 쉽지 않았다. 적어 둔 주소지에는 터미널이 없었다. 장은 막연히 이 도시에서 연결되는 다른 도시의 이름들을 더듬어 보았다. 택시라도 부른다면 어디라도 갈 수 있었다. 문제는 교통편이 아니었다. 장은 어디로 가야 할까, 삼 개월이 다하고 있다는 것이 불안했다. 송의 계획이 잘 성사된다면 장에게도 좋은 결과가 올 수 있었다. '무죄'임이 밝혀지며 회사로 복직하거나, 그게 아니라면 괘씸죄로 영영 방출되거나.

그러나 그 경우에라도 피해 보상금을 받을 수 있을 것이었다. 장은 차라리 두 번째 경우가 더 낫겠다는 생각을 했다. 회사로 돌아갈 수 있을 것인가. P시에 머물 수 없다면 이곳을 떠나야 했다.

장의 몸속에서부터 무언가가 크게 용솟음치는 듯한 진동이 울렸다. 마치 롤러코스터가 전속력을 다해 레일을 오를 때의 그 몸짓과 같은 가래였다. 장은 무심코 손을 뻗어 크리넥스를 톡, 뽑아 들었다. 한 장으로는 부족했다. 크리넥스 다섯 장이 포개진 손바닥 위로, 롤러코스터가 레일을 내려올 때와 같은 몸짓으로, 거대한 가래가 튀어나왔다. 습관적으로 휴지를 구기려던 장이 다시 휴지를 펴 들었다. 가래는 이상했다. 그것은 가래였으나, 온전한 가래는 아니었다. 이상한 색감의 물체들이 녹아 있었다. 그는 거울 앞에 서서 하, 하고 입을 벌렸다. 그의 목젖 뒤에 무엇이 있는지는 몰라도 그 안으로부터 끊임없이 점액질의, 그의 것이 아닌 액체들이 나왔다. 그가 처음으로 들여다본 그의 목젖 너머에는 어둠이 있었다.

장은 텔레비전 소음을 줄이고, 전화기를 집어 들었다. 걸 곳은 이제 한 군데뿐이었다. 아내와 아이는 뉴저지에 있었다. 떨어져 있는 시간과 거리가 길수록 주고받는 말은 점점 짧아졌다. 할 말이 줄어든 것이 아니라 생략과 선별을 거듭하는 과정에서 정말 중요한 사건이 아니고는 걸러 내는 습관이 자라났던 것이다. 걸러 내고 걸러 내고 걸러 내고 생략하고 생략하고 생략하고 그 와중에 남은 말들만 태평양을 건너갔다.

'목젖 아래 뭐가 사나 봐. 뭔가가 계속 기어 나오네. 이를테면 해

파리 같은 거?'

　이렇게 말하면 아내는 뭐라고 할까. 가장 최근에 태평양을 건너
간 말은 보너스를 입금했다는 말이었고, 그 전에 나눈 말은 환율
때문에 득을 보았다는 말이었다. 태평양을 건너는 말은 이를테면
그 정도의 권위가 있어야 했다. 뉴저지의 청중들에게 그는 캡슐이
니 해파리니 하는 사건을 들려줄까 말까 심각하게 고민했다. 고민
은 지루하게 이어졌다. 긴급한 용건이 있는 사람처럼 전화기를 집
었던 시작에 비해 끝은 과도한 고민으로 흐지부지되고 있었다. 그
가 어렵게 전화기를 들었을 때 긴장감은 최고조가 되었지만, 바다
건너편에서 아들 목소리가 들리자 그만 맥이 탁, 풀리고 말았다. 그
는 벌어진 일을 잠시 잊고 뉴저지 어느 주택가에서 들려오는 소음
에 귀를 기울였다. 평온하고 바쁜, 일상적 소음. 전화를 끊고 나서
야 장은 현재를 기억했다. 이미 아내는 호적상 남남이었다. 아들 때
문에 계좌 번호와 전화번호만 서로 공유하는 사이였다.

　삼 개월의 병가가 모두 끝나면 당연히 해고될 거라고 장은 생각
하고 있었다. 그래서 회사에서 다시 호출이 왔을 때 장은 무척 놀
랐다. 그새 팀장이 바뀌어 있었다. 새 팀장은 장이 늘 엔젤리스트 1
호라고 생각하던 후배였다. 후배, 아니 이제 팀장은 장을 보고 반갑
게 웃었다. 그리고 여전히 경어를 썼다.

　"전 선배를 돕고 싶습니다. 환경 부담금 때문에 힘드시다고 들었
는데, 어떻게든 출구를 마련해 드리고 싶어요."

팀장은 장이 했던 업무가 요즘 제대로 되지 않아 곤란하다는 이야기를 먼저 꺼냈다. 적임자를 찾고 있지만, 그 분야의 두 사람이 동시에 휴직한 상황이어서 어렵다고. 회사 측에서는 아무래도 병중에 있으니 쉬는 게 좋다고 판단했겠지만, 자신의 생각은 다르다고. 전염병도 아니지 않느냐고.

"그렇지만 사람들은 내 몸이 방사능 덩어리라고 생각하는 것처럼 보이던데요."

장도 갑자기 경어를 썼다.

"사람들의 인식이 문제겠지만, 분위기상 불안하다면 작게 독립된 사무실을 쓰더라도 선배를 모시고 싶어요. 다시 일하실 의향은 있으신 거죠, 아직?"

과연 엔젤이었다. 장은 자신도 모르게 고개를 숙여서 인사했다.

며칠 후 장은 뉴스에서 송을 보았다. 송은 한 달 전에 환경 부담금 모범 납세자로 표창을 받았고, 이틀 전에 자살했다. 송은 모범 납세자로 삶을 마감했다. 송은 환경 부담금을 꼬박꼬박 내왔으나 최근 형편이 어려워지면서 부담금을 낼 수 없게 되자 삶을 등졌다고 뉴스는 요약하고 있었다. 두려운 것은 죽음보다도 체납자가 되는 것이었다고 했다. 주변인들이 송의 완벽주의에 대해 증언을 했다. 어디에도 해파리니 실직이니 소송이니 하는 말들은 없었다. 송이 하려던 일들은 모두 침묵해야 할 급소가 되어 증발했다.

장례식장은 송과 마주쳤던 병원 지하에 있었다. 향을 태우면서

윤고은

장의 손은 부들부들 떨렸다. 장은 조문객이었지만, 자신이 죽은 것처럼 느껴졌다. 영정 사진이 거울처럼 보였다. 소리가 난 것은 그때였다. 출렁, 어린 상주가 그를 지켜보고 있었다. 출렁, 죽은 송이 그를 지켜보고 있었다. 출렁, 몸속 해파리가 그를 움직이고 있었다. 장이 고개를 들어 송과 눈을 부딪친 순간, 장의 숨은 돌처럼 무거워졌다. 장은 몸을 겨우 돌려 상주를 바라보았다. 송의 책상 위에 있던 두 명의 아이가 장을 보고 울었다.

장례식장을 벗어나면서 장은 단 한 명의 회사 동료와도 마주치지 않은 것에 안도했다. 장을 아는 사람은 여기서 송이 유일했으나, 그는 말이 없었다. 장은 아는 사람과 마주치지 않기를 바라면서도, 한편으로는 누군가에게 주저리주저리 털어놓고 싶기도 했다. 휴대 전화를 만지작거렸다. '뉴저지'라고 저장된 번호를 누를까 말까 몇 번이나 망설였다. 아내 이름도 아들 이름도 아니었다. 그들은 어느새 '뉴저지'로 저장되어 있었고 그만큼 거리가 멀었다. 장은 아내와 아들에게 다시 복직되었다고 말하고 싶었다. 다음 주부터 다시 근무하게 되었다고, 회사 통근 버스를 다시 타게 될 거고, 구내식당에서 밥을 먹고, 최단 거리로 다닐 수 있을 거라고. 환경 부담금도 내지 않고, 이미 빚진 환경 부담금도 갚아 나갈 수 있을 거라고. 해파리가 난리를 치고 있지만, 건강에 위협이 되는 건 아니라고. 그러나 그 말들을 하지 못하고 장은 휴대 전화만 만지작거렸다. 몇 번이고 발신 버튼을 누르려다 말았다. 생각해 보니 뉴저지에서는 장이 휴직 처리된 것도, 해파리를 품게 된 것도, 남들이 다 배출하는 걸 제

때 배출하지 못한 것도, 아무것도 모르고 있었다. 갑작스러운 복직이라니, 이야기의 문맥에 맞지 않았다.

장은 휴대 전화를 주머니에 넣으려다가 최근 통화 목록을 보았다. '엔젤'이라고 저장된 후배의 번호를 이제 '팀장'으로 바꾸려던 참이었다. 엔젤은 장의 복직에 가장 큰 공을 세운 인물이었다. 엔젤이 아니었다면, 장도 송처럼 되었을지 모른다.

장은 엔젤을 '팀장님'으로 바꾸고 나서 힘이 풀린 듯 주저앉았다. 팀장의 번호를 오래 들여다보고 있으니 송의 얼굴이 떠올랐다. 송은 알까. 송은 이해할까. 장이 송의 연락을 기다리지 않았다는 사실을. 장이 기다린 건 오히려 회사의 연락이었으나 회사에서 먼저 연락이 오는 일은 기대하기 힘들었다. 팀장은 해파리 이후 한 번도 장에게 먼저 전화한 적이 없었다. 장의 모든 통화 내역은 발신 내역뿐이었다. 팀장과의 긴 통화는 사실 송을 만나고 온 날 밤, 장이 먼저 전화를 걸어 이루어진 것이었다. 그들의 만남 역시 장이 송의 계획을 일부 흘려준 다음 이루어진 것이었다. 장은 팀장과 마주하게 되었을 때 말했다.

"저는 이번에 개발하고 있는 스페어타이어를 제 손으로 마무리 짓고 싶습니다. 환경 부담금 때문에 힘듭니다. 어떻게든 출구를 마련해 주세요."

팀장은 말했다.

"그렇지만 지금 병중에 있지 않나요?"

"크게 건강상의 문제를 일으킨 적도 없습니다. 전염병이 아닙니다."

팀장은 고민스러운 표정이었다. 사람들이 방사능 문제를 제기하던데, 라고 했다. 장이 얼른 덧붙였다.

"분위기상 불안하다면 작은 창고에서 따로 일해도 좋습니다. 단순 작업이라도 좋습니다."

장은 그렇게 불과 며칠 전, 자신이 했던 행동들을 재생했다. 마치 페르세우스가 거울 방패에 비추어 메두사를 바라봤듯이, 그래서 돌이 되지 않았듯이, 그는 자신의 모습을 한 단계 떨어져 바라보았다. 그날 장이 흘린 이야기로 송의 계획은 무산되었다. 장은 복직을 약속받았고, 팀장은 더 확고히 입지를 다졌다. 장은 장례식장을 저만치 뒤에다 두고 자신을 달랬다. 어쩔 수 없었노라고. 송은 장과 같은 업무를 보았고, 같은 환자가 되었다. 그게 문제였다. 장은 송과 하나의 자리를 두고 경쟁할 자신이 없었고, 그래서 송을 팔았다.

장의 트렁크 두 개 중에 하나는 지퍼가 고장 나 있었다. 이곳에 온 후로 특별히 사용한 적이 없는데도 그랬다. 지퍼를 닫아도 곧 다시 열렸다. 장은 짐을 최대한 압축해서 다른 하나의 트렁크에 넣었다. 약속된 시간에 차량이 왔고, 장은 차에 올라탔다. 그리고 P1765 앞에 내렸다. 장의 새 주소였다. 문은 아래로 뚫려 있었다. 많은 복도가 P1765를 생략한 가운데 하나의 문만이 그 숫자를 달고 있었다. 땅 아래로 뚫린 둥근 문.

그것은 꼭 스페어타이어를 만드는 틀과 같은 크기였다. 스페어
타이어는 일반 타이어보다 조금 작고 가벼웠다. 길 위에서 임시적
으로 펑크 난 타이어와 새 타이어 사이의 시간만 견뎌 주면 되는
거였다. 장은 아래로 뚫린 그 문을 열고 자신의 등을 구부려 보았
다. 어디선가 Y 자 모양의 칼이 나타나 장의 등을 다듬기 시작했다.
척추가 둥글고 완만하게, 모난 부분 없이 매끈해졌다. 오랜만에 규
격 안으로 들어가는 느낌이 나쁘지 않았다. 장은 좀 더 둥글게 등
을 말았다. 어떤 능숙한 촉감이 장의 척추를 따라 내려가다가 거기
서 멈추지 않고 꼬리뼈 쪽으로 미끄러졌다. 그리고 다음 순간 장은
뭉근한 압박을 느꼈다. 압박인 동시에 해방감에 가까운 무게였다.
그 무게 끝에 장의 몸에서 무언가가 떨어져 나왔다. 전장에서 뒹구
는 탄피처럼 새까맣게 타들어간 무언가가.

　해파리였다. 그렇게 쑥쑥 늘어나던 해파리는 처음 삼킬 때보다
도 작은 크기로 배출되었다. 다리가 하나둘 움직이고 머리가 둥근
듯 눌린 듯 움직였다. 장은 자신이 트리밍할 때 희열을 느낀 이유
를 새삼 깨달았다. 트리밍은 어떤 일이 마무리되는 순서였기 때문
이다. 장은 구부렸던 허리를 펴고 하늘을 보았다. P1765를 고스란
히 닮은 또 하나의 원형, 태양이 머리 위에서 빛나고 있었다.

윤고은

우리나라의 산업 재해 사망률은 OECD 국가 중 최고 수준으로 알려져 있습니다. 그런데 산업 재해가 발생해도 이를 은폐하려는 관행이 더큰 문제라고 합니다. 실제로 매년 미보고된 산업 재해의 적발 건수는크게 늘어나고 있다고 합니다. 이렇듯 산업 재해를 숨기려는 이유는 그것을 사업장이나 회사의 문제가 아니라 노동자 개인의 문제로 치부하려는 시각이 크기 때문이 아닐까요?

소설의 주인공 '장'은 회사의 강요 아닌 강요로 임상 실험에 참여합니다. 캡슐 내시경을 삼키고 그것이 몸을 촬영하도록 한 후 몸 밖으로배출하면 되는 간단한 실험이었습니다. 그런데 '장'의 몸속에 들어간내시경은 배출되지 않았고, 그러는 동안 몸속에 들어 있는 캡슐의 유해성이 알려집니다. 회사는 회사의 안전을 위협할 수 있다며 '장'을 강제휴직시킵니다. 회사와 지역 사회는 모두 이 문제의 원인을 몸 밖으로캡슐 내시경을 배출하지 못한 '장'의 탓으로 돌립니다.

'장'은 같은 처지에 놓인 '송'을 만납니다. '송'은 이 문제에 대해 회사가 책임져야 한다며 이의 제기를 준비합니다. 그러나 '장'이 그 계획을 회사에 누설하여, '장'은 회사로 복직하고 '송'은 죽음을 맞습니다.

현실이라고 크게 다를까요? 산업 재해가 발생했을 때 왜 회사는 사실을 은폐하려고 할까요? 오늘도 노동자들은 땀 흘려 일하고 있습니다. 그러나 그들의 생명을 위협할 사고의 순간은 예기치 않은 곳에 도사리고 있고, 이 문제를 해결하기 위한 사회적 노력은 여전히 미진한 듯합니다.

장강명(1975~) 작가는 2011년 장편 소설 「표백」으로 한겨레문학상을 수상하며 등단하였습니다. 2016년 「댓글부대」로 오늘의작가상을, 같은 해 「알바생 자르기」로 젊은작가상을 수상하였습니다. 작품으로는 장편 소설 『열광금지, 에바로드』, 『호모도미난스』, 『한국이 싫어서』, 연작 소설 『뤼미에르 피플』, 르포 『당선, 합격, 계급』 등이 있습니다.

알바생
자르기

장강명

사장이 여자아이에게 처음 관심을 보인 것은 태국 바이어들을 접대한 회식 때였다.

　태국인 바이어는 미스터 쏨싹과 미스터 싹다우 두 사람이었다. 저녁에 뭘 먹고 싶으냐고 묻자 두 태국인은 수줍어하며 삼—껍—쌀, 이라고 대답했다. 그 대답을 재미있어한 이사가 저녁에 태국인들과 삼겹살을 먹을 거라고 사장에게 말했다. 그러자 사장도 그 사실을 재미있어하며 다른 약속이 없는 직원들을 불렀다. 신임 사장은 틈만 나면 회식 자리를 만들며 직원들과 스킨십을 하려 했다. 그렇게 태국인 바이어 환송회가 커져서 회사 전체 회식이 되었다. 그래 봤자 서울 사무실에 상주하는 직원은 10여 명 정도이긴 했다.

　이사가 데려간 고깃집에서 미스터 쏨싹과 미스터 싹다우는 다소 당황해했다. 삼겹살집은 보다 허름하고 시끌벅적한 곳인 줄 알았다고 했다. 은영은 태국인들이 어떻게 한국의 삼겹살을 잘 아는지 궁금해져서 이유를 물었다. 그러자 태국인들은 드라마 〈호텔킹〉 〈아이리스 2〉 〈미스 리플리〉 〈에덴의 동쪽〉 〈헬로 애기씨〉 〈왕꽃 선녀님〉 〈낭랑 18세〉를 보았다고 대답했다. 한국인들은 눈을 둥그렇게 떴다.

— 뭘 우리는 들어 보지도 못한 드라마를 태국 사람이 보고 있어?

— 이 친구들 잘 모셔야 돼. 우리가 한류를 꺼뜨리면 안 돼.

사장이 말했다.

사장은 미스터 쏨싹과 싹다우에게 '코리안 밤 샷'을 가르쳤다. 소폭을 몇 잔 마시자 다들 기분이 좋아졌다. 은영은 태국인들의 본명이 쏨싹과 싹다우 뒤로 깍따따따 으랏차차 빡까까야 깐따삐야 하는 식으로 길게 이어지며, 그들이 탤런트 이다해의 열렬한 팬이라는 사실을 알게 되었다.

— 이 친구가, 미스 혜미를 좋아해요! 딸꾹! 이다해 닮았다면서!

싹다우가 쏨싹의 팔을 붙잡고 말했다. 쏨싹은 얼굴이 빨개져서 부끄러워했으나 잠시 뒤에 정신을 차리고 물었다.

— 미스 혜미는 왜 회식에 안 왔나요?

— 혜미 씨는 파트타이머예요.

은영이 대답했다.

— 파트타이머는 컴퍼니 디너에는 못 오나요?

— 그게 아니라…… 혜미 씨는 집이 멀어요. 그래서 저녁에는 다른 사람들과 잘 어울리지 않고 집에 곧장 가요.

은영의 말에 싹다우가 고개를 끄덕였다.

— 쏨싹이 말을 붙이고 싶어 했는데 미스 혜미가 너무 차갑게 보여서 그러지 못했어요.

싹다우가 일러바쳤다.

— 우리도 혜미 씨한테는 말 잘 못 붙여요.

엔지니어가 고개를 저었다. 자리에 앉아 있던 사람들이 모두 웃음을 터뜨렸다.

이사가 차도에 뛰어들다시피 해서 태국인들에게 모범택시를 잡아 주었다.

— 아이 러브 유, 코리아! 아이 러브 유 오올!

쏨싹과 싹다우가 택시를 타기 전에 외쳤다. 노래 주점에서 잔뜩 흥이 오른 한국인 직원들은 한 사람도 빠지지 않고 모두 3차 장소인 이자카야에 갔다.

— 태국 애들 보기에도 그 아가씨가 쌀쌀해 보였나 보네.

사장은 오뎅탕과 마른 오징어를 주문했다.

— 성혜미 씨요?

은영이 물었다.

— 그 아가씨는 하는 일이 정확히 뭐야? 박 차장이 뽑은 거야?

박 차장은 지금은 그만둔 은영의 상사였다.

— 박 차장님이 출산 휴가 들어갈 때 빈자리를 메우려고 뽑은 아가씨예요. 우리 회사 오기 전에는 무슨 중학교에서 서무를 했다던데요.

— 어째 교직원 같은 분위기더라. 맨날 뚱한 표정으로 앉아 있는게. 박 차장은 지금 그만둔 거지? 육아 휴직 상태가 아닌 거지?

사장이 서울에 올라온 지는 이제 겨우 한 달이었다. 그 전까지는 포항과 울산을 오가며 영업을 담당했다. 외국인 사장이 독일 본사로 돌아가고, 한국인으로는 처음으로 사장이 된 케이스다. 막 자기 업무 파악이 끝났고, 다른 사람들의 업무에 대해 알아보는 중이다. 이 순간까지 사무 보조에 대해서는 신경 쓸 겨를도 없었을 것이다.

— 그만두셨어요. 사장님이 서울 올라오기 며칠 전에.

박 차장이 육아 휴직을 마치자마자 사표를 쓴 데 대해서는 은영도 괘씸하다고 생각했지만 그런 이야기를 남자들 앞에서 하고 싶지는 않았다.

— 박 차장이 하던 일을 지금 그 아가씨가 하는 거야? 그 아가씨가 그런 걸 할 능력이 되나? 박 차장은 원래 하던 일이 정확히 뭐였지?

— 원래 박 차장님이 하던 일은 총무였어요. 이것저것 잡다한 것들 다요. 회계랑 세무 처리도 하셨고.

— 그런데? 지금은 그걸 그 아가씨가 해?

— 혜미 씨가 하는 일은 원래 박 차장님이 하던 일의 3분의 1쯤 될 거예요. 독일에서 브로슈어 오는 것들 정리하고, 울산이나 포항으로 부품 보내고, 청소 아주머니들한테 청소할 곳 알려 주고, 그런 것들이요. 우리 교육 교재들 제본하고, 음료수랑 커피 캡슐 같은 것도 채워 놓고요.

— 그러면 나머지 3분의 2는 누가 하지?

테이블 반대쪽에서 누가 재미있는 농담을 했는지 폭소가 터졌다. 은영은 괜히 사장 옆자리에 앉았다며 후회했다.

— 3분의 1은 제가 합니다. 독일에서 이런저런 문의가 오면 제가

답장하고, 회계나 세금 관련 일도 제가 넘겨받았어요.

— 최 과장은 원래 하던 일이 뭐였지?

— 영업 지원요. 사장님 포항 계실 때 저랑 일 많이 하셨잖아요!

— 맞다, 맞다.

사장이 자기 이마를 때렸다.

— 그러니까 박 차장이 원래 하던 일의 3분의 1은 그 아가씨가 하고, 또 다른 3분의 1은 최 과장이 넘겨받았다고. 그러면 나머지 3분의 1은 누가 해?

— 나머지 3분의 1은…… 음…… 그냥 없어졌어요. 원래 박 차장님이 닐스 사장님 개인 비서 역할을 하셨거든요. 통역도 하고, 레지던스 호텔도 잡아 주고, 아기들 학교 등록도 해 줬어요. 그런 건 이제 더 할 필요가 없게 됐죠. 또 어떤 일들은 다 조금씩 나눠 하게 됐고요. 전에는 엔지니어들 출장 갈 때 비행기 표나 호텔 예약을 다 회사에서 해 줬잖아요. 그게 원래 박 차장님이 하셨던 건데, 지금은 출장 가는 사람들이 각자 예약하고 영수증도 직접 시스템에 입력하는 식으로 바뀌었어요.

— 해외 출장 그거 얼마나 귀찮은지 과장님은 모르시죠? 저희가 출장을 가면 다 공장을 가는 거예요. 공항에 내려서 한참 가요. 도시하고는 완전 반대 방향. 잠도 다 공장 안에 있는 숙소에서 자요. 그런데 여자들은 맨날 화장품 사 달라, 뭐 사 달라, 왜 너만 외국 가냐…….

갑자기 엔지니어가 끼어들었다.

장강명

― 이 대리님, 지금 그 얘기 하는 거 아니거든요?

― 그럼 무슨 얘기 하는 건데요?

― 성혜미 씨 이야기 하고 있었어요.

― 제가 지금 혜미 씨 얘기를 하려던 참이었다니까요. 저희가 메뚜기처럼 남의 공장만 다니다가 우리 회사에는 가끔 들어오잖아요. 그런 날에는, 딸꾹! 오늘은 남의 회사가 아니라 우리 회사다, 이런 반가운 느낌이 있는데! 성혜미 씨 제일 처음 봤을 때 제가 사무실을 잘못 들어온 줄 알았어요. 모르는 사람이 문 앞에 앉아서는, 저한테 눈길을 주지도 않아서.

― 뚱한 표정인 건 그렇다 쳐도, 지각은 왜 그렇게 자주 하는 거야? 아침에 자리가 자주 비어 있더라.

이사도 끼어들었다.

― 요즘 지하철 1호선이 고장이 자주 나서 그렇대요. 혜미 씨가 인천에서 1호선 타고 오거든요.

― 나도 도봉구에서 출근해요. 지하철이 고장 나는 거야 고장 나는 거고, 회사는 제시간에 와야지. 그리고 그게 진짜 지하철 고장 때문인 거 맞아?

― 보면 뭐 일을 하는 거 같지도 않아요. 뚱한 얼굴로 맨날 무슨 뮤지컬 사이트랑 일본 여행 사이트 같은 거 찾아보고 있어. 점심때도 맨날 혼자 나가서 밥 먹고. 커피점에 혼자 앉아서 책 읽고 그러는 거 내가 자주 봤어요.

엔지니어가 말했다. (유심히들 봤네. 걔가 진짜 이다해 닮았나?)

은영은 생각했다.

— 그 아가씨 그거 안 되겠네. 잘라! 자르고 다른 사람 뽑아!

사장의 말에 다 같이 웃었다. (자기한테 그럴 힘이 있다는 사실을 과시하고 싶은가 봐.) 그날은 거기까지였다.

다음 주 월요일에는 금요일에 있었던 일들을 거의 잊은 상태였다. 그랬다가 여자아이의 문자 메시지 덕분에 회식 때 나눴던 이야기가 다시 생각났다.

거의 다 왔는데 좀 늦을 거 같아요. 지하철이 중간에 멈췄어요. 죄송합니다.

15분가량 지각한 여자아이는 은영을 향해 고개를 한번 숙이고 자리에 가서 앉았다.

그날은 오전에 일이 많아서 화장실을 갈 틈조차 없었다. 은영이 떠안게 된 회계 업무는 분량 자체는 대단치 않지만 일들이 월말에 몰린다는 점이 문제였다. 고개를 들어 건너편을 봤더니 여자아이가 무료한 표정으로 마우스 버튼을 까딱까딱 누르는 모습이 보였다. (또 뮤지컬과 일본 여행 정보 검색하나? 이번 마감을 하고 나서 천천히 회계 일을 좀 가르쳐 볼까?)

은영은 속으로 고개를 저었다. 회계 담당자는 독일 본사의 매니저와 메일을 주고받아야 한다. 비용 처리에 대해서 본사 매니저가 궁금해하는 사항들이 많았다. 특히 각종 접대비에 대해서. 여자아이의 영어 실력이 그런 문의 메일에 답할 수준은 아니다. (점심은 대충 때워야겠다. 혜미에게 밥 먹고 들어올 때 샌드위치나 사다 달라

장강명

고 부탁해야지.)

그때 여자아이가 걸어 왔다.

― 과장님, 저 밥 먹고 병원에 갔다가 조금 늦게 들어와도 될까요?

미묘하게 어긋난 타이밍이었다. 사무실에는 은영과 여자아이뿐이었다. 다른 직원들은 막 엘리베이터를 타고 내려갔다. 이제 은영은 굶어야 했다.

― 왜요, 어디 아파요, 혜미 씨? (그런 말을 하려거든 좀 미리 하란말이야. 그리고 무슨 이유로 병원에 가는지, 몇 시까지 들어올 예정인지도 제발 좀 같이 말해 줘.)

― 제가 옛날에 버스에서 내리다 오토바이에 치인 적이 있거든요. 그 뒤로 계속 다리가 저려서……. 그런데 이 근처에 좋은 한의원이 있다고 해서 다녀 보려고요.

― 그래요. 다녀와요. (한의원?) 몇 시까지 올 수 있을 것 같아요?

― 거리가 버스로 한 정거장이거든요. 늦어도 두 시 반까지 올게요. 괜찮을까요?

― 그래요. 다녀와요.

― 돌아올 때 소견서를 한 부 받아 올까요? 그냥 이렇게 갔다 오면 제 맘이…….

은영은 헛웃음을 지었다. (아니, 소견서는 당연히 제출해야지. 이아가씨가 지금.)

― 이 아가씨 어디 갔나?

사장이 여자아이의 자리 앞에서 어슬렁거리다 은영에게 와서 물었다. 여자아이가 한의원을 다니기 시작한지 보름 남짓 되었을 때였다.

― 지금 병원 갔는데요. 뭐 시키실 일 있으세요? 급한 거면 저 주세요.

사장은 묘한 표정을 짓더니 여자아이에 대해 이것저것을 물었다. 다니는 병원이 어디인지, 언제부터 다녔는지, 왜 다니는지, 급기야는 혜미가 병원에서 받아 온 소견서까지 달라고 했다. (뭐야, 사무 보조 아르바이트생 병원 보내는 것도 내 마음대로 못 하나?)

하지만 사장의 표정이 딱딱했던 것은 은영의 짐작과는 전혀 다른 이유 때문이었다. 사장은 휴대폰을 꺼내 소견서에 적힌 번호로 전화를 걸었다. 그러고는 병원에 언제 문을 열고 닫는지, 점심시간은 언제인지를 물었다.

― 퇴근하고 나서도 갈 수 있는 병원이면 이 아가씨 혼을 내 주려 그랬는데.

사장이 입맛을 다셨다. 은영은 사장이 그런 사소한 일까지 확인한다는 사실에 조금 놀랐다.

― 이 아가씨는 이렇게 병원 갔다 온 날에는 퇴근을 늦게 하나?

― 사실 혜미 씨 근태가 좀 문제이긴 한데요, 그렇다고 제가 퇴근을 늦게 시키진 않고 있습니다. 혜미 씨 일 자체가 많지 않거든요. 일도 없는데 굳이 사무실에 남길 이유는 없잖아요. 벌주는 것도

아니고.

— 그 아가씨가 하는 일, 몰아서 하면 하루에 네 시간만 해도 충분한 거 아냐?

— 그렇긴 합니다.

— 그러면 저 아가씨한테 연봉을 60퍼센트 줄 테니 오전 근무만 열심히 하고 가라면 어떨까? 우리는 인건비 절감해서 좋고, 저 아가씨도 그 시간에 뭐 다른 걸 준비할 수 있으니 좋지 않겠어? 공무원 시험 같은 거.

— 예에…….

— 아니면 그냥 자르자. 최 과장이 이 아가씨 하는 일 다 넘겨받고 그만큼 연봉을 올려 받으면 어때? 한 2,000만 원이면 돼?

— 사장님, 혜미 씨 연봉이 2,000만 원이 안 돼요. 그건 오히려 비용이 더 드는 거예요.

— 이 아가씨 연봉이 2,000이 안 돼?

— 한 달에 155만 원 받습니다.

— 150이면 150이지 155만 원은 또 뭐야?

— 작년까지는 150이었는데 올해 5만 원 인상해 준 거예요.

— 누구 맘대로?

— 박 차장님이 닐스 사장님한테 부탁해서 그렇게 됐습니다. 5만 원 인상해 봤자 1년에 60이잖아요.

사장은 잠시 생각에 잠겼다.

— 그 아가씨가 박 차장 출산 휴가 갈 때 들어왔다며. 그러면 몇

달 더 있으면 우리 회사에서 일한 지 2년 되는 거 아냐? 2년 되면 정규직으로 고용해야 하는 거 아냐?

— 알바도 그 규정 적용받나요?

은영은 뜻밖의 질문에 허둥댔다.

— 내가 사장 달고 서울에 와서 처음 거래처 사람들 만나서 인사할 때 그중 한 명이 그러더라고. 문 앞에 있는 아가씨 자르라고. 회사에 들어온 고객들이 그 아가씨 얼굴 보고 첫인상 안 좋게 갖는다고 말이야. 그런데 내가 그 아가씨를 처음 봤을 때 똑같이 생각했거든. 최 과장은 어떻게 생각할지 모르겠지만 조직 운영하는 입장에서는 그런 게 중요해. 지금 그 아가씨가 상습 지각하고 근무 시간 중에 병원 다니는 게, 그 자체로 회사에 큰 손해를 끼치지는 않지. 그 정도로 가치 있는 일을 하는 것도 아니니까. 하지만 이러다 다른 직원들도 우리 회사는 지각쯤은 해도 상관없구나, 나도 평소에 지병 있던 것도 근무 시간 중에 통원 치료를 받아야겠다, 그렇게 생각하면 어쩌겠어?

할 말이 없어진 은영은 고개를 숙였다.

— 내가 앞에서 어슬렁거리니까 최 과장은 뭐 시키실 일 있느냐고, 급한 거면 자기가 하겠다고 하잖아. 나는 여태까지 그 아가씨가 그러는 걸 본 적이 없어. 사무실에 손님이 와도 불러서 시키기 전에는 차 한 잔을 내오지를 않아. 외국인 사장들이야 한국 지사를 그냥 거쳐 가는 곳으로 여겼으니까 그런 거 신경 쓰지 않았겠지. 나는 아냐.

장강명

— 이게 그 아가씨를 자르라는 얘기야? 나보고 자르라고 시킨 거야?

은영은 남편에게 물었다. 그녀는 남편과 집에서 배달 치킨을 먹고 있었다.

— 잘 모르겠는데? 자기네 사장은 그다음에는 아무 말도 안 했어?

— 그 아가씨가 그때 막 사무실 들어오고, 사장님도 독일에서 전화가 와서 더 말을 못 했어. 그냥 사장님이 뭐라고 지시할 때까지 기다리고 있어야 하는 건가?

— 애매하네. 그 아가씨 하는 일 자체가 참 애매한 것 같아. 원래 총무니 홍보니 마케팅이니 하는 자리가 일을 해도 잘 티가 안 나잖아. 그런 비슷한 관리직이 두세 사람이라도 더 있으면 끼리끼리 뭉치면서 자기들 바쁘다, 일 많다, 그런 티를 낼 텐데.

— 그렇지. 우리 회사가 제대로 된 회사가 아냐. 그냥 독일 본사의 아시아 영업점 겸 애프터서비스센터인 거야. 그러니까 영업 사원이랑 엔지니어만 필요한 거고, 장부 보고 잔일 해 주는 사람은 한 명 정도 필요한데 그게 그 아가씨인 거고. 영업직이나 기술직들 보기에는 어딜 나가서 영업 계약을 따 오는 것도 아니고 기계를 고치고 오는 것도 아니니까 이 아가씨는 뭐 하는 사람인가 하지. 이 아가씨가 처세를 잘하는 것도 아니고.

— 자기는? 자기에 대해서는 사람들이 이상하게 생각하지 않아?

— 나는 관리직이 아니라 영업 지원이야. 내가 뭘 하는지는 영업직들이 잘 알아.

— 박 차장한테는 어땠어? 그 사람은 총무였다며.

— 그게 차장님하고 이 아가씨의 결정적인 차이점인데, 차장님은 독일인 사장이랑 친하고 본사의 직속 상사들하고도 의사소통이 잘됐잖아. 그러니까 잘은 모르지만 뭔가 하는 일은 있나 보다, 다들 그렇게 생각했지. 차장님은 오히려 사내의 숨은 권력자였어.

— 관리직이 잘하면 또 그렇게 되지. 어느 회사나 인사나 재무가 제일 막강해.

— 나 이 아이 어떻게 해야 돼?

— 자기가 하기 나름 아닐까? 자기네 사장도 별 생각이 없을걸. 사장 자리에서 생각할 게 얼마나 많은데 뭘 알바생 거취까지 깊이 고민하겠어. 자기가 당장 자르겠다고 하면 그러라고 할 거고 자기가 몇 달 더 쓰겠다고 해도 그러라고 하겠지. 이제 자기도 과장이잖아. 슬슬 어떤 문제는 직접 결정을 해야 할 단계지. 내 생각에는 박 차장이라는 사람이 그런 걸 잘했어. 자기가 결정 내리고 사장에게 승인받는 거.

— 맞아. 차장님이 그런 걸 잘했어.

— 자기도 그렇게 해.

— 당신이라면 내 처지에서 어떻게 하겠어?

— 그냥 자르고 다른 사람 뽑을 거 같은데. 그 아가씨 일하는 태도가 바뀔 거 같지도 않고, 주변 상황이 바뀔 거 같지도 않으니까.

— 그건 싫은데.

— 왜?

— 불쌍하잖아. 지금도 거의 소녀 가장인 거 같던데. 아휴, 박 차장님은 왜 이런 애를 뽑아서 사람을 이렇게 애를 먹인담.

— 내 생각에는 박 차장이 문제가 아니라 자기가 문제야.

— 내가 뭐.

— 그 아가씨도 처음 자기네 회사에 면접 볼 때에는 그런 태도가 아니었을걸? 성격이야 싹싹하지 않았다고 해도 최소한 근태는 나쁘지 않았을 거야. 그걸 자기가 망친 거지. 지각해도 아무 말 않고, 손님 접대를 안 해도 아무 말 않고, '불쌍한 애'라고 생각하면서 계속 아무 지적도 안 했지? 그러니까 애가 그렇게 된 거야. 사람들이 다 자기나 나 같지 않아. 어떤 사람들한테는 끊임없이 다른 사람이 동기를 부여해 주고 자세를 교정해 주고 질책을 해 줘야 돼. 자기는 알량한 동정심 때문에 그걸 안 한 거지.

은영은 다음 날 오후에 회의실로 여자아이를 불렀다. '조직 생활을 하려면 붙임성이 있어야 한다'는 충고에 여자아이는 눈이 붉어졌다.

— 붙임성이 있다는 게 뭐예요? 사람들이 자꾸 저보고 퉁명스럽다고 하는데 저는 정말 모르겠거든요. 손님이 오시면 저도 뭔가 내드려야 한다고는 생각해요. 그런데 저희가 제대로 된 찻잔도 없고 받침도 없잖아요. 그러면 종이컵에 받침도 없이 내주기도 민망하

니까 어떻게 할지 몰라서 그냥 가만히 있었던 거예요. 제가 학교에서 일할 때에는 종이컵에 담아 가는 건 예의가 아니었거든요.

— 그냥 아무거나 내와도 괜찮아요. 정 모르겠으면 사장님이나 손님한테 물어봐도 되고요. 음료수 뭐 가져올까요? 커피나 주스, 어떤 걸로 가져올까요, 그렇게. 그러면 그 사람들 대답도 뻔해요. 아무거나 가져다 주세요, 그럴 거예요.

— 저번에는 캔 커피를 들고 갔더니 손님이 그러시던데요. 이거 너무 성의 없는 거 아니냐고.

— 그건 사장님이랑 친한 분이 농담하신 거겠죠. 웃으면서 말씀하신 거 아니에요?

— 사장님한테 뭘 여쭤 보기도 그런 게, 사장님은 너무 과묵하시잖아요. 그래서 말 걸기가 겁나요. 또 사투리도 심하고 말도 너무 빨라서, 사장님이 뭐라고 말씀하시면 그게 무슨 말인지 알아듣지 못할 때가 많아요. 그럴 때 다시 여쭤 보기가 무서워요.

— 우리 사장님 그렇게 과묵한 분 아니에요.

— 제가 찻잔이랑 컵 받침 세트라도 하나 살 수 있었으면 이런 고민을 안 했을 텐데. 제가 그런 것도 하나 제대로 살 수가 없잖아요. 당하는 사람 입장에서는 아무래도 억울하죠.

여자아이의 눈에서 눈물이 흘러내렸다.

— 사장님이 저를 그렇게 지켜보시는 줄 몰랐어요.

— 내가 우리 구매 카드로 결재를 해 줄 테니까 이따가 하나 사요. 아무튼, 사장님이 혜미 씨 붙임성 이야기를 저한테 여러 번 지

적을 하셨어요. (넌 혼이 나도 이미 여러 번 혼이 났어야 했다구.)

— 과장님이 사장님한테 혼이 많이 나셨군요. 저 때문에.

— 혹시 혜미 씨는 월급을 80만 원이나 90만 원 정도 받고 오전 근무만 할 생각은 없어요? 뭐 시험 같은 걸 준비하는 게 있다면 그게 훨씬 유리할 거 같은데.

그 말에 여자아이가 갑자기 표정이 바뀌었다. 은영은 상대가 여태까지 흘리던 눈물이 모두 연기였던 것 같은 인상을 받았다.

— 사장님이 그래요? 사장님이 그러자고 하세요?

— 사실 혜미 씨가 하는 일이 그렇게 하루 종일 앉아 있어야 할 필요는 없는 거고, 또 그러는 편이 혜미 씨가 병원 다니는 데에도 좋을 것 같고……. 하루 네 시간씩 오전만 근무하고 월 90만 원을 받으면 시간당 임금은 오히려 올라가는 셈인데.

— 과장님, 저 여기 출근하는 데 한 시간 반이 걸려요. 왕복 세 시간이 드는데 지금보다 월급이 깎이면 계속 다닐 이유가 없어요. 야간 대학 학자금 빚진 것도 갚아야 하고……. 병원 다니는 것도 제가 다니고 싶어서 다니는 게 아니고 아파서 그러는 건데 그걸 트집 잡으시면 안 되죠.

은영은 알았다고 하고 여자아이를 자리로 돌려보냈다. 임금 삭감 얘기에 냉정해졌던 여자아이는 다시 슬픈 표정을 짓고 자리에 앉아 눈물을 뚝뚝 흘렸다. 남자 직원들이 여자아이가 우는 모습을 알아차렸으나 감히 말을 걸지는 않았다. 은영은 우는 아이에게 심부름을 시킬 수가 없어 직접 은행에 다녀왔다. (여자가 운다고 사람들이 신경 써 주는 것도 젊고 예쁠 때뿐이야. 네가 그렇게 변명만 늘어놓지 않았어도 내가…….)

여자아이는 싹싹해지려고 노력하는 것 같았다. 사람들을 보면 로봇처럼 어색하게 인사하고, 손님이 오면 쭈뼛거리며 새로 산 찻잔 세트를 들고 사장실에 들어가기도 했다. 하지만 그뿐이었다. 더 부지런해지거나 더 적극적으로 일하지는 않았다. 은영에게 더 도움이 되지도 않았다.

은영의 마음이 결정적으로 돌아선 건 며칠 뒤였다. 파업 중인 A 자동차 회사에서 '긴급'이라고 적힌 공문이 날아왔다. 불법 파업 규탄 대회를 여의도 공원에서 열 예정이니 협력 업체에서도 직원을 한 명씩 보내 달라는 내용이었다. 그 아가씨 하루쯤 없어도 괜찮지? 사장은 현장에서 참석 확인증을 발급한다는 얘기에 여자아이를 보내라고 했다.

여자아이는 얼굴이 새파랗게 질렸다.

— 저 여의도 공원이 어디인지 모르겠는데요.

— 아니, 혜미 씨, 여의도 공원이 어디인지 모른다는 게 말이 돼요? 내가 검색해서 찾아 줄까요?

— 과장님, 그게 아니고요. 사실은 제가 다리가 계속 아파서요. 저번에 소견서에도 적혀 있었잖아요. 3주일 정도 안정하면서 관찰을 해야 한다고……. 그 규탄 대회 가면 계속 서 있어야 하는 거 아닌가요?

— 그 소견서 받아 온 지 3주일 되지 않았어요?

— 아직 안 됐는데요.

— 혜미 씨, 그러면 이렇게 해요. 일단 가서 분위기 보다가 근처에 카페 같은 데 가서 쉬어요. 그럴 분위기가 아니고 정 못 있겠으면 나한텐 전화를 하고.

집에 돌아온 은영은 남편에게 분통을 터뜨렸다.

— 진짜 깜찍하지 않아? 여의도 공원이 어디인지 모른대. 가라고 하니까 나중에는 나를 확 째려보더라고. 어이가 없어서……. 어떻게 사람이 그렇게 아군 적군도 구별을 못해? 사장님이 자르라고 할 때 막아 준 게 누군데.

— 그 아가씨 진짜로 다리에 무슨 장애가 있는 건 아니야?

— 장애가 있었으면 병원 소견서에 그렇게 쓰여 있었겠지. 무슨 인대 손상 의심이라고 쓰여 있었어. 그것도 한의원에서 떼어 온 소견서야. 지금 내가 그 병원 가서 다리 아프다고 징징대도 똑같은 소견서 받아 올 수 있을걸? 그리고, 그렇게 다리가 아프면 매일 아침마다 지하철은 어떻게 한 시간 반씩 타고 와?

— 그래서, 어떻게 할 거야?

— 내일 사장님한테 얘기하려고. 자르자고. 자기는 어떻게 생각해? 그 아가씨 자르고 내 연봉 올려 달라고 하는 건? 사장님이 진짜로 2,000만 원을 올려 줄까?

— 그렇게는 안 올려 주지. 그리고 설사 올려 준다고 해도 그러지는 마.

— 왜?

— 어느 회사고 간에 연봉 올려 주면 반드시 그 돈 값 뽑아 먹어. 자기가 지금 하는 일에 그 아가씨 일만 딱 추가될 거 같아? 안 그래. 사장님이 포항에 있을 때부터 자기한테 영업 일 시키려고 그랬었다며. 영업 지원만 하면 미래가 없다고, 진짜 영업을 배워야 한다고.

— 어, 맞아.

— 만약 이 일로 연봉이 올라가면 사장님이 슬슬 영업 일을 자기한테 떠넘길걸? 그러면 어느 순간에 자기는 지금 하는 일의 두 배를 하게 될 거야. 내 생각에는 자기 사장이 2,000을 한 번에 올려 줄 리도 없어. 4년 동안 매년 500씩 올려 주는 걸로 하자든가, 그 비슷한 식일 거야. 그리고 그거 물고 늘어지면서 연봉 협상 때 다른 인상 요인은 반영하지 않으려고 하겠지. 여러 가지로 손해야.

— 그러면 어떻게 해?

— 새로 알바생을 뽑자고 해. 대신에 오전 근무만 하는 걸로. 그러면 그 아가씨한테 들어가던 돈도 확 줄일 수 있잖아. 그만큼을 자기 연봉에 조금 반영해 달라고 해. 아무래도 알바생이 전일 근무를 하지 않으니까 자기 부담이 늘어났다고. 그러면 일은 일대로 늘어나지 않고 돈은 조금 더 받을 수 있게 되지.

여자아이를 해고하고 싶다는 말에 사장은 단박에 찬성했다. 은영이 오전 근무만 하는 알바생을 쓰고, 알바생에게 일을 다 맡기지 않는 대신 다음 연봉 협상 때 그 점을 어필하겠다고 제안하자 사장은 제법인데, 하는 표정을 지었다.

여자아이는 고개를 푹 숙이고 해고 통보를 들었다. 이달 말까지만 나와 달라, 지금부터 다른 일자리 찾고 틈틈이 면접 보러 다녀도 된다는 말에 여자아이는 뭐라 대답하지 않았다. 은영은 이 모든 것이 사장 때문이라는 뉘앙스로 설명했다. 근무 기간 2년을 채워서 정규직으로 만들 수는 없으니까, 그건 우리로서도 너무 큰 부담이니까.

— 아무래도 첫 한국인 사장이 되시다 보니까 이것저것 의욕이 많이 생기시나 봐요. 자기 스타일대로 회사를 운영하고 싶은…….

— 결국 싹싹하게 군다고 해결될 문제는 아니었네요.

여자아이가 말했다.

— 혜미 씨, 오늘 저녁에 약속 있어요? 다른 약속이 없으면 같이 밥이나 먹을래요?

— 학원에 가야 해서요.

— 학원? 무슨 학원?

— 영어 학원요. 영어가 중요한 거 같아서요.

은영과 여자아이는 다음 날 패밀리 레스토랑에 가서 함께 저녁을 먹었다. 여자아이는 바비큐 립을 주문했다. (왜 못사는 집 아이들은 뭘 사 주겠다고 하면 꼭 패밀리 레스토랑에 가자고 해서 바비큐 립을 시키는 거지?) 은영은 여자아이에게 영어 학원에 대해 물어보았다.

— 종로에 있는 학원이에요. 저녁 7시부터 강의를 듣거든요. 강의를 공짜로 듣는 대신에 칠판 지우고 청소하고 그런 일들을 해요.

— 그래서 매일 저녁 그렇게 일찍 갔구나.

— 수강생들 시험 친 것 채점도 해요. 단어 시험 같은 거요. 채점은 저도 공부가 되는 거 같아서 좋아요. 종로에서 인천까지는 처음에 열차를 잘 타면 중간에 안 갈아타도 되거든요. 또 그 시간에는 자리가 많아서 앉아 갈 수 있으니까⋯⋯. 지하철에서 막 단어 외우면서 가요.

여자아이는 자신이 했던 다른 아르바이트 일거리에 대해서도 말했다. 주유소, 식당, 편의점, 패스트푸드점, 피시방, 놀이공원에서 일했고 호텔 홀 서빙과 하객 대행도 해 봤다고 했다.

— 제가 어딜 가도 자꾸 안 좋은 꼴을 당하니까 사람들한테 마음을 못 열고 뚱해 있는 거 같아요.

— 우리도 혜미 씨랑 더 오래 일할 수 있었으면 정말 좋았을 텐데⋯⋯. (알바 할 때도 태도가 별로 안 좋았나 보구나. 그래도 유흥업소는 가지 않았으니 용하다고 해야 하나?) 회사라는 게 그래요. 조직에서는 합리적이라고 결정하는 게, 당하는 개인 입장에서는 참 매정하죠. 나도 혜미 씨랑 똑같은 처지예요. 이러고 일하다가 회사가 너 나가, 그러면 짐 싸야지.

— 합리적이라고요⋯⋯. 과장님, 지난달에 태국인 바이어들 왔을 때 환송회 한 거, 제가 영수증 정리하다 보니까 1차 밥값만 제 월급보다 더 나왔던데요. 그 환송회에 서울 사무소 직원들이 다 갔

장강명

잖아요. 사장님 오신 다음에 그런 식으로 회식을 몇 번이나 하셨잖아요. 그것도 합리적인가요?

　31일이 되었다. 은영은 선물 받은 뒤로 한 번도 쓰지 않은 명품 스카프를 종이 가방에 넣어 회사에 들고 갔다. 월말이라 오전에는 또 바빴다. 여자아이는 멍한 표정으로 모니터를 들여다보고 있었다. (마지막 날까지 저러다 갈 건가.)
　저녁에 은영은 선물, 이라며 여자아이에게 종이 가방을 내밀었다. 여자아이는 놀란 표정으로 가방을 받았다.
　— 혜미 씨도 이런 아이템 하나쯤은 있으면 좋을 거 같아서.
　— 과장님, 이걸 저한테 왜요……?
　여자아이는 어머니한테 거짓말을 하다 들킨 어린애 같은 표정이었다.
　— 마지막 날이니까, 작별 선물로 가져왔어요. 마음에 들었으면 좋겠네.
　— 마지막 날이라니요?
　시침을 뚝 떼는 연기가 너무 부자연스러워서 은영은 그만 웃고 말았다.
　— 혜미 씨, 내가 혜미 씨한테 이달 말까지만 나오고 그만 나오라고 했잖아. 그게 기억이 안 난다고 할 참이야? 그래서 우리가 아웃백도 같이 가고 그랬잖아.
　— 이제 그만 나오라고 하기는 하셨지만 언제부터 그만 나오라

는 말씀은 하지 않으셨잖아요.

— 혜미 씨, 정말 기억이 안 나요? 3주쯤 전에 회의실에서 얘기했잖아요.

— 회의실에서 과장님이 저더러 이제 그만둬야 한다고 말씀하신 건 기억나죠. 그래서 아웃백 갔던 것도 기억나고. 그런데 과장님이 언제부터 그만 나오라는 말씀은 안 하셨잖아요. 저는 과장님이 통보서를 언제 주실까, 하고 기다리고 있었어요.

— 통보서?

— 해고를 할 때에는 서면으로 예고를 해 주셔야죠, 과장님. 동네 편의점에서도 그렇게 해요. 그리고 퇴직금 얘기 같은 것도 전혀 안 했는데, 저는 당연히 당장 그만두는 건 아니구나 생각했죠.

— 퇴직금?

은영은 어안이 벙벙해져서 되물었다. 여자아이는 여전히 어색한 미소를 짓고 있었다.

알바가 무슨 퇴직금이냐, 라고 묻지 않아서 다행이었다. 법규를 찾아보니 아르바이트생에게도 퇴직금을 지급하게 돼 있었다. 1주일에 15시간 이상, 1년 이상 일한 피고용인이라면, 해고는 반드시 서면으로 통보해야 했다. 명확한 이유를 명시해서, 30일 전에. 회사가 이걸 어기면 지방노동위원회에 민원을 접수하면 된다. 그러면 사장에게는 출두장이 날아간다.

— 죄송합니다, 사장님. 제가 미리 잘 알아보질 못해서…….

(뒤통수를 제대로 맞았습니다.) 은영이 말했다.

장강명

― 좋은 공부 했다 생각해야지, 뭐. 나도 법이 이런 건 지금 처음 알았네. 대한민국 좋아졌다, 정말.

― 해고 통보서를 보내는 것도 안 될 거 같습니다. 나중에 이걸 또 어떻게 부당 해고라고 우길지 모르니······. 5인 이상 사업장이고, 그 아가씨가 6개월 이상 월급 근로자로 일했기 때문에 확실히 하려면 권고사직 형태로 하는 게 좋답니다.

― 그래서 그 아가씨는 돈을 얼마를 달라는 거야?

― 권고사직이면 위로금으로 석 달 치 임금을 줘야 하는 거 아니냐, 그러고 있습니다.

― 줘, 줘. 괜찮아. 나는 그 돈은 아깝지 않아, 왠지 알아?

― 아니요.

― 그 돈이 그 아가씨가 아니라, 최 과장한테 가는 돈이라고 생각하는 거야, 나는. 그리고 최 과장은 그 돈값을 하는 사람이라고 생각하는 거고.

여자아이는 석 달 치 임금을 현금으로 받고 사직서를 썼다. 서류 상으로는 새로 시작한 달 말일까지 근무하는 걸로 되어 있었지만, 사직서를 쓴 다음 날부터 출근을 하지 않았다. 그거 받고 내일부터 나오지 말라고 해. 사장은 결재 서류에 사인을 하면서 말했다. 은영도 그럴 생각이었다. 여자아이 앞에 있으면 부글부글 화가 끓어올랐다.

구인 사이트를 통해 새 아르바이트생을 뽑았다. 해맑은 인상의 청년이었다. 서울 시내 괜찮은 대학을 휴학 중이었고, 집이 멀지 않았고, 집안 형편도 나쁘지 않다는 점을 확인하고 채용했다. 월급 75만 원을 주고 오전 근무만 시켰다. 처음부터 근무 기간은 5개월이라고 못을 박아 두었다.

두 달이 지났을 때쯤 여자아이에게서 메일이 날아왔다.

과장님, 제가 회사에 다니는 동안 4대 보험에 가입이 되지 않았더라고요. 알바몬에서 상담을 받아 보니까 그게 불법이라며, 이런 경우에 보험 취득 신고 미이행으로 회사를 고소할 수 있다고 합니다. 그러고 싶지는 않은데요. 회사가 부담하지 않았던 4대 보험비 액수만큼을 저에게 따로 주실 수 없을까요?

— 검은 머리 짐승은 거두는 거 아니라더니…….

은영은 얼굴이 벌게져 있었다.

— 장 변호사님은 뭐래?

남편이 물었다.

— 고소를 할 필요도 없대. 무슨 노동청? 노동위? 거기다 진정만 넣으면 된대. 보험에 따라서 페널티가 다 다른데, 건강 보험은 벌금이 있고, 산재 보험이나 고용 보험은 벌금 없이 과태료만 있대.

— 그러면 그 여자애가 하는 말이 다 맞는 거야?

— 응. 황당하지?

— 어떻게 할 거야? 사장님한테 말할 거야?

— 몰라. 어떻게 하지? 말해야 되나? 독일 사람들은 이런 거에 엄청 신경을 쓰거든. 걔네들은 기본적으로 한국 직원들을 불신해.

자기들 몰래 법 어기고 횡령하고 그럴 거라고 생각해. 그리고 근로 조건 그런 것도 되게 중요하게 생각해서 슈퍼바이저가 따로 있어. 그러니까 걔네들 입장에서는 이건 큰 건이지. 한국 지사가 돈 아끼려고 파트타이머 고용해 놓고는 공적 보험에 가입을 안 시켰다, 심지어 근로 계약서도 작성을 안 했다, 이런 거는……. 그 여자애도 그걸 아는 거지. 그러니까 나한테만 메일을 보낸 거고.

— 장 변호사님은 뭐래?

남편이 물었다.

— 그냥 돈 주고 합의를 보는 게 제일 좋은 방법이래. 대신에 합의서에, 이후에 소송을 포함에서 어떤 문제 제기도 하지 않는다고 적으래. 그런데 그 돈은 회사 돈으로는 못 하지. 근거를 남기면 안 되니까. 걔가 얼마나 달라고 할까? 500? 1,000?

— 설마. 뭐 이걸 갖고 1,000만 원이나 달라고 하겠어?

— 우리 사장님 연봉 3억이야. 1,000 달라고, 대신 독일에 알리지 않겠다고 하면 줄걸?

— 이렇게 하자. 일단 그 여자애한테 전화를 걸어. 그리고 얼마 원하는지 물어보자. 그래서 500 미만으로 달라고 하면 그냥 우리가 주자. 합의서 받고. 500 넘게 달라고 하면 그때는 사장님한테 말하고.

— 그래도 괜찮아?

— 주식으로 잃은 셈 치지 뭐.

— 생각해 보면 이게 다 박 차장 그 인간 때문이야.

은영이 전화기를 집어 들다 말고 이를 갈았다.

— 영어 좀 하는 거 말고는 제대로 하는 게 하나도 없는 여자였어. 외국계 회사에 그런 여자들 많아. 뭘 알아보지도 않고 사람을 그렇게 뽑아 놔? 그것도 그렇게 딱 뒤통수 칠 애로?

— 그건 자기도 몰랐잖아.

— 뭘?

— 걔 불쌍하다고, 잘 봐주려고 했었잖아. 가난하고 머리가 나빠 보이니까 착하고 약한 피해자일 거라고 생각하고 얕잡아 봤던 거지. 그런데 실제로는 그렇지 않거든. 걔도 알바를 열 몇 개나 했다며. 그 바닥에서 어떻게 싸우고 버텨야 하는지, 걔도 나름대로 경륜이 있고 요령이 있는 거지. 어떻게 보면 그런 바닥에서는 우리가 더 약자야. 자기나 나나, 월급 떼먹는 주유소 사장님이랑 멱살잡이 해 본 적 없잖아?

부아가 치밀었지만 남편 말이 옳았다. 은영은 입술을 깨물고 전화를 걸었다.

— 뭐래?

전화를 끊자 남편이 물었다.

은영은 헛웃음을 지었다.

— 150만 원 달래.

그들은 그날 저녁 술을 마셨다.

— 사람이 제일 무섭다, 정말.

맥주를 마시다 말고 은영은 한숨을 쉬었다.

장강명

다음 날 사무실에 찾아온 여자아이는 돈을 받고 합의서에 서명한 뒤에도 바로 나가지 않았다.

— 과장님, 경력 증명서 다섯 부만 받을 수 있을까요?

여자아이가 물었다.

— 경력 증명서?

— 네. 전에 까먹고 못 받아서요.

(그 증명서를 보고 너를 경력 채용하려는 회사가 나한테 평판 조회를 부탁하면 내가…… 아니, 됐어. 그런 걸 너한테 가르쳐 줄 필요는 없지. 너는 모르고 나만 아는 세계도 있거든.)

은영은 입을 다물고 영문 경력 증명서를 다섯 부 발급해 주었다. 여자아이는 그 증명서를 유심히 읽었다.

— 과장님, 제가 여기 스태프 어시스턴트라고 돼 있는데요, 혹시 어드미니스트레이터로 바꿔 주실 수 없나요? 제가 여기서 혼자 총무 일을 한 거지, 누구를 어시스트한 건 아니잖아요.

은영은 여자아이가 원하는 대로 서류를 만들어 주었다. 여자아이가 사무실을 나설 때 은영은 겨우 입을 열었다.

— 이게 처음부터 다 계획이 돼 있던 거니?

여자아이는 걸음을 멈췄다. 말문이 막힌 듯했다. 여자아이는 그렇게 몇 초간 꼼짝 않고 서 있었다.

— 안녕히 계세요.

여자아이는 대답 대신 고개를 숙이고 엘리베이터 앞에 섰다.

엘리베이터를 기다리면서 여자아이는 가방에 손을 넣어 봉투를 확인했다. 봉투를 떨어뜨리고 돈을 잃어버리게 되지 않을까 겁이 났다. (이렇게 주지 말고 계좌로 부쳐 줬으면 좋을 텐데.) 건물을 나서자마자 은행을 찾아갈 참이었다. 학자금 대출을 제때 갚지 못해 독촉을 받고 있었다. 여전히 발목이 아팠다. 인대 수술을 받느라 퇴직금을 다 썼지만 별로 나아진 게 없는 것 같았다. 엘리베이터 문이 닫혔고, 주변에는 아무도 없었다.

엮은이의 말

장강명, 「알바생 자르기」

우리나라에서는 노동자가 인간답게 살 수 있도록 '노동 기본권'을 헌법으로 보장하고 있습니다. 헌법에 노동 기본권을 명시한 것은 그것이 국가의 의무이자 노동자의 권리라는 뜻입니다. 사용자 기본권은 없는데 왜 노동자 기본권만 있을까요? 바로 노동자가 사회적 약자이기 때문일 겁니다.

이 소설은 오늘날을 살아가는 알바생들의 쓸쓸한 현실을 보여 줄 뿐만 아니라, 알바생이라 하더라도 노동자로서의 권리가 보장된다는 사실을 잘 말해 주고 있습니다. 중간 관리자인 '은영'은 붙임성이 없고 불성실한 알바생 '혜미'에게 해고를 통보합니다. 혜미는 서면으로 해고 통보를 하지 않은 점을 문제 삼아 다음 달 월급을 받아 내고, 알바생이면서도 퇴직금까지 받아 냅니다. 또 4대 보험 미가입을 문제 삼아 합의금까지 챙기고, 다음 취업에 유리하도록 경력 증명서를 떼 갑니다.

그렇다면 혜미는 자신의 권리만 챙기는 부도덕한 인물일까요? 혜미가 사회성이 떨어지는 것은 사실이지만, 1차 회식비만도 못한 월급 155만 원을 받고 자신에게 주어진 잡다한 일들을 처리합니다. 사실 혜미가 요구한 해고 서면 통보, 퇴직금 지급, 4대 보험 미가입에 따른 보상은 노동자로서 요구할 수 있는 당연한 권리입니다.

혜미는 4대 보험이 적용되는 회사에 다니고 법을 알았기 때문에 자신의 권리를 주장할 수 있었습니다. 하지만 아르바이트를 하는 청소년들은 어떨까요? 근로 계약서도 제대로 쓰지 않고, 최저 임금에도 못 미치는 월급을 받으며 일하는 경우가 많습니다. 심지어 오토바이를 타고 배달을 하다 사고가 나면 치료비도 받지 못하고 오토바이 수리비까지 물어 주는 경우도 있습니다. 일하는 사람이라면 당연히 누려야 하는 권리가 있다는 사실, 그리고 그 권리는 법으로 보장되어 있다는 사실을 기억해야 합니다.

작품 출처

• 김혜진, 「어비」 『어비』, 민음사 2016

• 김세희, 「가만한 나날」 『제9회 젊은작가상 수상작품집』, 문학동네 2018

• 김애란, 「기도」 『침이 고인다』, 문학과지성사 2007

• 서유미, 「저건 사람도 아니다」 『당분간 인간』, 창비 2012

• 구병모, 「어디까지를 묻다」 『그것이 나만은 아니기를』, 문학과지성사 2015

• 김재영, 「코끼리」 『코끼리』, 실천문학사 2005

• 윤고은, 「P」 『알로하』, 창비 2014

• 장강명, 「알바생 자르기」 『알바생 자르기』, 아시아 2015

땀 흘리는 소설

초판 1쇄 발행 2019년 3월 1일
초판 20쇄 발행 2024년 8월 28일

지은이 김혜진, 김세희, 김애란, 서유미, 구병모, 김재영, 윤고은, 장강명
엮은이 김동현, 김선산, 김형태, 이혜연
펴낸이 김종곤
책임편집 강창호
펴낸곳 (주)창비교육
등록 2014년 6월 20일 제2014-000183호
주소 04004 서울특별시 마포구 월드컵로12길 7
전화 1833-7247
팩스 영업 070-4838-4938 ㅣ 편집 02-6949-0953
홈페이지 www.changbiedu.com
전자우편 contents@changbi.com

ⓒ 창비교육 2019
ISBN 979-11-89228-36-1 43810